安徽古籍叢書

黄山書社

杜詩提要

〔清〕吴瞻泰／撰　陳道貴　謝桂芳／校點

圖書在版編目(CIP)數據

杜詩提要/(清)吳瞻泰撰;陳道貴,謝桂芳校點
-合肥:黃山書社,2015.1
(安徽古籍叢書第二十二輯/安徽古籍叢書編審委員會編纂)
ISBN 978-7-5461-3625-7
Ⅰ.①杜… Ⅱ.①吳…②陳…③謝… Ⅲ.①杜詩-詩歌研究 Ⅳ.①I207.22

中國版本圖書館CIP數據核字(2014)第305366號

全國高等院校古籍整理研究工作委員會
安徽省古籍整理出版基金會
立項資助項目

杜詩提要
(清)吳瞻泰 撰 陳道貴 謝桂芳校點
*
責任編輯 李霜琴
責任校對 張紅一等 封面設計 馬 芳
黃山書社出版發行 合肥新南印務有限公司印刷
開本 880×1230 1/32 印張 12.75 字數 228千字
2015年1月第1版 2015年1月第1次印刷

ISBN 978-7-5461-3625-7
定價 38.00圓

安徽古籍叢書編印緣起

我國歷史悠久，典籍豐富。我省地處南北之交，學術尤擅其盛。數千年來，哲學、史學、文學、藝術、語言、科技，作者輩出，著述如林，或自名一家，或蔚然成派，多爲中華民族文化之菁華，有裨於社會主義文化之建設。允宜及時整理，以廣流傳。

粵自明清，以至近世，南北郡邑已有涇川叢書、龍眠叢書、貴池先哲遺書、南陵先哲遺書諸刻。一九三一年，復有安徽叢書之編刊，所收皆皖人著作，分期影印。出至第六期，以抗戰軍興而中止。盛業未竟，論者惜之。

今者，中央倡導整理古籍，我省領導對此尤爲關心。省古籍整理出版規劃委員會幾經商討，決定編纂安徽古籍叢書。編纂宗旨是在歷史唯物主義指導下，批判繼承，古爲今用，弘揚民族優秀傳統文化，爲建設中國特色社會主義服務。最其體例，約有數端：

一、所收皆爲歷代皖人著作，時間一般以辛亥革命之前爲限，内容以文、史、哲爲主，分類成輯。尤其注意稿本、稀見本之搜輯與傳布。

二、整理方式包括輯、校、標點和注釋、今譯。校勘，力求採用善本爲底本，校以他書，或加補輯、編次。標點，採用新式標點。注釋，務求精確，但不作煩瑣考證。整理中，儘量吸收國內外研究的新成果。

三、先秦、兩漢著作及語言、文字之類，皆用繁體字，其餘則酌用簡體字。版皆竪排，以期一律。

四、凡熱心於本叢書編印及捐貲助刊者，得於書內題名。

安徽古籍叢書編審委員會

杜詩提要卷二

歙　吴瞻泰　東巖　評選

五言古

述懷

去年潼關破，妻子隔絕久。一段家事，是追述。今夏草木長，脫身得西走。麻鞵見天子，衣袖露兩肘。朝廷愍生還，親故傷老醜。涕淚授拾遺，流離主恩厚。柴門雖得去，未忍即開口。一段國事，是實境。寄書問三川，不知家在否。比聞同罹禍，殺戮到雞狗。山中漏茅屋，誰復依户牖。摧頹蒼松根，地冷骨未朽。幾人全性命，盡

《杜詩提要》清刻本

杜詩提要目次

前言……一
汪洪度序……一
自序……三
評杜詩略例……五

卷一

五言古

望嶽……一
遊龍門奉先寺……二
前出塞九首……二
奉贈韋左丞丈二十二韻……六
贈衛八處士……七
同諸公登慈恩寺塔……八
送高三十五書記十五韻……九
九日寄岑參……一〇
後出塞五首……一一
自京赴奉先縣詠懷五百字……一四
白水縣崔少府十九翁高齋三十韻……一七
三川觀水漲二十三韻……一八
雨過蘇端……一九
喜晴……二〇

卷二

五言古

述懷……二三

送從弟亞赴河西判官……二四
玉華宮……二五
九成宮……二六
羌村三首……二七
北征……二八
彭衙行……三二
留花門……三三
畫鶻行……三四
晦日尋崔戢李封……三五
新安吏……三六
石壕吏……三七
新婚別……三八
垂老別……三九
無家別……四〇
佳人……四一
遣興五首……四二
夢李白二首……四四
遣興三首……四六

卷三

五言古

發秦州……四九
赤谷……五〇
鐵堂峽……五〇
鹽井……五一
寒峽……五二
法鏡寺……五二
青陽峽……五三
石龕……五三
鳳凰臺……五四
萬丈潭……五五
發同谷縣……五六

木皮嶺……五六
白沙渡……五七
水會渡……五七
飛仙閣……五八
五盤……五九
龍門閣……五九
劍門……六〇
鹿頭山……六一
成都府……六一
病柏……六二
病橘……六三
枯椶……六四
枯柟……六五
述古三首……六五
草堂……六七
四松……六八

卷四

五言古

杜鵑……七一
水閣朝霽奉簡嚴雲安……七三
遣懷……七三
雷……七四
火……七五
牽牛織女……七六
聽楊氏歌……七七
秋行官張望督促東渚耗稻向畢清晨遣女奴阿稽豎子阿段往問……七八
暇日小園散病將種秋菜督勤耕牛兼書觸目……七九
奉酬薛十二丈判官見贈……八〇
寫懷二首……八二

幽人……八四
送重表姪王砅評事使南海……八五
上水遣懷……八六
蚕行……八七
過津口……八八
次空靈岸……八九
蚕發……八九
望嶽……九〇
蘇大侍御渙靜者也旅於江側不交州府之客人事都絶久矣肩輿江浦忽訪老夫舟楫已而茶酒内余請誦近詩肯吟數首才力素壯詞句動人接對明日憶其涌思雷出書篋几杖之外殷殷留金石聲賦八韻記異亦見老夫傾倒於蘇至矣……九二

卷五

七言古

白絲行……九三
高都護驄馬行……九四
飲中八仙歌……九五
渼陂行……九六
兵車行……九七
送孔巢父謝病歸游江東兼呈李白……九八
曲江三章章五句 選一……九九
麗人行……九九
沙苑行……一〇〇
天育驃騎歌……一〇一
驄馬行……一〇二
奉先劉少府新畫山水障歌……一〇三
哀王孫……一〇四

悲陳陶……一〇六
悲青坂……一〇六
哀江頭……一〇七
瘦馬行……一〇八
洗兵馬……一〇九
乾元中寓居同谷縣作歌七首……一一二

卷六

七言古

石筍行……一一九
戲題王宰畫山水圖歌……一二〇
石犀行……一二一
短歌行贈王郎司直……一二二
觀打魚歌……一二三
又觀打魚……一二三
桃竹杖引贈章留後……一二四
冬狩行……一二五
韋諷録事宅觀曹將軍畫馬圖……一二七
丹青引贈曹將軍霸……一二九
枏樹爲風雨所拔歎……一三一
茅屋爲秋風所破歌……一三一
古柏行……一三二
王兵馬使二角鷹……一三四
縛鷄行……一三五
寄韓諫議注……一三五
觀公孫大娘弟子舞劍器行……一三六
白鳧行……一三八
夜聞觱篥……一三九
前苦寒行二首……一四〇
後苦寒行二首……一四〇
呀鶻行……一四一
歲晏行……一四二

卷七

五言律

登兗州城樓……一四五
房兵曹胡馬……一四六
畫鷹……一四七
夜宴左氏莊……一四七
送裴二虬作尉永嘉……一四八
送人從軍……一四八
春日懷李白……一四九
陪鄭廣文遊何將軍山林十首 選一……一四九
對雪……一五〇
元日寄韋氏妹……一五一
憶幼子……一五一
一百五日夜對月……一五二
月夜……一五三
喜達行在所三首……一五四
月……一五五
收京三首 選二……一五六
春宿左省……一五七
送賈閣老出汝州……一五七
奉贈王中允維……一五八
至德二載甫自京金光門出間道歸鳳翔乾元初從左拾遺移華州掾與親故別因出此門有悲往事……一五九
路逢襄陽楊少府入城戲呈楊四員外綰……一五九
初月……一六〇
觀安西兵過赴關中待命二首……一六〇
秦州雜詩二十首 選十一首……一六一
月夜憶舍弟……一六五
天末懷李白……一六六

天河……一六七
銅瓶……一六七
寓目……一六八
歸燕……一六九
促織……一六九
螢火……一七〇
蒹葭……一七〇
苦竹……一七一
擣衣……一七一
夕烽……一七二
宿贊公房……一七二
遣懷……一七三
廢畦……一七三
除架……一七四

卷八

五言律

送遠……一七七
散愁二首……一七八
雲山……一七九
一室……一八〇
西郊……一八〇
琴臺……一八一
漫成二首……一八一
春夜喜雨……一八二
遣意……一八三
送裴五赴東川……一八三
和裴迪登新津寺寄王侍郎……一八四
江漲……一八五
晚晴……一八五

草堂即事……一八六
落日……一八七
贈別何邕……一八七
贈別鄭鍊赴襄陽……一八八
屏迹二首……一八八
奉濟驛重送嚴公四韻……一八九
客夜……一九〇
客亭……一九〇
題玄武禪師屋壁……一九一
翫月呈漢中王……一九一
春日梓州登樓二首 選一……一九二
倚杖……一九三
對雨……一九三
城上……一九四
有感五首……一九四
巴西聞收京闕送班司馬入京二首 選一
放船……一九七
滕王亭子……一九八
雙燕……一九九
別房太尉墓……一九九
倦夜……二〇〇
送舍弟頻赴齊州三首……二〇一
過故斛斯校書莊二首……二〇一

卷九

五言律

春日江村五首 選二……二〇五
哭嚴僕射歸櫬……二〇六
渝州候嚴六侍御不到先下峽……二〇七
禹廟……二〇八
旅夜書懷……二〇八

長江二首選一……二〇九
承聞故房相公靈櫬自閬州啓殯歸葬東都有作二首……二一〇
將曉……二一一
又雪……二一二
子規……二一三
船下夔州郭宿雨濕不得上岸別王十二判官……二一三
上白帝城……二一四
覽鏡呈柏中丞……二一五
歷歷……二一六
能畫……二一六
宿昔……二一七
鬭鷄……二一七
驪山……二一七
洞房……二一八
洛陽……二一九
提封……二一九
贈高式顏……二二〇
吾宗……二二〇
第五弟豐獨在江左近三四載寂無消息覓使寄此二首……二二一
悶……二二二
猿……二二三
白小……二二四
鹿……二二四
鸚鵡……二二五
鷄……二二六

卷十

五言律

朝……二二九

西閣夜……二三〇
中宵……二三〇
不離西閣二首……二三一
灎澦堆……二三二
瞿塘懷古……二三二
瞿塘兩崖……二三三
江月……二三四
熟食日示宗文宗武……二三四
又示兩兒……二三五
暮春題瀼西新賃草屋五首 選一……二三五
喜觀即到復題短篇二首……二三六
夜雨……二三七
更題……二三八
暝……二三九
雨四首 選二……二三九
反照……二四〇
向夕……二四一
秋峽……二四一
聞惠二過東溪特一送……二四二
日暮……二四二
季秋蘇五弟纓江樓夜宴崔十三評事韋少府姪三首 選一……二四三
耳聾……二四三
夜二首……二四四
秋野五首 選三……二四五
泊松滋江亭……二四七
歸夢……二四七
江漢……二四八
公安縣懷古……二四九
登岳陽樓……二四九
陪裴使君登岳陽樓……二五〇
宿青草湖……二五一

宿白沙驛……二五一
湘夫人祠……二五二
祠南夕望……二五三
歸雁……二五三
野望……二五四
入喬口……二五五
舟中夜雪有懷盧十四侍御弟……二五五
江閣對雨有懷行營裴二端公……二五六
樓上……二五六

卷十一

七言律

題張氏隱居……二五九
送鄭十八虔貶台州司户傷其臨老陷賊之故闕爲面别情見於詩……二六〇
宣政殿退朝晚出左掖……二六〇
紫宸殿退朝口號……二六一
曲江陪鄭八丈南史飲……二六一
曲江二首……二六二
曲江對酒……二六三
曲江對雨……二六四
題鄭縣亭子……二六四
望嶽……二六五
九日藍田崔氏莊……二六六
恨别……二六六
蜀相……二六七
野老……二六八
南鄰……二六九
和裴迪登蜀州東亭送客逢蚤梅相憶見寄……二六九
客至……二七〇
送韓十四江東省覲……二七〇

所思……二七一
又送辛員外……二七一
野人送朱櫻……二七二
江上值水如海勢聊短述……二七三
嚴中丞枉駕見過……二七三
嚴公仲夏枉駕草堂兼攜酒饌得寒字……二七四
聞官軍收河南河北……二七四
送路六侍御入朝……二七五
玉臺觀……二七五
將赴成都草堂途中有作先寄嚴鄭公五首 選二……二七六
題桃樹……二七七
登樓……二七八
院中晚晴懷西郭茅舍……二七九
宿府……二八〇
白帝城最高樓……二八〇
愁……二八一
黃草峽……二八二

卷十二

七言律

諸將五首……二八五
吹笛……二八八
夜……二八八
秋興八首……二八八
詠懷古迹五首……二九五
閣夜……二九九
將赴荆南寄別李劍州弟……二九九
返照……三〇〇
見螢火……三〇〇
九日五首 選二……三〇一

暮歸……三〇二
奉寄別馬巴州……三〇三
舍弟觀赴藍田取妻子到江陵喜寄三首 選二……三〇四
覃山人隱居……三〇五
燕子來舟中作……三〇六
小寒食舟中作……三〇六
贈韋七贊善……三〇七
崔氏東山草堂……三〇七

卷十三

五言排律

冬日洛城北謁玄元皇帝廟……三〇九
投贈哥舒開府翰二十韻……三一一
敬贈鄭諫議十韻……三一二
贈特進汝陽王二十二韻……三一三
臨邑舍弟書至苦雨黄河泛溢堤防之患簿領所憂因寄此詩用寬其意……三一四
遣興……三一五
奉送郭中丞兼太僕卿充隴右節度使三十韻……三一六
重經昭陵……三一七
行次昭陵……三一八
鄭駙馬池臺喜遇鄭廣文同飲……三一九
建都十二韻……三二〇
奉和嚴中丞西城晚眺十韻……三二一
奉送嚴公入朝十韻……三二二
送嚴侍御到綿州同登杜使君江樓宴得心字……三二三
陪章留後侍御宴南樓得風字……三二四
九日……三二五
送陵州路使君之任……三二六

贈裴南部聞袁判官自來欲有按問 …… 三二六
傷春五首 …… 三二七
王閬州筵奉酬十一舅惜别之作 …… 三二九
與嚴二郎奉禮别 …… 三三〇
寄司馬山人十二韻 …… 三三一
奉觀嚴鄭公廳事岷山沱江畫圖十韻 …… 三三二
謁先主廟 …… 三三二
諸葛廟 …… 三三四
偶題 …… 三三五
大曆三年春白帝城放船出瞿塘峽久居夔府將適江陵漂泊有詩凡四十韻 …… 三三七
過南嶽入洞庭湖 …… 三三九

七言排律

題鄭十八著作丈故居 …… 三四〇
釋悶 …… 三四一

卷十四

五言絶句

絶句六首 選二 …… 三四三
絶句三首 …… 三四三
武侯廟 …… 三四四
八陣圖 …… 三四四

七言絶句

漫興九首 選五 …… 三四五
江畔獨步尋花七絶句 …… 三四六
戲爲六絶 …… 三四七
贈花卿 …… 三四九
奉和嚴鄭公軍城蚤秋 …… 三五〇
三絶句 選一 …… 三五〇
漫成一首 …… 三五〇

解悶十二首 選六……三五一
喜聞盜賊蕃寇總退口號五首 選一……三五二
江南逢李龜年……三五二
後序……三五四

附録

舊唐書本傳……三五五

前言

吴瞻泰，字东巖，號艮齋。歙縣（今屬安徽）人㈠。清順、康間諸生。少即留心經史，思爲世用。入省闈十五終不遇，乃遨游齊魯、燕冀及江漢、吴楚、閩越諸地。康熙三十五年（一六九六），授經揚州。後至京師。五十四年（一七一五）南歸。瞻泰與同里黄生、汪洪度等友善。所作詩文沖夷簡澹，不假修飾，妙合自然。著有杜詩提要十四卷、陶詩匯注四卷、循陔堂自訂詩集二十六卷、紫陽書院志附講義五卷等。

吴瞻泰杜詩提要一書，初名杜詩則，成稿當在康熙三十五年（一六九六）之前。後從其師田山薑先生建議，定書名爲杜詩提要。全書十四卷，共選詩四百六十五首，分體而編㈡。吴氏言：『初欲依單本編年之次，不分古今體，使讀者因其時其地其人，略得公之生平前後次序，不至大有參錯。然此集乃瞻泰一己所得，簡其要以爲讀本，非工部全書也。故仍分體，以便於讀。而各體之序次，則本之於單爲多云。』其撰述宗旨，見於其自序：『子美作詩之法，可學者也。吾特抉剔其章法、句法、字法，使爲學者執要以求，以與史法相證，則有從入之門，而亦可漸窺其堂奥。』故詩法分析、史事掘發乃其關注之重點。如從杜詩學史之視野加以考察，則可見清初洪舫、黄生和吴瞻泰等徽州學人杜詩研究之實績；對我們研讀杜詩提要，評判其得失，或有助益。

明清之際至乾隆時期，是杜詩學研究繁榮期之一，出現了爲數衆多品質上乘的杜詩學著作。杜臆、錢注杜詩、杜工部詩集注、杜詩詳注、讀杜心解等，各具特色，精彩紛呈。以作者所屬地域而言，數江浙地區最爲集中，出現了錢謙益、朱鶴齡、仇兆鰲等杜詩學大家。而在徽州地區㊂，也形成了杜詩研究羣體，讀杜研杜注杜之風頗盛。

清初順治、康熙年間，徽人治杜詩者，其著作流傳至今的有洪舫、黄生、吴瞻泰、汪灝等人（洪氏有杜詩評律，黄生有杜詩説，吴氏有杜詩提要，汪氏有知本堂讀杜）。除此以外，尚有爲數衆多研治杜詩的學者。黄生杜詩説凡例曰：『亡友洪方舟與余三十年性命友朋於杜詩，中間與程公如、曹次山、汪幾希參互考訂。諸友皆淪亡，不及見余書之成。近詞英吴東巖，稍出其秘笥，以五言律詩示余，惜余選成次到，故摘其評於十二卷，是皆爲予他山之助也。』其中洪方舟即洪舫，吴東巖即吴瞻泰。程公如、曹次山、汪幾希等，亦徽州人㊃。黄生於杜詩説中，屢引洪、吴、程、曹、汪諸人評注杜詩之言。吴瞻泰杜詩提要評杜詩略例亦謂：『宋元以來，箋註千家，旁搜遠紹，積日窮年，咸有采録。而老友黄白山先生、汪于鼎 洪度、王名友 棠、余弟漪堂 瞻淇，晨夕析疑，凡所徵引，悉署其賢，不敢竊取。』其中黄白山即黄生，汪于鼎爲徽州籍，吴瞻淇乃瞻泰弟。鄭旼嘗研究杜詩。清道光徽州府志人物儒林載：『鄭旼，字慕倩，貞白里人，嘗手輯杜詩箋注。』鄭旼乃明末清初人。歙事閑譚卷三載：『鄭旼，明末遺老，字慕倩，又字遺蘇，號慕道人。貞白里人。志稱其工詩畫。隱於狂疾，服如野僧。或有言觸往事者，輒哭不休。簪紱中人有願近昵者，哭以拒之。』

從以上簡略敍述中，我們不僅可以一睹清初徽州研治杜詩的盛況，還能領略徽州研杜者之間切磋、交流之風。其間，洪舫、黄生和吴瞻泰三人又堪稱代表。洪舫杜詩評律爲清初徽州杜詩研究較早之作，對黄生等人頗有影響。洪力行在杜詩評律後記中，將黄生杜詩説與洪舫杜詩評律的關係比作『讀服氏注者，益思復見鄭箋』。此比未必十分恰當，但洪舫對黄生的影響却是事實。從杜詩評律和杜詩説中，不時可見二人商討、切磋的記述。黄生杜詩説在當時和後世均有較大影響。同時人仇兆鼇的杜詩詳注將其作爲重點參考文獻，引用其説達三百餘條。陳貽焮先生杜甫評傳亦屢引黄生之説。近年來，學界對黄生杜詩説頗爲關注，周興陸、郝潤華等發表了頗有價值的研究論文。吴瞻泰杜詩提要的影響雖不及杜詩説，但其評解杜詩多有精到之言，蕭滌非先生杜甫詩選注就多次加以引用。透過杜詩評律、杜詩説和杜詩提要㈤，我們看到同時而年輩有異的三位同鄉（洪舫與黄生的關係，介乎師友之間；吴瞻泰則爲黄生後輩），在研究杜詩時，平等相待，取長補短。正是由於他們的努力，使得當時徽州的杜詩研究在學界頗具影響。

一、對『諷刺説』的態度及批評實踐

對於『詩聖』杜甫，所謂『一飯不忘君』之説的影響由來已久。身處明末清初『天崩地坼』的特殊時期，一些學者如傅山、顧炎武、王夫之等，對此持懷疑以至批評的態度。而隨着清廷統治的逐步穩定，至康熙、乾隆之世，講求『温柔敦厚』、『忠孝大義』，忽視杜詩中諷喻成分的思潮又占上風㈥。處於明清之際以至康熙年間這一歷史時期的黄生等徽州杜詩學者，面對『一飯不忘君』與注重挖掘杜詩諷喻之旨的不同取向，能持較爲客觀的取舍態度。黄生杜詩説杜詩概説云：

杜公屢上不第，卒以獻賦受明皇特達之知，故感慕終身不替。雖前後鋪陳時事，無所不備，於其君荒淫失國，惟痛之而不忍譏之。此臣子之禮也。乃説者不得公心，影響傅會，輒云有所譏切，此注杜大頭腦差失處。妄筆流傳，杜公之目將不瞑於地下矣。

對穿鑿附會的譏刺之説提出批評。在具體評説時黄生等也常有類似的説法。如洪舫評秋興八首其五：

前半極力形容，只要襯出後邊『識聖顔』三字耳。譬若皇居不壯，天子何以成尊？俗以爲譏刺唐（玄）宗好神仙，則是少陵忠愛一生，反不明於春秋内諱之義矣。非是非是。（杜詩評律秋興八首其五）

黄生解説曲江對雨：

公感玄宗知遇，終身不忘，詩中每每見意。五句指南内之事，蓋隱之也。叙時事處，不著痕迹；憶上皇處，不犯忌諱。本詩人之忠厚，法宣聖之微辭。此豈古今抽黄媲白之士所敢望哉！後人類不能推見至隱，近惟錢牧齋箋注，以此爲懷上皇南内之詩者，得之。（杜詩説卷八曲江對雨）

對於被不少注者（如錢謙益等）看作是諷刺之作的冬日洛城北謁玄元皇帝廟詩㊆，黄生認爲并無譏刺：

解者多謂此詩寓意譏刺，此以後人見識卜度耳，非公意也。唐祖老子，事故不經，然使操筆者爲韓退之，寓刺或所不免。若子美詩中，於求仙、學佛二事，蓋津津言之。唐之詩人，皆喜談方外之説，固不獨子美爲然，彼獨何爲以此刺其君哉？今於『世家遺舊史』、『身退卑周室』等句，皆不知作者命意所在，概以譏明皇好長生意抹殺之，即子美有靈，亦不能人人見夢矣。公後進朝獻太清宫賦，太清宫即西京玄元廟。陋儒都不參考，輒率臆以釋此詩，何其妄哉！（杜詩説卷十，冬日洛城北謁玄元皇帝廟）

杜甫晚年力作秋興八首，評注者對其中的一些作品亦常以諷刺説解之。黄生在細緻入理解析的基礎上，提出了自己的不同意見：

説者多以漢武指明皇，然自『蓬萊宫闕』以後，並敘己平居遊歷之地，以伸故國之思耳，何必首首牽入人主？況昆明以下諸處，皆前代之迹，詩已明言『自古帝王州』矣。後人都不細繹，故其知者則以爲思明皇，其不知者遂以爲譏明皇荒淫失國，膚見小生，强作解事，竟使杜公冤沈地下。……或曰：五言宿昔、能畫、鬬鷄諸作，固皆指切明皇，子何所見而謂秋興必無譏乎？曰：凡説詩，當審其命意所在，而後不以文害辭，不以辭害志。如望京華、思故國，乃秋興之本意也。以此意逆之，自然絲絲入箆，葉葉歸根。若云譏及明皇，支離已甚，其害辭害志豈細乎？而謂與宿昔諸詩可同日而語乎？（杜詩説卷八，秋興八首其七）

葉嘉瑩先生對黄生此説持肯定態度，認爲黄生『所言頗爲有見』（杜甫秋興八首集説）。但黄生等並不因此而全盤否定譏刺説，如有的學者所説的那樣『絶不言諷刺』，而是較爲客觀對待具體作品，分析其中可能含有的諷喻譏刺之旨。如黄生、吳瞻泰解説同諸公登慈恩寺塔詩：

時明皇巡遊無度，故以虞舜、周穆反正爲比。是日風霾必甚，遠望無所見，故有『秦山』四句。漢書中山靖王云：『雲蒸烈布，杳冥晝昏，塵埃布濩，昧不見泰山。』『物有蔽之也。』四句之意本此。靖王蓋言廷臣蒙蔽主聽，讒間宗室。今明皇亦爲奸臣所蔽，遺棄賢才，故以爲喻。讀末四句，意益顯矣。『黄鵠』，喻君子；『隨陽雁』，喻小人。君子無路上進，而君側小人但爲身謀，不爲國計，時事可知。此識者之隱憂也。（杜詩説卷一，同諸公登慈恩寺塔）

諷切明皇，不忍直露。看其登塔處，直陳所見。入時事，皆用引喻。（杜詩提要卷一，同諸公登慈恩寺塔）

同諸公登慈恩寺塔詩宋人已有譏刺之説。王嗣奭引三山老人語録云：

此詩譏天寶時事也。山者君象，秦山破碎，則人君失道矣。賢否混淆，清濁不分，故曰『涇渭不可求』。天下無綱紀文章，而上都亦然，故曰『俯視但一氣，焉能辨皇州』。於是思古聖君不可得，故曰『回首叫虞舜』云云。時明皇方耽淫樂，故曰『惜哉瑶池』云云。賢人去朝廷，故曰『黄鵠去』云云。唯小人貪竊禄位者在朝，故曰『君看隨陽雁』云云。余觀『烈風無時休』一語，必非無爲而發，分明有憂明危盛之思。『黄鵠』蓋自況也。三山語未爲無見，補録於此。（杜臆卷一）

錢注亦引三山之説，並出己意：

高標烈風，登茲百憂，岌岌乎有漂揺崩析之恐，正起興也。涇渭不可求，長安不可辨，所以回首而思叫虞舜。蒼梧雲正愁，猶太白云『長安不見使人愁』也。唐人多以王母喻貴妃，瑶池日宴，言天下將亂，而宴樂之不可以爲常也。（錢註杜詩）

此詩有無諷喻，頗多異説㈧。但黄生等所持諷喻説，還是比較審慎的。其它如前出塞、後出塞等詩，黄生等亦持諷喻説：

明皇不恤中國之民，而遠慕秦皇、漢武之事，杜公此詩，託諷實深。（杜詩説卷一，前出塞其六）

前、後出塞皆諷明皇黷武之事。交河之役以遣戍，故其辭怨；薊門之役以召募，故其辭誇。然兩蕃雖静，禄山繼反，是徒搜狐兔之穴而不知虎狼之在門内也。詩但具其事，而諷刺之意自見於言外。此真樂府正音，固不在區區字櫛句比耳！前諷明皇黷武無厭，後諷明皇養虎貽患，第借征戍者之辭以達之，真得古風人之意。（杜詩説卷一，後出塞其五）

吳瞻泰解此詩，徑引黄生之説。

二、以文解詩之法的運用

元人范德機曾謂：『作詩成法，有起承轉合四字。』㈨而清初金聖歎與徐增等人，則爲以文法解詩的積極實踐者。金聖歎等以文法解詩，以分解法評解杜詩，講求所謂起、承、轉、合的結構分析，在一定程度上避免了詩歌作品評説時的籠統、模糊的缺陷。以此法評詩，盡管難免時有生硬、機械之弊，在杜詩學史上却有着不可忽視的意義，頗具時代特色⑩。像杜詩詳注的作者仇兆鼇也深受金聖歎以時文評杜的影響。施鴻保就説仇氏『本工時文，殆以説時文之法説杜詩也』（讀杜詩説自序）。而當我們把視角轉向清初徽州杜詩研究者時，從洪舫、黄生及吴瞻泰等杜詩批評實踐中，也可以清晰地看到以文法論杜詩的影響。黄生等運用文法説解杜詩，將解説杜詩意蕴與形式結構分析結合起來，較好地闡發了詩意與揭示了杜詩的藝術境界。同時，他們又能在一定程度上避免生搬硬套、割裂詩意的做法。周采泉先生認爲杜詩説『説詩風格頗似唱經堂，但金人瑞非失之俚，即失之莽』；而黄生之説『則馴雅典則，非金人瑞所可同日而語』（杜集書録）。周先生此言乃屬總體評價，但移以論文法解詩也頗爲恰當。

何焯應洪力行之請，爲洪舫杜詩評律做敘，其中有云：

近代則四聲而外，並無有知『八病』二字者。所講僅起承轉合，尤爲作詩之末務。然苟其發明疏通，確有真得，使初學讀之，可識文從字順之方，要未可謂無功也。洪生待臣，篋中攜有族伯方舟先生杜詩評律一册，於杜之章法、句法，一一爲之縷析其曲折。雖當年排比聲韻之微未易窺尋，而起承轉合，則固以備矣。

何氏對以起承轉合論詩頗爲不滿。但對注重章法、句法，講究條分縷析的非主觀硬套的起承轉合法評杜詩者，亦非一概否定。從何氏之言，我們似可體味到洪氏雖講起承轉合，却能較好地避免其機械生硬的弊端。

金聖歎以時文評解律詩，由起承轉合，進而以前後兩解分析杜甫律詩。徐增與同學論詩云：

聖歎唐才子書，其論律，分前解、後解，截然不可假借。聖歎身在大光明藏中，眼光照徹，便出一手。吾服其膽識。但世間多見爲常，少見爲怪，便作無數議論，究其故，不過是極論起承轉合諸法耳。（徐增說唐詩）

可見金聖歎此法在當時頗受世人排抑。作爲同時之人，洪氏杜詩評律也常將杜甫律詩分爲前後兩解，可謂金氏之同調。春日懷李白洪評曰：『前說白，後說懷，微分兩截。』陪鄭廣文游何將軍山林十首（其一）洪評曰：『前把山林實說，後說陪遊，與懷李白詩同格。』但洪氏並非機械運用此法。洪氏評對雪詩即云：『詩有宜分兩截者，亦有不容兩截顯分者。』洪力行在杜詩評律後記中，對洪舫評杜之法的特點，做了精要的總結：『伯父博極羣書，而最鄙訓詁。兹所選五、七言杜律，不鉤深，不扯異，第就本文玩味，疏通其旨趣，指點其章程，眉目分明，首尾聯貫，俾讀者了然得解於章句之中，自超然會心於章句之外。』可見洪舫注重杜詩章法脉絡之尋求，是爲疏通詩意服務的。

金聖歎以前後解分析律詩，對於古體詩也運用分解法。他說：『唐人詩多以四句爲一解。故雖律詩，亦必作二解。若長篇，則或至作數十解。』（金聖歎選批杜詩）無論是前者還是後者，均體現金氏結構分析的特點。黄生說解杜詩時亦注重起承轉合的結構脉絡。如杜詩說卷四評銅瓶詩有云：『劈起一句，至結處始應……突起一句，隨手撇開，至結尾始挽合，與「羣盜至今日」作篇法相同，乃古文遥呼徐應之法也。』卷五評洞房詩云：『此詩以前半意翻敘於後，顛倒互易成篇，只一「應」字屬虛字，筋骨全然不露。如此起，如此承，如此轉，如此結，章法、句法、字法，皆極渾淪無迹。』杜詩説卷四評送司馬入京詩云：『起得無端，接得更無端，兩句各開，中聯只承次句，至尾聯始應轉起句，乃知「論社稷」、「涕沾巾」全是寇盜頻仍，主憂臣辱，心事如此。大開大合，惟古文有之。公蓋以文法入詩律者，若徒謂其鋪陳時事，波瀾壯闊，而曰杜公以文爲詩，此村塾學究皆能言之。』

洪舫以分解法評杜詩，或與金聖歎的影響有關。但尚無材料證明洪氏與金聖歎有直接或間接關係。而有材料可以推測，黄生對金聖歎等人以時文之法解杜詩當有所聞。黄生詩麈卷一謂：『憶友人陳伯璣論詩云：「『姑蘇城外寒山寺』，自是天成。」』而陳伯璣對金聖歎解詩之法是了解的。張芳與陳伯璣中説：『近傳吴門金聖歎分解杜律，其説即起承轉合之法。』㊁以此而推，黄生以文法論詩，可能是受到金聖歎評詩之法的影響。

吴瞻泰對以文法評杜詩也有自覺認識。杜詩提要評杜詩略例謂：

子瞻謂：『學詩當以子美爲師，有規矩法度，故可學。』黄魯直則推爲『詩中之史』。羅景綸則推爲『詩中之經』。楊誠齋則推爲『詩中之聖』。王鳳洲則推爲『詩中之神』。諸家所論雖不同，而莫不以法爲宗焉。古有古體之法，絲緒多而益見其長。律有律體之法，尺度嚴而益通其變。蓋法有縱橫、奇正之不同，而意即離合出没於其中。若左馬之文，不可以繩尺拘者，不得其法而意亦晦。吾願世之學杜者即作左馬讀可也。

溫柔敦厚，詩之教。昔賢亦云『詩有别裁，非關學也』，何拘乎法？然自三百篇、楚騷、十九首、蘇、李、曹、劉以下訖三唐，不離於法。而論者謂古詩如無縫天衣，必求之針縷襞績間，愚矣。循是説也，將必以詩在可解不可解之間，甚且以不解爲解矣。章法迷昧，綫索未清，而一詩入手，即連稱曰：『佳句！佳句！』以此論子美，安知不爲『蚍蜉撼大樹』哉？故此集一以論法爲歸。

在具體評説時，吳氏亦常加以運用。如杜詩提要卷一評自京赴奉先縣詠懷五百字：『大段亦只三支，而三支中又分作九段，其大支歇處又必有束筆，此天地山川自然之結搆也。其間隱隱隆隆，蛛絲馬迹，使人詠之不見其痕，則非從左、國、史、漢中討出消息，未許其能讀杜詩也。』此與以分層法解説北征之結構，均可見金聖歎批解北征等長篇古詩的影子㊂。吳氏以分解層次法評杜甫長篇古詩，還强調變化，並不死板套用所謂解數。其解北征有云：『長詩之妙，於接續結搆處見之。又於閒中襯帶處見之，全在能换筆也。不能换筆，則無起伏。無起伏，則俗所云死龍死鳳，不如活鷄活蛇也。』此説與徐增詩學思想相近。徐氏云：『做古詩，以解數爲主，然需變换。不然，以四句板板排下去，有何生趣？』（徐增説唐詩）

此外，對句法的細緻分析與句法類型的總結，也屬以文法論詩的範疇。洪舫杜詩評律即長於句法分析。如洪氏評登兖州城樓詩：

通篇不露圭角。『縱目』籠三、四，『古意』抱五、六，微分兩截格然也。律詩正格類如斯，是作已懸之的矣。一、二平序句，三、四虚實聯，五、六語異意同，七、八一明一暗。何謂虚實聯？曰：

『浮雲』句語帶形容，『平野』句詞差實在，將虛對實法然也。如登岳陽樓詩，『吳楚東南坼』，實在語也，『乾坤日夜浮』，形容語也。若不名之帶形容，則『乾坤』五字，不知迷魅幾許人家男女矣，余故謬爲之分界。何謂語異意同？曰：孤嶂荒城，秦碑魯殿，異之異者也。言『在』即『餘』，言『餘』即『在』，異之同者也。意一般而語却兩般，所云要格老，不管句重者，且兩句平鋪，意實趨歸一結。斯又七、八景安五、六格然也。『一明一暗』何？曰：上有從來，則下是言今日。古文中，上詳下略，上有下無法然也。（杜詩評律卷一）

三、對詩史互證法的借鑒

自本事詩以『詩史』評杜以來，注重杜詩與時事之間關係者代不乏人。但真正把以詩證史、詩史互證作爲注杜之法，把豐富的歷史知識自覺運用於杜詩注釋，當推明清之際的錢謙益。對於錢注杜詩所體現的以詩證史、詩史互證的注杜之法，有贊成者，有批評者，也有總體肯定而對其具體注釋持有異議者㊂。但總體而言，錢氏的詩史互證的注杜之法影響頗大，可謂清初杜詩學特色之一。黄生對錢氏詩史互證之功頗爲推崇，謂：『近錢牧齋箋注杜集，引據該博，矯僞釓訛，即二史之差謬者，亦參互考訂，不遺餘力，誠爲本集大開生面矣。』（杜詩説卷十一聶耒陽以僕阻水書致酒肉注）

在具體解説杜詩時，黄生常引錢氏之説。如曲江對雨詩，朱瀚（見仇兆鼇杜詩詳注卷六）、浦起龍（讀杜心解卷四）及今人陳貽焮（杜甫評傳）等均持心戀上皇（玄宗）説，而黄生將首發之功歸於錢注，謂：『後人類不能推見至隱，近惟錢牧齋注以此爲懷上皇南内之詩者，得之。』杜甫有題柏學士茅屋、覽柏中丞子姪數人除官制詞、覽鏡呈柏中丞、題柏大兄弟山居屋壁等數詩，各家在考釋詩中所涉之柏學士、柏中丞及柏大兄弟等時，存有歧見（可參考郭曾炘讀杜劄記覽柏中丞兼子姪數人除官制詞條）。黄生則於題柏大兄弟山居屋壁二首注中，對錢氏考訂發明之功大加推崇：

按：葛常之以柏大即學士，學士即貞節，殆似風魔九伯之語。或有辯者，謂柏大兄弟當是貞節之子姪，以『朱門』、『玉樹』之句與覽柏中丞四美載歌絲綸作有合也。柏學士，或柏之苗裔，亦嘗同貞節起兵，以『自胡之反持干戈，天下學士亦奔波』之句可證也。按，此雖辯學士與柏大之爲二，而必牽連貞節，特其姓偶同耳。安見中丞有子姪，學士遂不當有子姪哉？至於學士，不詳出處，本當闕疑，因貞節有起兵事，遂坐文士以持戈，其病蠹殆與葛等矣。近牧齋箋注，又辯中丞乃茂琳，非貞節，合新舊諸紀傳，詳加考核，以訂其誤。貞節似即茂琳子弟輩。注家但知有貞節，不知有茂琳，則踵舊書帝紀之訛也。（杜詩説卷十二）

黄生對詩史互證法的純熟運用，更體現在不盲目跟從錢注，而是有所鑒别，有所取舍，體現了審慎的態度。如行次昭陵所涉史事，歷來多有歧見（可參考郭曾炘讀杜劄記）。錢氏謂：『「往者災猶降」，蓋言天寶之亂，乃隋末之災再降於今日也。「指麾」「蕩滌」，頌收復之功也。舊本載在天寶初，安得先舉昭陵石馬之事？草堂詩箋次於北征之後，當從之。』（錢註杜詩卷十）其意以爲該詩當作於安史之亂時。黄生對此持異議，認爲當作於安史亂前，對錢氏改『鐵馬』爲『石馬』不以爲然，認爲：『以「鐵」爲

「石」，恐後人轉因昭陵有此事，從而改之。不然，禄山之亂，率土翻覆，九廟震驚，何詩中略無一語敘及？』（杜詩説卷十）顧炎武的看法與黄生相近：『「往者災猶降，蒼生喘未蘇」，謂武韋之禍。「指麾安率土，蕩滌撫洪爐」，謂玄宗再造唐室也。本於太宗之遺德在人，故詩中及之。錢氏謂此詩天寶亂後作，而改「鐵馬」爲「石馬」，以合李義山詩「昭陵石馬」之説，非矣。其朝享太廟賦曰：「弓劍皆鳴，汗鑄金之風馬。」此在未亂以前，又將何説？必古記有此事，而今失之爾。』（日知録集釋卷二十七）相較而言，錢注的説法對後世影響頗深。但有關此詩創作背景的争議，實難定於一説。

吴瞻泰對詩史互證也有較爲明晰的認識，以爲：『「詩史」二字，非徒謂其筆之嚴正如春秋書法也。如北征、留花門、前後出塞、哀王孫、悲陳陶、哀江頭、洗兵馬、冬狩行、收京、有感、洞房、秋興、諸將等詩，能括全史所不逮，足使唐之君臣聞之不寒而慄。謂非史乎？而操編年之柄者，必欲年經月緯以排纘之，强取其人其事以實之，殊覺傅會。』（杜詩提要評杜詩略例）這樣明確的理念，多體現在具體作品闡釋之中。如鹽井一詩，吴瞻泰評道：

食貨志：天寶、至德間，鹽每斗十錢。乾元元年，第五琦爲使，初變法。劉晏代之，法益密。貞元四年，江淮斗增二百，爲錢三百一十。後復增六十，河東兩池鹽斗三百七十。豪賈射利，官收不能半。想蜀井亦當然。公以『自公斗三百，轉致斛六千』兩語括之，煮鹽之制，逐利之貪，俱見。蓋從來富商大賈，漁利取赢，多在興利之時。苟知止足，又何至於喧闐哉？末勉君子小人以止足之義，使興利之臣，聞者足以戒。此種識力，非『詩史』而何？

四、運用『以意逆志』法闡釋詩意

鑒於宋人偏於杜詩字句與典故疏解，强調『無一字無來歷』，從而在一定程度上忽視了從整體上把握詩意，清初學者倡導『以意逆志』，不爲具體字句與典故所束縛，而是深切體會杜甫人生經歷，整體把握杜甫的所有作品以及作詩時的特定心境，對杜詩作感同身受式的闡釋。這種解讀法的合理運用，對深入細緻地闡釋杜詩是有所裨益的。王夷嗣杜臆即注重此法的運用。杜臆原始開宗明意，謂其書『草成而命曰臆。臆者，意也。「以意逆志」，孟子讀詩法也。誦其詩，論其世，而逆以意，向之積疑，多所批豁，前人謬迷，多所駁正。』（杜臆）黄生亦有類似的看法㈣。黄生在杜詩説序中説：

古今善説詩者，莫如孟子。孟之言曰：『以意逆志，是爲得之。』逆之爲言迎也。夫古人在百世之上，我在百世之下，雖以志形之於言，而欲從紙上探微索隱，使作者肺肝如揭，不亦難乎！余以爲説詩者，譬若出户而迎遠客，彼從大道而來，我趨小徑以迎之，不得也；彼從中道而來，我出其左右以迎之，不可也。賓主相失，而欲與之班荆而語，周旋揖讓於階庭几席之間，豈可得哉？故必知其所由之道，然後從而迎之，則賓主歡然把臂。

吳瞻泰對只重典故、講求字詞訓釋的做法也頗爲不滿。他在杜詩提要評杜詩略例中説：『箋釋典故，前賢蒐輯靡遺；敷衍文義，又類訓詁習氣。此集不敢效顰。其隱晦者箋之，譌誤者析之，止求達意而止，弗敢博收以爲辨。』

黄生杜詩説在具體評説時，每每運用『以意逆志』的批評方法。如卷八秋興八首其七，黄生謂：『或曰：五言宿昔、能畫、鬬鷄諸作，固皆指切明皇，子何所見而謂秋興必無譏乎？曰：凡説詩，當審其命意所在，而後不以文害辭，不以辭害志。如望京華、思故國，乃秋興之本意也。以此意逆之，自然絲絲入簆，葉葉歸根。若云譏及明皇，支離已甚，其害辭害志豈細乎？而謂與宿昔諸詩可同日而語乎？』

對杜詩有無寄託，是否含有諷刺的問題，黄生往往加以靈活處理，多能言之成理。這與强調『以意逆志』不無關係。如對同諸公登慈恩寺塔詩，黄生持諷刺説。而他之所以認爲此詩寓有諷刺之意，蓋出於以意逆志。他抓住『自非曠士懷，登兹翻百憂』這一主腦，進而體味寓於詩中的比興之意，而不是僅僅糾纏於典故與比興問題。細讀黄氏解説之文（具體所述見上文），可知他是在體味杜甫處境與當時政治形勢的基礎上，再結合詩情詩境，以及典故等，對此詩做了綜合分析，運用『以意逆志』之法，從而得出自己的判斷。與此相近，黄生在處理冬日洛城北謁玄元皇帝廟、後出塞、秋興八首等詩諷刺問題時，亦體現了這一點。吴瞻泰在杜詩提要洗兵馬中所做的闡釋，與黄生的做法相近。

此次點校工作，由陳道貴與謝桂芳合作完成。安徽大學文學院吴懷東教授認真審閲點校稿，多所諟正，特致謝忱。由於時間倉促和點校者水準有限，書中或有疏忽乃至謬誤之處，深望讀者同好不吝賜教。

陳道貴

二〇一三年十月

注釋

㈠杜詩提要作者吳瞻泰，其生平事迹見國朝詩別裁小傳、方苞送吳東巖序（望溪集卷七）等。今人張忠綱先生主編的杜集敍録於杜詩提要敍録根據相關史料，對吳瞻泰生平事迹作了至今最爲詳盡的敍述。

㈡杜詩提要版本流傳情況，杜集敍録已有詳明考述。此次點校所據底本爲臺灣大通書局影印清康熙年間山雨樓刻本。由於杜詩異文甚多，對其所録杜詩原文，除疑爲誤植者，一般不出校記。

㈢清康熙六年（一六六七）安徽建省前，徽州屬江南省。

㈣筆者另撰有黄生交遊考（載古籍研究二〇〇七年卷下，安徽大學出版社），考得此數人爲徽州籍。

㈤本文所據杜詩評律爲復旦大學圖書館藏清康熙三十六年重刻本，杜詩説爲四庫全書存目叢書影印中國人民大學圖書館藏清康熙三十五年一木堂刻本，杜詩提要爲臺灣大通書局杜詩叢刊影印本。

㈥參考孫微清代杜詩學史，濟南，齊魯書社二〇〇四年版。

㈦關於該詩是否寓有譏刺問題的爭議，可參考郭曾炘讀杜劄記，上海古籍出版社一九八四年版，下同。

㈧同諸公登慈恩寺塔諷喻問題諸説，可參考郭曾炘讀杜劄記。

㈨傅與礪詩法正論引（轉引自張健清代詩學研究，北京大學出版社一九九九年版）。

㈩關於以文法論杜詩的問題，可參考簡定恩清初杜詩學研究第一編第二章第一節形式批評的崛起。孫微清代杜詩學史第一章清代杜詩學總論部分對此亦有所述。

㈠轉引自劉大傑、章培恒先生金聖歎的文學批評，載中華文史論叢第三輯，中華書局一九六三年版。

㈡如北征詩金批，見金聖歎批選杜詩卷二。

㈢關於杜甫『詩史』説的歷代發展和錢謙益以詩證史等問題，可參考簡恩定清初杜詩學研究（臺灣文史哲出版社一九八六年版）第二編第三章、郝潤華錢注杜詩與詩史互證方法（黄山書社二〇〇〇年版）。

㈣杜臆撰成在杜詩説前，但杜詩説中没有提及杜臆。杜臆解空囊之『看』爲『看守』。杜詩説亦持此説，謂得此解是與洪舫討論的結果，且甚爲自得。故筆者以爲黄生撰杜詩説似未參考杜臆。

汪洪度序〔一〕

司馬子長之文，杜子美之詩，體不同而法同。故文之變化如子長，詩之變化如子美，千古未有儷之者也。韓退之文學子長，而準繩規矩純似子長；詩學子美，而詰屈聱牙亦是子美化身。故千古之善學兩公者，無有能出退之右者也。然他家之詩徑顯而易窺，杜之詩徑隱而難測，譬則珠玉然，他詩輝照乘而采騰霄者也，杜其含於川而韞於石者也。天下之人未知其含之、韞之者之在於何所，而必待能者之自悟。或不能焉，唯迹象是求，彼此互相訾議，靡所折中，無怪乎其妄爲之軒輊也。而能執子長之文法以繩子美之詩法，則莫善於杜詩提要之一書，蓋傳註之權輿而古今之特識也。余少親炙白山、方舟兩公，即知尊杜。因潛心以學者有年。間亦有心得，終如山谷所云『欲隨欣然會意處，箋以數語』，卒汩没於世俗而不暇。不意於吾友東巖氏觀厥成焉。東巖倀倀凉凉，澹於世好。溪雲山雨中，以及舟車行役，於書無所不窺，而獨癖嗜杜。於注家無所不究，而獨與鄙人之言有相視莫逆者。積數十年，丹鉛弗輟，屢經削藁，然後成書十四卷。博采前人箋註，得者仍之，失者正之。不傍人門户以拾牙慧，而亦無穿鑿傅會、刻意求新之失，直若親見浣花老人口授。其謀篇命意、章程紀律、起伏頓挫之法，而爲之披剥剔抉，不失累黍。學者誠窺見東巖體會之苦心，則舉前人註杜之書皆若可廢也。然人亦有言曰：『詩有别才，非關學也。』余謂舍法而論詩，將摘取一字一句以爲標新，直劉須溪之續耳，安所得其縱横變化之術，爲前古後今之隻眼哉！蘇子瞻云：『學詩當以子美爲師，有規矩法度可學。』夫以子瞻之才高識廣、放浪自恣，而猶取法子美，則提要一書，其爲後學津梁也必矣。谼中同學弟汪洪度撰。

校記

〔一〕標題原無，爲校點者所加。

自序

子美之詩，駕乎三唐者。其旨本諸離騷，而其法同諸左史。不得其法之所在，則子美之詩多有不能釋者，其旨亦因之而愈晦。三閭之作騷也，疾王聽之不聰，悲一世之温蠖，故離憂鬱結，常託於沅蘭湘芷之間，以冀君之一悟；流連比興，有國風之遺焉。少陵遭兩朝板蕩之餘，播遷夔蜀，卒無所見於時。故其詩沉鬱頓挫，常自寫其慷慨不平之氣，以致情於君父。舉凡山川跋涉、草木禽魚，一喜一愕，咸寄於詩。蓋先有物焉蓄於其中，而後肆焉。此作詩之本，所以有『竊攀屈宋宜方駕』之語也。而至其整齊於規矩之中，神明於格律之外，則有合左氏之法者，有合馬班之法者。其詩之提掣、起伏、離合、斷續、奇正、主賓、開闔、詳略、虚實、正反、整亂，波瀾頓挫，皆與史法同。而蛛絲馬迹，隱隱隆隆，非深思以求之，了不可得。論杜者咸曰『詩史』，吾謂杜不獨善陳時事，爲足當『詩史』之目也，其詩法亦莫非史也。然黄鶴、魯訔之流，不得其法而但援據史鑑，曲爲之説。是欲以瀼西草堂、荒村子月，足當劉眴、宋祁新、舊唐書也，可乎哉？故余嘗選讀杜詩，以教子弟焉。非求簡也，求其法而已矣。客有難之者，曰：『法易耳，閭師小學之所優，何齒焉？必盡而顧得古今詩人之體勢，抉漢、魏、唐、宋之藩籬，以兼通條貫於其間，而後可成一詩家。而顧斤斤於方寸之末以言詩，何淺之乎視詩也！嗟乎！執是説以論詩，如造室者去繩墨之曲直、規矩之方員、尋引之短長，而曰『吾能知體要也』，室不撓則崩。此不唯不知杜，并不知漢、魏、唐、宋諸賢之詩也。雖然，詩以道性情，而法兼學力。使無離憂鬱結、香草美人之寄託，無以成騷賦之祖；無播遷夔蜀，刻不忘君之本懷，無以造乎『詩史』之宗。是以知子美作詩之本，不可學者也；子美作詩之法，可學者也。吾特抉剔其章法、句法、字法，使爲學者執要以求，以與史法相證，則有從入之門，而亦可漸窺其堂奧。是不爲淺也。遂書之以序其箋註之意焉。歙人吴瞻泰識。

評杜詩略例

子瞻謂：『學詩當以子美爲師，有規矩法度，故可學。』黄魯直則推爲『詩中之史』。羅景綸則推爲『詩中之經』。楊誠齋則推爲『詩中之聖』。王鳳洲則推爲『詩中之神』。諸家所論雖不同，而莫不以法爲宗焉。古有古體之法，絲緒多而益見其長。律有律體之法，尺度嚴而益通其變。蓋法有從横、奇正之不同，而意即離合出没於其中。若左馬之文，不可以繩尺拘者，不得其法而意亦晦。吾願世之學杜者即作左馬讀可也。

温柔敦厚，詩之教。昔賢亦云『詩有别裁，非關學也』，何拘乎法？然自三百篇、楚騷、十九首、蘇、李、曹、劉以下訖三唐，不離於法。而論者謂古詩如無縫天衣，必求之針縷襞績間，愚矣。循是説也，將必以詩在可解不可解之間，甚且以不解爲解矣。章法迷昧，線索未清，而一詩入手，即連稱曰：『佳句！佳句！』以此論子美，安知不爲『蚍蜉撼大樹』哉？故此集一以論法爲歸。

曰高，曰古，曰深，曰遠，曰長，曰雄渾，曰飄逸，曰悲壯，曰淒婉，嚴滄浪之詩品也。然皆在影響疑似之間，不若少陵自道曰『沈鬱頓挫』。其沈鬱者意也，頓挫者法也。意至而法亦無不密。以意逆志，是爲得之。故不加膚詞贊美以取無關痛癢之譏。

斷章摘句以言詩，是裂帛而誇紈縠也，不成章矣。劉辰翁評杜，每摘一字一句以爲標新，而昧上下文神理。宋潛溪已譏之。且開竟陵一派，識者不尚焉。其有一二佳句，膾炙人口，而章法未盡工者，不在選列。

『詩史』二字，非徒謂其筆之嚴正如春秋書法也。如北征、留花門、前後出塞、哀王孫、悲陳陶、哀江頭、洗兵馬、冬狩行、收京、有感、洞房、秋興、諸將等詩，能括全史所不逮，足使唐之君臣聞之不寒而慄，謂非史乎？而操編年之柄者，必欲年經月緯以排纘之，强取其人、其事以實之，殊覺傅會。此編概不濫收。箋釋典故，前賢蒐輯靡遺；敷衍文義，又類訓詁習氣。此集不敢效颦。其隱晦者箋之，譌誤者析之，止求達意而止，弗敢博收以爲辨。然學識謭陋，欲知子美之正味，而或不免來異饌之譏。願海内鉅工急爲釐正焉。甚幸。

詩至老杜，千彙萬狀，而離奇變化不踰榘矱，固言之有則者也。初以杜詩則名書。丙子秋，持以質吾師田山薑先生。先生曰：子不聞韓子之言曰『記事者必提其要，纂言者必鉤其元』？之子評杜，兼斯二者。而簡帙不煩，片言析理。予以提要易子書名，更有當焉。遂從之。自是復覃精研思，考古質今，累易其藁，乃成兹帙。閲者徧取舊本而讎對之，庶諒其苦心之所存。

元人單陽元復年譜，較呂汲公大防爲詳。初欲依單本編年之次，不分古今體，使讀者因其時其地其人，略得公之生平前後次序，不至大有參錯。然此集乃瞻泰一己所得，簡其要以爲讀本，非工部全書也。故仍分體，以便於讀。而各體之序次，則本之於單爲多云。

杜詩數十百種，字句舛譌，終少善本。朱子嘗欲作考異，未果。此編與他本不同者，兼綜而審處之，大率以單本爲良。其以『天闕』爲『天闚』等類，則蔡興宗、楊升菴之徒故爲矜奇，不敢取信。

宋元以來，箋註千家，旁搜遠紹，積日窮年，咸有采録。而老友黄白山生、汪于鼎洪度、王名友棠、余弟漪堂瞻淇，晨夕析疑，凡所徵引，悉署某賢，不敢竊取。余門人程南岑鋆、程翼山御龍、方北山愉、程實夫亶、羅千仞振，及弟青涯瞻澳、録機瞻麓、賓門揆，篤好此書，人各手録，商訂不倦。友人羅東萬挺素嗜杜，一見茲編，袖歸示其弟需材掄、子立人本仁、友朔本倩，繕録副本，日夕吟誦，遂代授剞氏焉。故書其緣起於此。

杜詩提要卷一

五言古

望嶽

岱宗夫如何？呼。齊魯青未了。應。造化鍾神秀，陰陽割昏曉。神秀所鍾，故昏曉變色。二句不平對。吳湋堂云：『妙在「割」字。割，分也。深山之中，陰陽不同，其陽曉矣，其陰尚昏。非久於遊山者不能道。非筆有錘鑪，亦不能鍊此一字。』盪胸生層雲，決眥入歸鳥。會當凌絶頂，一覽衆山小。

『盪』字，用馬融廣成頌『洞盪胸臆』語，訓寬展意。

通首寫『望』字。起句是初視，駭然，未到之時，先有一岱宗奇境在胸中，故爲心口商度之詞，一呼一應也。次句寫出遠望之神，氣象廣闊，故三、四承接以狀其貌。五、六則從近望，屬倒句。望層雲之生而胸爲之盪，望歸鳥之入而眥爲之決。七、八是進一步法。言『會當凌絶頂』，更恣奇觀，則小天下之山矣。結盡望意，以末句『覽』字爲線。舊注將五、六作從高視下解，則倒置題面，末句遂通不去。此古詩之對偶者，猶自選體中來，而其結撰嚴整，已似五律。

游龍門奉先寺

已從招提游，頓住『游』字。下俱從『宿』字寫其境。更宿招提境。陰壑生靈籟，月林散清影。天闕象緯逼，雲臥衣裳冷。欲覺聞晨鐘，令人發深省。

題是游龍門奉先寺，發端便一筆撇開不敘，直下『宿』字。蓋謂游時尚不知其境之妙，至夜宿而乃見也。陰壑，一境也；月林，一境也；象緯逼，一境也；衣裳冷，一境也。向使一游即去，豈不失此層層妙境耶？故撇過『游』字，正加倍寫『游』字也。『發深省』，是將覺未覺之時，鐘聲徐來，恍然悟我在天闕雲臥中高寒極樂之境，益醒出宿時之境不同如此，而游事盡矣。起、結具有化工。前人註此題『游』字當作『宿』字，未知鑄題之妙。

前出塞九首

錢虞山云：前出塞爲徵秦隴之兵赴交河而作。後出塞爲徵東都之兵赴薊門而作。前則明皇好武，窮兵開邊，故以從軍言之。後則禄山逆節既萌，幽燕騷動，而明皇不悟，卒有陷没之禍。假征戍者之詞以諷之也。

戚戚去故里，悠悠赴交河。點出赴交河。公家有程期，亡命嬰禍羅。程期迫矣，則思逃亡。又恐法網甚密，亡亦不免。故下文不覺呼君又呼父母，哀聲惻惻也。君已富土境，開邊一何多！五、六提筆。棄絶父母恩，吞聲行負戈。

此從軍者初别家之情也。開邊是九章主腦，故首章即提綱。已富而又開邊，微言冷刺。一『何』字，婉而厲。末五字又進一步，將上文呼君呼父母一齊撇開，且『吞聲』、行去、『負戈』也，字字嗚咽。

出門日已遠，不受徒旅欺。不受欺，不肯受欺也，已描出勇敢之神。骨肉恩豈斷？男兒死無時。走馬脱轡頭，手中挑青絲。捷下萬仞岡，俯身試搴旗。一截。

此下三首，皆在道時之言。此章微分兩截。前截是勇敢人思一死所，死而得所，即得時也。骨肉之恩豈無，男兒之死有在。故作頓挫語，描出壯士精神。舊解謂未知生死何時，則兒女子之言，男兒所不道也。後截一氣滚下，寫出壯士精神百倍。然却從『男兒死無時』一句生來。則上下截固藕斷絲聯。著一『試』字又妙，是未臨危懸空摹擬話，正欲圖爲效死之地也。

磨刀嗚咽水，紀地。水赤刃傷手。欲輕腸斷聲，心緒亂已久。一截。『輕』字，寫出無可奈何景狀。丈夫誓許國，憤惋復何有？功名圖麒麟，戰骨當速朽。一截。

聞嗚咽水而腸斷，故心緒錯亂。磨刀傷手不自知，及至水赤而後見。四句是參錯倒序法。此章亦微分兩截。前截柔聲慘切，語語斷腸；後截慷慨雄談，忽激爲變徵之聲。若出兩人之口。殊不知後截正是强爲排遣，姑爲此大言耳。八句中自具頓挫。

送徒既有長，遠戍亦有身。生死向前去，不勞吏怒嗔。路逢相識人，附書與六親。哀哉兩決絶，不復同苦辛。不言不同歡樂，而言不同苦辛。並苦辛亦不能同，怨之甚也。

黄白山云：此因途中有附書之事，其行稍後，故爲吏所怒也。戍卒别無他物，止有此身而已，生亦去，死亦去，不勞吏怒也。吏即送徒之長。『路逢』二句，是戍卒述與送徒長之言。『哀哉』兩句，又即書中之語也。多少層次，讀之凄楚欲絶。此亦倒序法，若將附書説向前，即索然。

迢迢萬里餘，領我赴三軍。軍中異苦樂，主將寧盡聞？一截。隔河見胡騎，倏忽數百羣。一截。我始爲奴僕，幾時樹功勳？奴僕何能樹功勳，況始爲奴僕乎？恨在『始』字。

此初到軍中之詞。軍中苦樂不均，方有致怨主將之意。轉筆忽作敵愾之音，兒女一變爲英雄。用筆靈幻莫測。此與『磨刀』章同一機杼，然多末二句，又一放去，更覺離奇。

挽弓當挽彊，用箭當用長。射人先射馬，擒賊先擒王。殺人亦有限，立國自有疆。苟能制侵陵，豈在多殺傷？

白山云：四語似謡似諺，樂府妙境。四句頂「擒王」。

此爲九首扼要之旨。大經濟語，借戍卒口中說出，託刺甚深。「立國自有疆」，諷諫微妙，使開邊者猛然自省。

驅馬天雨雪，軍行入高山。逕危抱寒石，指落曾冰間。已去漢月遠，何時築城還？浮雲暮南征，可望不可攀。

此專序築城而思家也。「逕危」二句，正賦築城，至第六句，始點清，亦倒序法。「漢月」句，起下思家。雲南征而人不與俱還，工於起興。

單于寇我壘，百里風塵昏。雄劍四五動，彼軍爲我奔。擄其名王歸，繫頸授轅門。潛身備行列，一勝何足論？

此序立功之事。「四五動」，具見料敵制勝處。五、六兩句，懸空虛擬，并末言有功不伐，皆見敵愾之勇。

從軍十年餘，能無分寸功？衆人貴苟得，欲語羞雷同。中原有鬭爭，況在敵與戎〔一〕？丈夫四方志，安可辭固窮？

此總結前後之意，若爲不伐其功者。『貴苟得』，『羞雷同』，一縱一擒，寫得戍卒有品如此，并征戍之怨，一齊掃盡，忠厚之至也。

杜不擬古樂府。出塞諸作，即樂府也。看其吐辭温厚醇樸，逼真漢人。

奉贈韋左丞丈二十二韻

紈袴不餓死，懸空發端一句。儒冠多誤身。提綱。下分兩段寫。丈人試静聽，賤子請具陳。以下自陳。甫昔少年日，蚤充觀國賓。讀書破萬卷，下筆如有神。賦料揚雄敵，詩看子建親。李邕爭識面，王翰願卜鄰。自謂頗挺出，立登要路津。致君堯舜上，再使風俗淳。此下自陳儒冠抱負。此意竟蕭條，行歌非隱淪。二句小住，東上起下。天下惟隱士無意君民，狂歌自放。若賤子則非隱淪也。所以生出下一段憤恨意。騎驢三十載，旅食京華春。朝扣富兒門，暮隨肥馬塵。殘杯與冷炙，到處潛悲辛。主上頃見徵，欻然欲求伸。青冥却垂翅，蹭蹬無縱鱗。此段自陳誤身。『青冥』二句，有怨百寮意。以比意透之，怨而不怒。甚愧丈人厚，甚知丈人真。遥接『丈人』。每於百寮上，猥誦佳句新。竊效貢公喜，難甘原憲貧。焉能心怏怏，祇是走踆踆？今欲東入海，即將西去秦。尚憐終南山，回首清渭濱。常擬報一飯，況懷辭大臣？此段始及贈丈人。欲去還留，低徊欲絶。辭大臣，即辭丈人也。屬望之意，自在言外。白鷗没浩蕩，萬里誰能馴？

一起如風雨驟來，不知何爲而發。蓋此老一肚皮稷契，思以致君堯舜爲己任。而當路無一援手，故開口便駡。其蓄意則在句前也。『騎驢』一段，中分三折。既言到處悲辛，是無知遇矣，而主上忽見徵。既欻然求伸，是有知遇矣，而却垂翅無縱鱗。抑揚頓挫，一波三折，總是曲筆寫『儒冠多誤身』一句。結二語，全體俱振，乃於極無聊中，作自寬語。悠揚跌宕，亦推開法也。通首二百餘字，字字急。結十字，字字緩。於急處見牢騷，於緩處見蕭遠，而蕭遠正深於牢騷也。詩之比興，猶文之譬喻。無比興則語直而意窘。惟於直敘中，用比興以間之，遂覺煙波無際，而用之首訖爲尤難。觀此一結，何其意味深長耶！題是贈韋丈，詩俱説己況，惟於末段遥應，有煙雲斷續之妙。單陽元云：公於韋左丞兩贈詩，初望其有所汲引，終見其無薦達之意，故辭之而去也。

贈衛八處士

人生不相見，動如參與商。開口便懊恨。今夕復何夕，共此燈燭光。少壯能幾時，鬢髮各已蒼。訪舊半爲鬼，驚呼熱中腸。焉知二十載，重上君子堂。斷。昔别君未婚，兒女忽成行。一提。怡然敬父執，問我來何方。問答未及已，驅兒羅酒漿。夜雨剪春韭，新炊間黄粱。

斷。主稱會面難，一舉累十觴。十觴亦不醉，感子故意長。看『驅』字、『剪』字、『間』字，具見遠客猝至荒率之狀，而驚喜神情宛然在目。『主稱』二句，主言也。『十觴』二句，賓答也。序事中帶詞令。明日隔山嶽，世事何茫茫。『明日』、『今夕』，首尾遥對。『兩』，陽元本作『何』，似覺風神。文必意達而後轉，詩不必意達須即轉。蓋文惟恐不盡，詩惟恐不藏。愈轉愈曲，愈藏愈深。此章發端二句，即忙作一轉。通首無一直筆，抑揚頓挫，得蘇李之神。中二段雖直敘，然筆筆是轉。至末，一主一賓兩轉。結句又是一轉。起處寫未相見前一筆，結處寫既相見後一筆，有來路，有去路，悱惻動人，而發端尤突兀。

同諸公登慈恩寺塔 時高適、薛據先有作。

高標跨蒼穹，烈風無時休。自非曠士懷，登兹翻百憂。『憂』字一篇之眼。方知象教力，足可追冥搜。六句冒。『象教』點明『塔』字。下二段分寫登塔。仰穿龍蛇窟，始出枝撐幽。七星在北户，河漢聲西流。羲和鞭白日，少昊行清秋。一段仰望。曰『在』、曰『聲』、曰『鞭』、曰『行』，極狀其高。如聞其聲，如見其事。秦山忽破碎，涇渭不可求。俯視但一氣，焉能辨皇州？一段俯望。回首叫虞舜，蒼梧雲正愁。惜哉瑶池飲，日宴崑崙邱。黄鵠去不息，哀鳴何所投。君看隨陽雁，各有稻粱謀。『君看』二字，宜在『黄鵠』之上。『俯視』二字，宜在『秦山』之上。倒序便離奇。此傷長安也。登高望遠，百憂皆集。三、四兩句，爲一篇扼要，言天下惟放達者無憂，我非其人，翻生百憂，反言見意。『虞舜』，憂明皇之遊幸。『瑶池』，憂貴妃之荒宴。『黄鵠』，憂君子之去位。『陽雁』，憂小人之貪禄。皆暗以『憂』字串，而妙處在不即接，又以『俯』、『仰』二段，參錯成章。幾以爲寫登塔之景，而實隱其用筆之端。意奇法變，縱横跌宕，非可以尋常規矩求之也。諷切明皇，不忍直露。看其登塔處，直陳所見。入時事，皆用引喻。末八句四用比，不參正意，若全與登塔無涉者，然皆自不可求、不可辨中生出。殆所謂定哀之際多微詞歟？此其所以『登兹翻百憂』也。

送高三十五書記十五韻

崆峒小麥熟，且願休王師。請公問主將，焉用窮荒爲？饑鷹未飽肉，側翅隨人飛。六句截住。『崆峒』紀其地，『麥熟』紀其時。『主將』指哥舒翰，『公』指高書記。『饑鷹』喻當時新附之兵。難正說，即用比興。正假高以問之詞也。高生跨鞍馬，有似幽并兒。脱身簿尉中，始與捶楚辭。借問今何官，觸熱向武威？答云一書記，所愧國士知。此段纔入送高書記。人實不易知，更須慎其儀。十年出幕府，自可持旌麾。此行既特達，足以慰所思。男兒功名遂，亦在老大時。此段承上『國士知』而足言之，重戒高生也。常恨結歡淺，各在天一涯。又如參與商，慘慘中腸悲。驚風吹鴻鵠，不得相追隨。黄塵翳沙漠，念子何當歸。此段序别。邊城有餘力，蚤寄從軍詩。二句明結『高生』，暗結主將，乃雙關法。

此篇奇處，全在首尾。送人詩，偏不先寫送别，即忙以『休王師』大主腦發端，最爲突兀。蓋哥舒翰征吐蕃有窮荒黷武之虞，而用新附之兵，適時爲掌書記，公欲其首問此意，故不暇及送别私情也。一篇主意，説在送别之前，以下敘高書記，不復提一字，若前後不相聯絡，至末始以『邊城』字、『從軍』字暗暗挽合。此所謂常山率然，相應無迹者也。劉須溪謂前四句與後不相涉，戇矣。諸家注『饑鷹』指高，甚謬。不唯與『國士知』語不合，且卑視達夫如此，亦無是送行之體也。觀寄高書記五律『主將收才子』、『崆峒足凱歌』云云，其推重高之才名如彼，可爲明證。

九日寄岑參

出門復入門，雨脚但仍舊。所向泥活活，思君令人瘦。沈吟坐西軒，飲食錯昏晝。寸步曲江頭，難爲一相就。此段苦雨不得訪岑。吁嗟乎蒼生，稼穡不可救。安得誅雲師？疇能補天漏？大明韜日月，曠野號禽獸。君子强逶迤，小人困馳驟。『吁嗟乎』三字峭甚，直貫下八句，皆歎詞。維南有崇山，恐與川浸溜。是節東籬菊，紛然爲誰秀〔三〕？岑生多新語，性亦嗜醇酎。采采黃金花，何由滿衣袖？此段點明『九日』，歸到『寄岑』作結。

詩貴錬句者，欲句中藏句也。『出門復入門』，只五字耳，描寫苦雨之境，懷友之情畢現。接下七句，反覆見意，俱藏此五字中。是之謂含蓄。起、結皆懷人情況。中一段陡發大議，憂國憂民，煞有關繫，氣象極闊，波瀾極壯。『吁嗟乎』三字，尤下得突兀，使讀者精神頓聳。天寶十三載，關中大饑，明皇憂雨傷稼，國忠反獻嘉禾，曰雨雖多，不害稼也。扶風太守房琯言所部水災，使御史推之，自是無敢言災。中一段蓋確有指也。張綖謂此與邶之北風章同意，良然。

後出塞五首

按黃鶴云：後出塞詩，乃乾元時公在秦州思天寶間事而作。非也，當在天寶十四載以前禄山將叛時作。

男兒生世間，及壯當封侯。戰伐有功業，焉能守舊邱？四句即應募者之言。召募赴薊門，點出主腦。軍動不可留。千金買馬鞍，百金裝刀頭。一截。閭里送我行，親戚擁道周。斑白居上列，酒酣進庶羞。少年別有贈，含笑看吳鈎。一截。

此初應募起行也。起四句突兀，掩卷思之，幾不知何故發此大言。及讀『召募赴薊門』

句，乃知爲此。若庸手先説召募，則首四句索然矣。故同一措語，而高卑判者，序次錯落故也。召募本苦役，而寫得軍士踴躍如繪。『千金』二句，加倍襯寫。後六句分寫餞送人，不繳應募一語，來無端而去無迹，真出神入聖手法。

朝進東門營，暮上河陽橋。落日照大旗，馬鳴風蕭蕭。東門、河陽，皆在洛陽，往薊門之所經。平沙列萬幕，部伍各見招。中天懸明月，令嚴夜寂寥。悲笳數聲動，壯士慘不驕。借問大將誰，恐是霍嫖姚。天寶二年，禄山入朝，進驃騎大將軍。『大將』指禄山。曰『恐是』者，不謂然也。

此首途中之詞。前四句是行軍事。中六句是止軍事。格局兩排，分不清則合掌矣。

古人重守邊，今人重高勳。豈知英雄主，出師亘長雲。六合已一家，四夷且孤軍。遂使貔虎士，奮身勇所聞。拔劍擊大荒，日收胡馬羣。誓開玄冥北，持以奉吾君。

此逆覷漁陽必叛，故以貪功爲譏也。説者謂此篇重前出塞第一首開邊意。然彼重開邊，此重高勳，移步换形，故雖以守邊起，以開邊結，兩兩相形，而守邊只懸空一語，下俱承高勳説，深憂隱憤，意在言外，又與前章之義不同。時禄山以邊功市寵，數侵掠奚、契丹。又養同羅、奚、契丹降者八千餘人，謂之『曳落河』。又蓄戰馬數萬匹。皆天寶十載前事，正此詩所指。

獻凱日繼踵，兩蕃静無虞。『兩蕃』謂奚、契丹。漁陽豪俠地，『漁陽』點題。擊鼓吹笙竽。雲帆轉遼海，粳稻來東吳。虞山云：按此，唐時已有海運。越羅與楚練，照耀輿臺軀。主將位益崇，氣驕凌上都。邊人不敢議，議者死通衢〔三〕。時有言禄山反者，明皇縛送禄山。道路相目，無敢言者。

此後二章，諷禄山之必叛，特借征戍之詞以達之，言外有養虎自貽患意。仇滄柱云：濫賞以給軍心，嚴刑以箝衆口。可謂善寫逆狀矣。

我本良家子，出師亦多門。將驕益愁思，身貴不足論。躍馬二十年，恐辜明主恩。坐見幽州騎，長驅河洛昏。中夜間道歸，故里但空村。惡名幸脱免，窮老無兒孫。

『惡名』二字，在戍卒口中説出，妙絶。不必斥言叛將之惡，自足使之慚愧無地矣。結句屬倒煞法，言寧可兒孫見戮，必不可身貴，與叛將同受惡名。以主恩不可負，而『我本良家子』也。逆捲而上，如風轉蓬，力量深厚，使讀之者三復而不能已。白山云：前、後出塞，皆諷明皇黷武之事。交河之役以遣戍，故其辭怨；薊門之役以召募，故其辭夸。然兩蕃雖静，禄山繼反。是徒搜狐兔之穴，而不知虎狼之在門内也。詩但具其事，而諷刺之意自見於言外。此真樂府正音，固不在區區字櫛句比耳。

自京赴奉先縣詠懷五百字

杜陵有布衣，老大意轉拙。許身一何愚，竊比稷與契。居然成濩落，白首甘契闊。蓋棺事則已，此志常覬豁。起一段，一篇冒子，而慷慨不平之氣畢露。蓋以稷契自期，便不應布衣終老。曰『成』曰『甘』，反言見意。不怨人不我用，只以愚拙自咎，立言深厚。起五字已具書法。以下七句，低徊欲絶。白山云：『居然』句言生事落魄。『白首』句言室家阻隔。窮年憂黎元，歎息腸内熱。取笑同學翁，浩歌彌激烈。非無江海志，瀟灑送日月。生逢堯舜君，不忍便永訣。當今廊廟具，構厦豈云缺？葵藿傾太陽，物性固莫奪。顧惟螻蟻輩，但自求其穴。何爲慕大鯨〔四〕，輒擬偃溟渤？以兹悟生理，獨恥事干謁。兀兀遂至今，忍爲塵埃没。終愧巢與由，未能易其節。沉飲聊自遣，放歌每愁絶〔五〕。一段慨歎，以申首段之意，而中微分兩小段。前是一片熱腸，不忍絶意仕進；後是一腔憤心，忍爲塵埃以没。『忍』、『不忍』兩字遥遥對照。『螻蟻』句見所求者狹。『大鯨』句見所慕者奢。總見廊廟之上，大小俱不安其分，是以恥事干謁，而甘没塵埃也。巢由，古之布衣。雖愧其人，不易其節。自謙處，正自負處。得此二語，首句之神益醒。歲暮百草零，疾風高岡裂。天衢陰峥嶸，客子中夜發。霜嚴衣帶斷，指直不得結。此段始序自京起程。下分三段，皆途中所見，而慨歎以發之。凌晨過驪山，提筆。御榻在嵽嵲。蚩尤塞寒空，蹴踏崖谷滑。瑶池氣鬱律，羽林相摩戛。君臣留歡娛，樂動殷膠葛。賜浴皆長纓，與宴非短褐。一段遊幸。只序其儀衛之盛，而荒淫之諷，自在言外。蚩尤，指旗言。瑶池，温湯也。上林賦：『張樂乎膠葛之寓。』言曠遠深藐也。彤庭所分帛，本自寒女出。鞭撻其夫家，聚斂貢城闕。聖人筐篚恩，實欲邦國活。臣如忽至理，君豈棄此物？多士盈朝廷，仁者宜戰栗。一段濫賞。白山云：本諷明皇賚賞無節，但歸咎臣下虛縻主上之賜，深得立言之體。況聞内金盤，盡在衛霍室。中堂舞神仙，煙霧蒙玉質。暖客貂鼠裘，悲管逐清瑟。勸客駝蹄羹，霜橙壓香橘。朱門酒肉臭，路有凍死骨。一段戚畹，譏楊氏汰侈也。白山云：只用一『況』字轉下，妙。『中堂』二句，指女樂。榮枯咫尺異，惆悵難再述。二句結上起下。北轅就涇渭，提筆。官渡又改轍。羣水從西下，極目高崒兀。疑是崆峒來，恐觸天柱折。河梁幸未坼，枝撑聲窸窣。行李相攀援，川廣不可越。一段遥接征途。老妻寄異縣，十口隔風雪。誰能久不顧？庶往共饑渴。入門聞號咷，幼子饑已卒。吾寧捨一哀，里巷亦嗚咽。所愧爲人父，無食致夭折。豈知秋禾登，貧窶有倉卒。一段抵家。生常免租税，名不隸征伐。撫迹猶酸辛，平人固騷屑。默思失業徒，因念遠戍卒。憂端齊終南，澒洞不可掇。一段總結。開一步説，愈寬愈緊。白山云：言生異齊民，得免征税，猶撫迹酸辛如此，況失業徒、遠戍卒，其騷屑當更何如？然則憂在一家者淺，憂在海内者深也。

長詩須有大主腦。無主腦，則緒亂如絲。此詩身與國與家，爲一篇之主腦。布衣終老，不能遂稷契之志，其爲身之主腦也。廊廟無任事之人，致使君臣荒宴，其爲國之主腦也。前由身事入國事，轉入家事，後即由家事勘進一層，繳到國事。緒分而聯，體散而整，由其主腦之明故也。白山云：前從國事轉入家事，後却如何迴抱轉去？讀者試各設想，方知此老筆力不可及。善用曲筆，非徒紆折以爲能，貴斷續耳。題本自京赴奉先縣，開口一字不提，先總發兩段大議，憂國憂民，已見本領。然後入客子長征，又不即及妻子，偏於途次發三段大議，使當時淫樂女寵佞倖毒害生民之態，皆已畢露。然後遥接抵家，讀者必謂到頭結穴矣，而一結忽又放去。是失業徒、遠戍卒，斷而復續，續而復斷，煙雲繚繞，不知其筆之何所止，真神化之文也。大段亦只三支，而三支中又分作九段，其大支歇處又必有束筆，此天地山川自然之結搆也。其間隱隱隆隆，蛛絲馬迹，使人詠之不見其痕，則非從左、國、史、漢中討出消息，未許其能讀杜詩也。結尾『憂端』『憂』字與起手『憂黎元』『憂』字相應，滿腔稷契，原不憂妻子也。乃至抵家之後，方自念貧賤死亡之不暇，而復念及遠戍失業，此是何等胸次？張上若云：此詩序自京赴奉先縣猶略，全是詠懷。可見古人鑄題，必不苟設。

白水縣崔少府十九翁高齋三十韻

客從南縣來，浩蕩無與適。旅食白日長，況當朱炎赫。從自己序起。朱炎，紀時。高齋坐林杪，信宿遊衍闃。清晨陪躋攀，傲睨俯峭壁。崇岡相枕帶，曠野迴咫尺。始知賢主人，贈此遣愁寂。序高齋一層。危階根青冥，曾冰生淅瀝。上有無心雲，下有欲落石。泉聲聞復息，動靜隨所激。鳥呼藏其身，有似懼彈射。吏隱適情性，茲焉其窟宅。序高齋二層。以鳥之藏身，比隱吏之得止也。白水見舅氏，諸翁乃仙伯。入崔少府。杖藜長松陰，作尉窮谷僻。爲我炊雕胡，逍遥展良覿。坐久風頗怒，晚來山更碧。相對十丈蛟，欻翻盤渦坼。何得空裏雷，殷殷尋地脉。煙氛靄崷崒，魍魎森慘戚。崑崙崆峒巔，回首如不隔。序高齋三層，遥接泉聲而言。前軒頽返照，巉絶華嶽赤。兵氣漲林巒，川光雜鋒鏑。知是相公軍，鐵馬雲霧積。玉觴澹無味，胡羯豈强敵？長歌激屋梁，淚下流衽席。序時事一層。相公軍，指哥舒翰，時爲兵馬副元帥以討禄山。人生半哀樂，天地有順逆。二句略一束。慨彼萬國夫，休明備征狄。猛將紛填委，廟謨蓄長策。東郊何時開？帶甲且未釋。序時事兩層。欲告清宴罷，難拒幽明迫。三歎酒食傍，何由似平昔！收到少府席上。

此憂亂之詩，非宴會之詩，故一切主賓酬酢語皆置不用。然題曰『高齋』，則高齋是主，而凡兵氣、軍聲、將帥以及逆賊皆客也。偏若一齊在高齋見之，此是何等眼光，何等懷抱！故『前軒頽返照』一段，乃一篇精神結穴處。而前寫高齋本兩層，分作三層。後寫時事本一層，分作兩層。斷續離奇，化其直序之迹，此長篇結搆之妙也。

三川觀水漲二十三韻

我經華原來，不復見平陸。北上惟土山，連天走窮谷。火雲出無時，飛電常在目。此段從漲前序起。自多窮岫雨，行潦相豗蹙。蓊匌川氣黄，羣流會空曲。清晨望高浪，忽謂陰崖踣。恐泥竄蛟龍，登危聚麋鹿。枯查卷拔樹，礧磈共充塞。聲吹鬼神下，勢閲人代速。不有萬穴歸，何以尊四瀆？序水漲一層是羣流。『萬穴』二句一束。『聲吹』二句奇險。是上一下四句法。及觀泉源漲，反懼江海覆。漂沙坼岸去，漱壑松柏禿。乘陵破山門，迴斡裂地軸。交洛赴洪河，及關豈信宿。應沈數州没，如聽萬室哭。序水漲二層是泉源。『應沈』二句一束。穢濁殊未清，風濤怒猶蓄。何時通舟車？陰氣不黲黷。序水漲三層是穢濁。總束上二段也，是從漲後設想。浮生有蕩汩，吾道正羈束。人寰難容身，石壁滑側足。雲雷屯不已，艱險路更跼。普天無川梁，欲濟願水縮。一段自悲。因悲中林士，未脱衆魚腹。二句悲人。舉頭向蒼天，安得騎鴻鵠？推開作結，有己饑己溺意。與『默思失業徒，因念遠戍卒』同一著想。

從漲前起，是其來路；從漲後結，是其去路。蓋善在題之前後左右著想也。而每段有起必有束。漲在羣流，則有萬穴之歸；漲在泉源，即恐數州之没。針鋒極緊。『浮生』句陡接，末二句推開。上文方言水漲不暇，忽入自悲，使人不測。自悲未了，又代人悲，更不測。蓋於詩人爲胸襟，於詩法爲起伏。無起伏則局平而邊幅狹，無胸襟則景多而寄興少。持此以觀杜，迎刃而解矣。

雨過蘇端 端置酒。

鷄鳴風雨交，久旱雨亦好。杖藜入春泥，無食起我蚤。諸家憶所歷，一飯迹便埽。蘇侯得數過，歡喜每傾倒。也復可憐人，呼兒具梨棗。濁醪必在眼，盡醉攄懷抱。一段端置酒。紅稠屋角花，碧委墻隅草。二句隔斷上文。親朋縱談謔，喧鬧慰衰老。况蒙霈澤垂，糧粒或自保。妻孥隔軍壘，撥棄不擬道。接前段以終其意。『霈澤』，承上雨景。『或自保』，承衰老言，已藏有妻孥句在。

直書其事曰賦，而有比興以間之，則直而婉，此三百篇及漢魏詩秘訣也。比興無他，觸物寫景皆是。如『盡醉攄懷抱』即接『親朋縱談謔』，未嘗不可，然直序索然矣。故此篇『紅稠』、『碧委』一聯爲一篇波瀾。無此二語，應不入選，特取此以例其餘。

喜晴

皇天久不雨，既雨晴亦佳。出郭眺西郊，蕭蕭春增華。青熒陵陂麥，窈窕桃李花。春夏各有實，我饑豈無涯。張遹可云：此自公一身而言，見晴之可喜。『春夏』二句，窮餓中作寬緩語，愈見急迫。干戈雖橫放，慘澹鬬龍蛇。甘澤不猶愈，且耕今未賒。丈夫則帶甲，婦女終在家。力難及黍稷，得種菜與麻。暗承上『饑』字來。遹可云：此段推及時事而言，見晴之可喜。千載商山芝，往者東門瓜。其人骨已朽，此道誰疵瑕。英賢遇轗軻，遠引蟠泥沙。顧慚昧所適，迴首白日斜。一層。漢陰有鹿門，滄海有靈查。焉能學衆口，咄咄空咨嗟。又一層。遹可云：此段推廣言之，遙照『干戈』二句。

此詩分三段寫。首段寫晴景，就題説，放鬆一步。次段、末段皆脱題説，漸漸逼緊。蓋因橫戈帶甲，思爲高蹈計，喜晴不過借以起興耳。『干戈』二句接得突兀。『商山』二句、『漢陰』二句四引古人，更接得突兀。是古文起伏扼隘處。悟此益知直序之不可言詩也。末段一意作兩層寫。朱長孺云：先以古人之道可尚，而不能遠引爲慚。又言必欲追蹤古人，不徒付之咨嗟已也。

校　記

〔一〕敵　諸本皆作『狄』。

〔二〕紛然　錢注杜詩、杜詩詳注等均作『紛披』。

〔三〕通衢　諸本皆作『路衢』。

〔四〕何　諸本皆作『胡』。

〔五〕每　錢注杜詩、杜詩詳注等作『破』。

杜詩提要卷二

五言古

述懷

去年潼關破，妻子隔絶久。一段家事，是追述。今夏草木長，脱身得西走。麻鞋見天子，衣袖露兩肘。朝廷愍生還，親故傷老醜。涕淚授拾遺，流離主恩厚。柴門雖得去，未忍即開口。一段國事，是實境。寄書問三川，不知家在否。比聞同罹禍，殺戮到鷄狗。山中漏茅屋，誰復依户牖？摧頹蒼松根，地冷骨未朽。幾人全性命？盡室豈相偶？嶔崟猛虎場，鬱結迴我首。一段家事，皆書中語。『比聞』以下俱疑詞。自寄一封書，今已十月後。反畏消息來，寸心亦何有？一段家事。漢運初中興，生平老耽酒。沉思歡會處，恐作窮獨叟。一段家國雙收。漢運既已中興，生平又復耽酒，宜若可以歡會矣。『沉思』云者，恐無家竟成窮獨也。上二句一開，下二句一闔，終作疑信相參之詞，寫來如畫。

昔人謂此詩只平平説去，又謂杜古詩鋪序太實。不知其波瀾突起，斷續無蹤，其筆正出神入聖也。題曰述懷，世難未平，心惟戀國；世難稍定，心又思家。此公隱隱傷懷，無可向人述者也。首二句思家，是追序法，意未止而言已斷。『今夏』一段戀國，便已隔絕家事矣。『寄書』二段，又思家，却是空中摹擬，將疑將信，輾轉不定。難在『漢運中興』句提筆一振，既已隔斷家書，更復遥應天子。一提一鎖，嶺斷雲生矣。如此大波瀾、大結搆，何從指他平鋪處？真所謂『文章千古事，得失寸心知』也。

送從弟亞赴河西判官 時杜鴻漸爲河西節度使，辟亞爲從事。

南風作秋聲，殺氣薄炎熾。盛夏鷹隼擊，時危異人至。『時危異人』，一篇之主。令弟草中來，蒼然請論事。詔書引上殿，奮舌動天意。兵法五十家，爾腹爲篋笥。應對如轉丸，疎通略文字。經綸皆新語，足以正神器。一段序亞論事，寫異人。『草中』，草澤中也，伏下『布衣』。宗廟尚爲灰，君臣俱下淚。崆峒地無軸，青海天軒輊。西極最瘡痍，連山暗烽燧。一段序河西所係之重，寫異人，爲上下關鎖。帝曰大布衣，藉卿佐元帥。坐看清流沙，所以子奉使。歸當再前席，適遠非歷試。須存武威郡，爲畫長久利。此段序帝命亞之詞，寫異人，而以詞令爲序事。孤峯石戴驛，快馬金纏轡。黄羊飫不羶[二]，蘆酒多還醉。踴躍常人情，慘澹苦士志。安邊敵何有，反正計始遂。此段序赴河西，寫異人。又以『常人』、『苦士』，夾出『安邊』、『反正』。吾聞駕鼓車，不合用騏驥。龍吟回其頭，夾輔待所致。四句進步法。按陽元云：駕鼓車不合用良馬，蓋言不用之以正神器，乃用之以佐元帥也。『龍吟迴頭』，乃可待以致夾輔王室。極是。蓋規勉從弟，故爲此跌宕語，正是極寫異人處。

以興起，以比結，中間亦只平序。『帝曰大布衣』與『孤峯石戴驛』，兩峯特起，使人不可捉摸，司馬史傳常用此法。

玉華宫 貞觀二十年置，在坊州宜君縣。

溪迴松風長，蒼鼠竄古瓦。不知何王殿，遺構絶壁下。陰房鬼火青，壞道哀湍瀉。萬籟真笙竽，秋色正瀟灑。此段就宫而言。『陰房』二句説淒凉，『萬籟』二句反説得高興，正是最慘時欲哭反笑。美人爲黄土，況乃粉黛假。當時侍金輿，故物獨石馬。此段就宫傍所見而言，是推開一層説。玉華宫近有晉苻堅墓。憂來藉草坐，浩歌淚盈把。冉冉征途間，誰是長年者？此段總結。言故宫寥落如彼，而美人物化又如此，則年之長短安可料哉？兼此二意，以結全勢，語若脱題，却是黏題也。

『不一起慘黯幽凉，音節奇古。先寫溪、寫松、寫蒼鼠、寫古瓦，再寫王殿，筆曲而意沉。『不知何王殿』五字，不忍明言此爲故宫，正是善於立言也。題只『玉華宫』三字，然非詠故宫之作也。乃是還鄜州紀行之作，路經所見耳。故篇中『征途』二字是眼。一路緣溪而行，始見宫殿之飄零，繼見宫傍之故墓，不覺憂從中來，藉草悲歌，因而問征途間誰是長年者，以見憂亦無益。其推開處，正是逼緊處也。近人欲删後四句，則征途眼目俱迷，而章法亡矣。『美人』四句，比也，不忍言故宫物化，特借故宫以興慨也。『真』、『假』二字緊對。王名友云：『真』字妙。粉黛佳人，當以爲真；萬籟笙竽，當以爲假。孰知其此真彼假耶？足解人頤。

九成宫 本隋仁壽宫，貞觀中改九成，在麟遊縣。

蒼山入百里，崖斷如杵臼。未寫宫先寫山，與上首同法。曾宫憑風迴，岌嶪土囊口。立神扶棟梁，鑿翠開户牖。其陽産靈芝，其陰宿牛斗。六句寫宫之盛。紛披長松倒，揭𡾰怪石走。哀猿啼一聲，客淚迸林藪。四句寫宫之衰。荒哉隋家帝，製此今頹朽。向使國不亡，焉爲巨唐有。雖無新增修，尚置官居守。上二段序事，此段議論。『無新增修』，迴互得妙。巡非瑶水遠，迹是雕墻後。于鼎云：二句提筆，乃横空詠歎法，最是詩家妙境。我行屬時危，仰望嗟歎久。『時危』起下二句，『嗟歎』束上三段。天王狩太白，駐馬更迴首。至德二載，肅宗次於鳳翔。鳳翔郿縣有太白山。

亦是紀行之作。一起十字，直是一幅萬山行旅圖。蓋於百里蒼山中，目覩曾宫而歎其與廢也。『我行』二字點明。紀行是血脉，感時是主腦。

羌村三首

峥嶸赤雲西，日脚下平地。柴門鳥雀噪，歸客千里至。吳見思云：先聞鳥雀而後見客至，從家人耳目中看出。妻孥怪我在，驚定還拭淚。世亂遭飄蕩，生還偶然遂。白山云：不曰喜而曰怪，情事又深一層。『世亂』二句是倉卒答家人語，聲口逼真。鄰人滿墻頭，感歎亦歔欷。二句借旁人形容。『亦』字尤妙，有自己在，一字關兩層意。夜闌更秉燭，相對如夢寐。又是一轉，寫驚魂未定如畫。此是還鄜州初歸之詞。通首以『驚』字爲線。始而鳥雀驚，繼而妻孥驚，繼而鄰人驚，最後並自己亦驚。總是亂後生還，真如夢寐，妙在以傍見側出取之。

晚歲迫偷生，還家少歡趣。嬌兒不離膝，畏我復却去。憶昔好追涼，故繞池邊樹。憶昔二句，提筆。蕭蕭北風勁，撫事煎百慮。賴知禾黍收，已覺糟牀注。如今足斟酌，且用慰遲暮。六句撫今，應上不復去。此與下首皆既歸之詞。起四句曲筆描寫，確是亂後還家情景。『憶昔』以下，張邇可云：即『昔我往矣，楊柳依依。今我來思，雨雪霏霏』意。

羣鷄正亂叫，客至鷄鬭爭。驅鷄上樹木，始聞扣柴荆。如古樂府。描寫扣門，却三句寫鷄，筆有古趣。父老四五人，問我久遠行。手中各有攜，傾榼濁復清。苦辭酒味薄，黍地無人耕。兵革既未息，兒童盡東征。『苦辭』四句，代父老言。『兒童盡東征』，語平而意慘。請爲父老歌，艱難愧深情。二句謝父老。歌罷仰天歎，四座淚縱横。

公一生以稷契自期，欲起生民於溝壑，家給人足，功成名遂，奉身以退，是其本懷。今竄身還鄉，偷生終老，一腔幽憤説不出，而姑託言自慰。次首『偷生』二字，已略見其意。至此乃借父老言，説出耕地無人，兵革未息，兒童東征，意若爲責公也者，而却是自愧酒薄，其曲筆固已奇絶矣。乃公於父老言，亦竟不能答，但請爲歌。若將耕戰事置之罔聞，而只謝其攜酒深情。著『艱難』字、『愧』字，正默自慚也。所謂『歌』者，即『艱難愧深情』五字，他語一槩閣下。無限低徊憤恨，須於字句縫中討出。于鼎云：評妙。若不如此看入，則父老以酒薄爲辭，公謝之足矣，何必自愧？何必仰天而歎？何必淚縱横哉？公詩有云：『窮年憂黎元，歎息腸内熱』，實爲此詩註脚。

北征

皇帝二載秋，閏八月初吉。杜子將北征，蒼茫問家室。四句提綱，用紀傳格起。維時遭艱虞，朝野少暇日。顧慚恩私被，詔許歸蓬蓽。拜辭詣闕下，怵惕久未出。雖乏諫諍姿，恐君有遺失。君誠中興主，經緯固密勿。東胡反未已，臣甫憤所切。揮涕戀行在，道途猶恍惚。乾坤含瘡痍，憂虞何時畢。一段辭闕。靡靡踰阡陌，人煙眇蕭瑟。所遇多被傷，呻吟更流血。征途一層。回首鳳翔縣，旌旗晚明滅。征途二層，忽然又回顧行在。前登寒山重，屢得飲馬窟。邠郊入地底，涇水中蕩潏。猛虎立我前，蒼崖吼時裂。征途三層。四句寫秦中險阻，真是天險。『猛虎』，狀蒼崖之蹲踞。菊垂今秋花，石戴古車轍。青雲動高興，幽事亦可悅。山果多瑣細，羅生雜橡栗。或紅如丹砂，或黑如點漆。雨露之所濡，甘苦齊結實。緬思桃源內，益歎生世拙。征途四層。張上若云：每於忙處，借一無要緊事，寫得極情盡態。『桃源』二句，一束。坡陀望鄜畤，巖谷互出没。我行已水濱，我僕猶木末。征途五層。寫急歸之狀，妙從僕上襯出。鴟鳥鳴黄桑，野鼠拱亂穴。夜深經戰場，寒月照白骨。征途六層。潼關百萬師，往者散何卒？遂令半秦民，殘害爲異物。征途七層。潼關師覆，指哥舒翰也。上四句寫將到家憂疑之狀，此處直可以接歸家矣，却又陡恨到哥舒翰事。若一提起朝廷大計，便可忘家。筆勢續斷如游龍。況我墮胡塵，及歸盡華髪。征途八層。上文既已推開，此用一『況』字遞下，言秦民半爲異物，何況我墮賊中耶？頭白得歸，又何恨？二句總鎖征途，下序到家。經年至茅屋，妻子衣百結。慟哭松聲迴，悲泉共幽咽。到家一層，是妻。平生所嬌兒，顔色白勝雪。見耶背面啼，垢膩脚不韈。到家二層，是嬌兒。牀前兩小女，補綻纔過膝。海圖拆波濤，舊繡移曲折。天吳及紫鳳，顛倒在裋褐。到家三層，是小女。極苦境，綴以麗語，寫得如畫。老夫情懷惡，嘔泄臥數日。那無囊中帛，救汝寒凜慄。到家四層，是老夫。粉黛亦解包，衾裯稍羅列。瘦妻面復光，癡女頭自櫛。學母無不爲，曉妝隨手抹。移時施朱鉛，狼籍畫眉闊。到家五層，申妻女。用『自伯之東』四句詩翻出，却借癡女影襯。名友云：『粉黛』二句，寫在前妙。若庸筆，必先點『妻』字矣。生還對童稚，似欲忘饑渴。問事競挽鬚，誰能即嗔喝？翻思在賊愁，甘受雜亂聒。新歸且慰意，生理焉得説？到家六層，申兒童。『生還』二字主腦。總上六段，序兒女瑣屑入細，全從『生還』快樂心坎中描出。『翻思在賊』二語，又縱一筆，愈見『生還』之可慰也。至尊尚蒙塵，幾日休練卒？仰觀天色改，坐覺妖氛豁。陰風西北來，慘澹隨回紇。其王願助順，其俗喜馳突。送兵五千人，驅馬一萬匹。此輩少爲貴，四方服勇決。所用皆鷹騰，破敵過箭疾。聖心頗虛佇，時議氣欲奪。伊洛指掌收，西京不足拔。時事一層，是用回紇。白山云：『至尊』句，言天子且然，餘人幸得骨肉相聚，足矣，生理姑置勿道。『尚』字是應上，非轉下，與前『況』字同法。官軍請深入，蓄鋭可俱發。此舉開青徐，旋瞻略恒碣。昊天積霜露，正氣有肅殺。禍轉亡胡歲，勢成擒胡月。胡命其能久？皇綱未宜絶。時事二層，是用官軍。朱長孺云：公意收復兩京，便當乘勝長驅幽薊，此正是屬望之詞。憶昨狼狽初，事與古先別。姦臣竟葅醢，同惡隨蕩析〔二〕。不聞夏殷衰，中自誅褒妲。周漢獲再興，宣光果明哲。時事微爾人盡非，于今國猶活。時事四層，是陳將軍忠烈。將軍，陳元禮也。言：微爾則人盡非，於今國猶活乎？亦串句，深美其誅楊氏之功。凄凉大同殿，寂寞白獸闥。都人望翠華，佳氣向金闕。時事五層，是想望收京。未收京，則殿闕凄凉寂寞；既收京，則金闕盡佳氣矣。對照自明。園陵固有神，灑掃數不缺。煌煌太宗業，樹立甚宏達。一路寫明皇蒙塵至於收京，此忽提出太宗作結，見祖宗創業宏達，神人共協，其收京也必矣。筆力雄渾，何啻萬鈞？白山謂：二語寬緩，收束不住。又云：説到中興，已是到頭結穴，末段不過餘氣。不知迴瀾砥柱，其力正在此也。

題是杜子北征，發端便及皇帝，非紀歲時也。其主腦正在此。以皇帝始，以皇帝終，是一篇大結撰。看其説家事中，必帶國事；説國事中，並無一語及家事。故雖呶呶絮語，絶非兒女情多也。長詩之妙，於接續結構處見之。又於閒中襯帶處見之，全在能换筆也。不能换筆，則無起伏。無起伏，則俗所云死龍死鳳，不如活鷄活蛇也。此作有大有小、有提有束、有急有閒、有禽有縱，故長而不傷於冗，細而不病於瑣。然又須看其忽然轉筆，突兀無端，尤屬神化。此詩大略分四段：辭闕一段，征途一段，到家一段，時事一段。其時事一段，暗分五層。本應屬辭闕時一副説話，却留在後找完。化整爲散，正所謂『裁縫滅盡針線迹』也。其征途一段，暗分八層。到家一段，亦分六層。而其變换之法，則又在對面相形。看其征途中人煙蕭瑟，旌旗明滅，猛虎蒼崖，一路慘澹，方使人不寒而栗，忽一變而爲丹砂點漆，幽事可悦，遂覺風雲盡散，化爲旭日青天氣象矣。忽又變而爲鴟鴞野鼠，一片惡景，如讀古戰場文，豈復能量其筆之所底哉？及至到家一段，細寫兒女刺繡，及老妻施朱畫眉。瑣瑣屑屑，回嗔作喜，幾於生還樂業，爲到頭結穴矣。乃於呢喃兒女中，忽陡接至尊蒙塵，一直至尾，更不回顧一字。其來無端，其去無迹，此真生龍活虎也。

彭衙行

憶昔避賊初，北走經險艱。夜深彭衙道，月照白水山。盡室久徒步，逢人多厚顔。參差谷鳥吟，不見遊子還。癡女饑咬我，啼畏猛虎聞。懷中掩其口，反側聲愈嗔。小兒强解事，故索苦李餐。序道途一。一旬半雷雨，泥濘相牽攀。既無禦雨備，徑滑衣又寒。有時經契闊，竟日數里間。野果充餱糧，卑枝成屋椽。蚤行石上水，暮宿天邊煙。序道途二。上二段極力描寫流離中無人可傍，方使孫宰一段躍躍欲出。此作勢擊下之法也。小留同家窪，欲出蘆子關。故人有孫宰，高義薄層雲。延客已曛黑，張燈啓重門。暖湯濯我足，剪紙招我魂。從此出妻孥，相視涕闌干。衆雛爛熳睡，唤起沾盤飧。誓將與夫子，永結爲弟昆。遂空所坐堂，安居奉我歡。誰肯艱難際，豁達露心肝。一段序孫宰。此節與上段句句反照，皆痛定思痛語。不必言孫宰高義，而自溢於言外矣。王嗣奭云：『夫子』乃代述孫宰語，所謂露心肝於艱難之際者，文氣方順。舊以『夫子』指孫宰，誤矣。別來歲月周，胡羯仍構患。何當有翅翎，飛去墮爾前？四句總結。

通首是別後追序，非紀行也。故開口便下『憶昔』二字，末云『別來歲月周』，正與起應。白山云：此詩本懷孫宰，後人製題必曰懷某人矣。然不先序在途一節饑寒困苦之狀，不足顯孫情意之濃，並己感激之忱亦不見刻摯。如此命題，如此構篇，可悟呆筆序事，與妙筆傳神，相去天壤。

留花門

甘州有花門山堡，東北千里至回紇衙帳。

花門天驕子，飽肉氣勇決。高秋馬肥健，挾矢射漢月。自古以爲患，詩人厭薄伐。修德使其來，羈縻固不絕。漪堂云：『挾矢射漢月』五字，已具書法。以射漢月之人，自古爲患，但當修德而羈縻之，豈可留之使得志耶？下段從此意貫下。胡爲傾國至，出入暗金闕。中原有驅除，隱忍用此物。公主歌黃鵠，君王指白日。唐書：乾元初，肅宗以幼女寧國公主嫁回紇可汗。二句正是隱忍處，說得蘊藉。連雲屯左輔，百里見積雪。長戟鳥休飛，哀笳曉幽咽。田家最恐懼，麥倒桑枝折。此段言其擾害。『連雲』、『積雪』，方其多也。以參差見句法。『鳥休飛』二語，陪襯害田家。沙苑臨清渭，沙苑，在同州。時以葉護奏留回紇兵於此。此句點題。泉香草豐潔。渡河不用船，千騎常撇捩。胡塵踰太行，雜種抵京室。『踰太行』、『抵京室』，指史思明復至東都。花門既須留，原野轉蕭瑟。一結婉而多風。『既須』字、『轉』字，抑揚得妙。

白山云：收復兩京，回紇之功爲多，當時用之，非得已也。留花門之作，非惡回紇，惡夫所以留回紇者也。『修德』與『驅除』語相對照。古者修德尚難羈縻，兹則驅除竟用此物，用意在吞吐間，而風刺自見。

畫鶻行

高堂見生鶻，颯爽動秋骨。突兀。與『素練風霜起』同法。初驚無拘攣，何得立突兀。乃知畫師妙，巧刮造化窟。寫此神俊姿，充君眼中物。此段入畫，寫畫鶻正面只此。下俱側筆。烏鵲滿樛枝，軒然恐其出。側腦看青霄，寧爲衆禽没。長翮如刀劍，人寰可超越。乾坤空峥嵘，粉墨且蕭瑟。粉墨蕭瑟，謂紙上有肅殺氣也，加倍寫畫。緬思雲沙際，自有煙霧質。吾今意何傷，顧步獨紆鬱。

題是『畫鶻』，詩偏以生鶻突起，使鶻之精神畢露，然後徐出畫師。此擡高一步法，著意在未落筆之前也。『烏鵲』四句，側筆襯貼，寫畫鶻也，如生鶻矣。『長翮』四句，頓挫，寫生鶻也，終成畫鶻耳。『緬思』二句，又於題外寫生鶻。『吾今』二句，又收轉畫鶻，而寓己意於其中。變化無端，使讀之者若爲畫鶻詠，若爲生鶻詠，又若借鶻爲自己詠，生龍活虎，八面玲瓏。

晦日尋崔戢李封

朝光入户牖，尸寢驚敝裘。春晝夢覺，確有此境。起行視天宇，春氣漸和柔。興來不暇懶，今晨梳我頭。出門無所待，徒步覺自由。杖藜復恣意，免值公與侯。泛序起。晚定崔李交，會心真罕儔。每過得酒傾，二宅可淹留。六句總寫崔李。喜結仁里歡，況因令節求。令節點題。李生園欲荒，舊竹頗修修。引客看掃除，隨時成獻酬。分寫李，詳。崔侯初筵色，已畏空樽愁。分寫崔，略。未知天下士，至性有此不？又總崔李二句，看其參差之妙。於李曰『引客看掃除』，於崔曰『已畏空樽愁』。賓主忘形，醇樸濃至，正寫『會心真罕儔』一句。以下推開説。草牙既青出，蜂聲亦暖遊。提。思見農器陳，何當甲兵休？上古葛天民，不貽黄屋憂。至今阮籍等，熟醉爲身謀。威鳳高其翔，長鯨吞九州。地軸爲之翻，百川皆亂流。當歌欲一放，淚下恐莫收。濁醪有妙理，庶用慰沉浮。

『起行視天宇』一段，意興瀟灑，優游閒適，寫得『尋』字津津有味。明是一首太平歡宴詩矣。而後段一變爲鯨波怒浪，將家國兵民，一齊驅入腕下，使人動魄驚心，莫知其筆之所底。蓋正者必變而爲奇，詩文之理，一而已矣。未有專整一軍，而以爲止齊步伐者也。崔李序畢，題之能事已盡。『草牙』二句一提，忽將前文隔斷，濤起雲生，又能與令節相射。此善用比興者，古詩秘密藏也。上古無憂，則今有憂可知。而今之熟醉者止爲身謀，則黃屋之憂，其孰貽之？四句吞吐而出。『威鳳』四句，承『爲身謀』來，言高蹈何難，而鯨吞未息，神州陸沉，忍令至尊獨憂耶？當歌欲泣，託意濁醪，此豈若阮籍輩區區自了而已哉！一挽有力。前半就題説，後半脱題，波瀾跌宕，若全與崔李無涉。蓋古人作詩必有爲，非如今人但寫宴會而已也。篇中酒凡四見，是其灰線也。而題中不置一飲酒字，可見鑄題之妙。

新安吏 收京後作。雖收兩京，賊猶充斥。

客行新安道，喧呼聞點兵。自序只『客行新安道』五字，即接『點兵』。下俱在新安吏口中説出，以詞令爲序事。借問新安吏，問只一句，下俱答詞。縣小更無丁。府帖昨夜下，次遣中男行。中男絕短小，何以守王城？肥男有母送，瘦男獨伶俜。答詞止此。白山云：『肥男』二句，見先時長男赴役，母尚在，今母已死。『肥』、『瘦』二字，見先時猶有糧粒，今已乏食，猶不免征戍之苦。無限情事，只用十字序之，筆力如此。白水暮東流，青山聞哭聲。二句斷。以下俱送行者慰詞。莫自使眼枯，收汝淚縱橫。眼枯即見骨，天地終無情。頓挫。我軍收相州，日夕望其平。豈意賊難料，歸軍星散營。一層慰，是歸軍。上若云：『歸軍』謂九節度兵敗各歸，妙在説得渾然，真定哀微詞。就糧近故壘，練卒依舊京。二層慰，是就糧練卒。掘壕不到水，牧馬役亦輕。三層慰，是掘壕牧馬。『不到水』、『役亦輕』，見非大險之事，丁男去無害。二句是主筆。況乃王師順，撫養甚分明。四層慰，是王師撫養。送行勿泣血，僕射如父兄。五層慰，是『僕射如父兄』。『送行』二字點明，上文俱醒。

『縣小』以下，是新安吏一片淒慘語。『莫自使眼枯』以下，是送行者一片寬懷語。一問、一答、一慰，如聞其聲。中用『白水』、『青山』二句攔住，欲聯反斷，如抗如墜，不絕如線。新安吏詞畢，便應哭。乃偏不説吏哭，偏説青山哭，則氣局不傷於促，而答問線索愈分明。此以斷筆爲聯筆者也。開手自序一語，即撇開。答問畢不綴一結語，此以不照應爲章法者也。

石壕吏

暮投石壕村，伏。有吏夜捉人。老翁踰墻走，伏。老婦出門看。吏呼一何怒，婦啼一何苦。聽婦前致詞：三男鄴城戍。一男附書至，二男新戰死。存者且偷生，死者長已矣。室中更無人，惟有乳下孫。孫母未便出，見吏無完裙。老嫗力雖衰，請從吏夜歸。急應河陽役，猶得備晨炊。以上詞令。夜久語聲絶，如聞泣幽咽。上若云：聽語在前，語絶在後，成一起結。天明登前途，獨與老翁别。『登前途』，應『暮投』。『老翁别』，應『踰墻走』。仇滄柱云：吏驅婦夜去，故其夫曉回。前途别，乃翁與之别，非婦與翁别也。

起五字，與『客行新安道』同法，而結有應，則法又變矣。『三男』以下，皆老婦之詞。『急應河陽』二語，口軟心强，酷肖婦人倉卒中語。白山云：獨與老翁，則老嫗去矣。下更不添一語，便是古詩氣韻，樂府節奏。見思云：老翁一段悲啼，竟不言及，其意愈苦。

新婚别

兔絲附蓬麻，引蔓故不長。興起，陡接嫁女，漢人法脉。嫁女與征夫，不如棄路傍。一層怨父母。結髮爲君妻，席不暖君牀。暮婚晨告别，無乃太匆忙。君行雖不遠，守邊赴河陽。妾身未分明，何以拜姑嫜？二層怨夫，『未分明』三字，有含蓄。父母養我時，日夜令我藏。生女有所歸，鷄狗亦得將。三層申言父母。君今往死地，沈痛迫中腸。誓欲隨君去，形勢反蒼黄。四層申言夫。勿爲新婚念，努力事戎行。婦人在軍中，兵氣恐不揚。五層勉夫以正，説出大見識，而口强心硬，悲不可言。自嗟貧家女，久致羅襦裳。羅襦不復施，對君洗紅妝。六層處身以正。悲在

『對君』二字，較『豈無膏沐，誰適爲容』更慘。仰視百鳥飛，大小必雙翔。比結。人事多錯迕，與君永相望。

陽元云：此道婦人女子所怨之詞。悲婉詳至，而能勉夫以正，所謂止乎禮義者也。瀹堂云：通篇俱是詞令，又與上首格別。兔絲當附青松，而乃附蓬麻，不得所矣。不説新婚之人，只就妻子口中絮絮哀訴，千愁萬恨，而征夫之淚，不言自墮矣。前四層之怨，私情也。後二層，忽發出正夫正己議論來，何等變化！

垂老别

四郊未寧静，垂老不得安。子孫陣亡盡，焉用身獨完？四句總序。投杖出門去，同行爲辛酸。幸有牙齒存，所悲骨髓乾。男兒既介胄，長揖别上官。一段序赴役。自己辛酸不説，却言同行爲辛酸。即又接下四句，寫衰邁痛苦中作强壯激烈語，酷肖老人聲口，語極平，意極深。老妻卧路啼，歲暮衣裳單。孰知是死别，且復傷其寒。此去必不歸，還聞勸加餐。以下一路序别，或寬或緊，開闔盡致。『卧』字有阻其去意。『孰知』二句，夫傷妻。『此去』二句，妻勸夫。自言自語，淒凉欲絶。土門壁甚堅，杏園度亦難。勢異鄴城下，縱死時猶寬。一開，作寬語。人生有離合，豈擇衰盛端。憶昔少壯日，遲回竟長歎。一闔。萬國盡征戍，烽火被岡巒。積屍草木腥，流血川原丹。何鄉爲樂土？安敢尚盤桓？又一開，是寬語以自解。棄絶蓬室居，塌然摧肺肝。一闔。

詩以開闔爲波瀾，以比興爲斷續。無比興必用開闔，有開闔則其氣不促，而有摇曳之神。『蓬室居』，與『投杖出門去』遥應。緊甚，細甚。

篇中多用開筆，自寬處正自痛處，所謂愈寬愈緊也。古者六十不從戎。今老而即戎，獨與妻别，可悲也。通首皆老卒語，與新婚别同一機軸。

無家别

寂寞天寶後，園廬但蒿藜。我里百餘家，世亂各東西。存者無消息，死者爲塵泥。先以他家亂離陪起，而母死妻去意，已伏『存者』二句内。賤子因陣敗，歸來尋舊蹊。久行見空巷，日瘦氣慘悽。但對狐與貍，豎毛怒我啼。四鄰何所有？一二老寡妻。宿鳥戀本枝，安辭且窮棲。方春獨荷鋤，日暮還灌畦。此段言歸而無家，下文則言無家别也。『狐貍』二句，旁襯法。『宿鳥』二句，安命語。以比意托出，便不徑直。『安辭』二字，略斷，句法古峭。縣吏知我至，召令習鼓鞞。雖從本州役，内顧無所攜。以下凡三轉。一轉。近行止一身，遠去終轉迷。一轉。家鄉既蕩盡，遠近理亦齊。一轉。永痛長病母，提筆。五年委溝谿。生我不得力，終身兩酸嘶。人生無家别，何以爲烝黎？白山云：『内顧』，言無妻。『永痛』，言無母。兩意合來，始逼出『無家』二字。

古詩貴用轉筆。看此篇句句轉處，愈委婉，愈酸楚。『遠近理亦齊』，筆氣已盡。忽然提起一筆，追敘老母。他人必寫在前者，此獨寫在後；他人作一筆寫者，此獨用兩筆寫。文之波瀾，全在此，總是要提得筆起也。説征戍而歸到不得養母，藹然孝思，即北山詩所云『王事靡盬，憂我父母』也。一結尤有『周餘黎民，靡有孑遺』意。無家尚不可以爲民，則言外具有責長民者之思。呑吐不露，此種性情，皆從三百篇來，豈徒植根於蘇、李、曹、劉之間而已哉？

佳人

絶代有佳人，幽居在空谷。二句截住。自云良家子，零落依草木。關中昔喪亂，兄弟遭殺戮。官高何足論，不得收骨肉。世情惡衰歇，萬事隨轉燭。夫壻輕薄兒，新人美如玉。合昏尚知時，鴛鴦不獨宿。但見新人笑，那聞舊人哭。以上皆『自云』二字貫下，佳人自述如此。合昏，合歡花也。二句興而比。在山泉水清，出山泉水濁。侍婢賣珠迴，牽蘿補茅屋。摘花不插鬢，采柏動盈掬。天寒翠袖薄，日暮倚修竹。山泉以比其潔，采柏以比其貞；賣珠補屋，寫暴貧可哀。

觀此詩氣静神閒，怨而不怒，使千載下人讀之起敬起愛，何其移人情若此也？自述一段，歷敍家敗事遷，只『新人美如玉』一句怨及夫壻。後段全以比興錯綜其間，而一種貞操之性，隨遇而安景象，真畫出一絶代佳人，躍出紙上。一起一結，翩翩欲飛。白山云：衛風詠『碩人』，刺莊公也。但陳莊姜容貌服飾之美，而莊公之惡自見。此詩之源，蓋出於此。托事起興。起二句提綱，言簡而意已盡。曰絶代佳人，品題既高，而接『幽居在空谷』，則又遭逢不偶。有此包籠語，後雖長篇細序，不厭其繁，是最善於發端者。『在山』二句，不即不離，樂府妙境。學古詩者，能知比興之即爲斷續，則三昧得矣。『侍婢』四句，又復序起。若用在前段作一副説話，即直序無復起伏。末二句，風韻嫣然，正與起句映射。只寫其幽閒貞静之德，絶不作哀詞怨調，而空閨獨守之感，自在言外。此真得國風之神髓者也。

遣興五首

蟄龍三冬臥，老鶴萬里心。臥龍，目孔明。老鶴，目嵇康。昔時賢俊人，未遇猶視今。嵇康不得死，孔明有知音。又如壠底松，用舍在所尋。大哉霜雪幹，歲久爲枯林。

此以『未遇』二字爲眼，以『用舍』二字爲線。蟄龍雖臥於三冬，而孔明卒有知音，貼『用』。老鶴雖有心萬里，而嵇康不得其死，貼『舍』。然篇意在未遇，則又以『舍』爲主，而『用』陪之，故末二句專就『舍』言。『大哉霜雪幹』，極力擡高，而歲久終爲枯林，正所以深惜之也。通篇俱屬比興，不遇之感全不出，只『猶視今』三字透之，蓄意深永。

昔者龐德公，未曾入州府。襄陽耆舊間，處士節獨苦。豈無濟時策？終竟畏羅罟。林茂鳥有歸，水深魚知聚。斷續。舉家隱鹿門，劉表焉得取？

承上嵇康之死，言明哲以保身爲大，故專就龐公養高處言之。然不得『林茂』二語比興，詩境便促。

陶潛避俗翁，未必能達道。『達道』二字是主，正與『避俗』相對。觀其著詩集，頗亦恨枯槁。達生豈是足？默識蓋不蚤。有子賢與愚，何其挂懷抱。

此憤俗寄托之詞，特借達生以立言耳。言達道之人，著書亦不必恨枯槁，有子亦不必挂懷抱。陶公素稱達者，以我觀之，正未必然耳。蓋公憫時疾俗，不可明言，故託言陶公猶非達道者，翻案見意，更深一層。而説者謂公詆陶，且自傷其子之不淑，不免死句下矣。山谷且然，况他人哉？

賀公雅雅訓常。吳語，在位常清狂。上疏乞骸骨，黄冠歸故鄉。爽氣不可致，斯人今則亡。

山陰一茅宇，江海日清凉。

吾憐孟浩然，裋褐即長夜。賦詩何必多，往往凌鮑謝。清江空舊魚，春雨餘甘蔗。每望東南雲，令人幾悲吒。

遣興五首，以四古人二時人自況。後二首漸有歸鄉之感。賀是遇而歸鄉者，故曰『山陰一茅屋[三]，江海日清凉』，有羡詞。孟是不遇而歸者，故曰『每望東南雲，令人幾悲吒』，有慨詞。五首相承而下，總爲不遇而發，而自寓之意，自在言外，故皆謂之『遣興』。錢箋編次誤。

夢李白二首

死別已吞聲，生別常惻惻。江南瘴癘地，逐客無消息。故人入我夢，明我長相憶。恐非平生魂，路遠不可測。魂來楓林青，魂返關塞黑。一段。今君在羅網，何以有羽翼？落月滿屋梁，猶疑照顔色。一段。二句與『夜闌更秉燭，相對如夢寐』悲喜情景略同。水深波浪闊，無使蛟龍得。

起五字恨極，故爲此反語，猶言索性死别則亦已矣。今使人不能忘者，生别也。下俱承生別言，而語語皆若死別，所以常惻惻也。待生如死，乍信乍疑，反覆盡情。公自謂『沉鬱頓挫』，此足以當之。我憶故人，故人不知，我長憶故人，故人亦不知。今於故人入夢時，自言識得我長相憶，一句中委曲無限。既明我常相憶，是已信其入夢矣。却作一轉，云『恐非平生魂』，疑波突起。魂來魂返，似乎可信矣，却又作一轉，云『今君在羅網，何以有羽翼』？而落月照顔，則情事若逼真矣。八句分作二段摹寫。前段説路遠，後段説網羅，更深一層。『水深』二句，總束二段，而作慰勞之詞也。『網羅』、『蛟龍』，與後『網恢恢』，皆比語，以況其坐事下獄之意。

浮雲終日行，遊子久不至。三夜頻夢君，情親見君意。告歸常局促，苦道來不易。江湖多風波，舟楫恐失墜。出門搔白首，若負平生志。冠蓋滿京華，斯人獨顦顇。孰云網恢恢？將老身反累。千秋萬歲名，寂寞身後事。

白山云：『告歸』六句，述李夢中之詞。『冠蓋』六句，則承『若負』句而言，代述其意，而爲之深致不平也。後六句，一句一轉，感慨無限。上若云：此首較前首俱深一層。前止言夢，此則言『三夜』、言『頻』。前止言『明我』，此則言『見君』。前止言『魂返』，此則言告歸局促。前止言避禍，此則以身後名惜之。甚有淺深。

遣興三首

下馬古戰場，四顧但茫然。風悲浮雲去，黃葉墜我前。朽骨穴螻蟻，又爲蔓草纏。四句，頂『顧』字。故老行歎息，今人尚開邊。漢虜互勝負，封疆不常全。安得廉頗將，三軍同晏眠？

今古遥對。説古戰場，悽楚詳盡；説今人開邊，只一『尚』字，略文見意。兩兩相形，可悟詩人吞吐之妙。『不常全』三字，括盡古今窮兵黷武之失，深爲開邊者咎，故終以『晏眠』望之今人也。篇法以參差爲工。

高秋登寒山，南望馬邑州。降虜東擊胡，壯健盡不留。穹廬莽牢落，上有行雲愁。馬邑州在秦成二州間。一段降夷。老弱哭道路，願聞甲兵休。雙關兩段。鄴中事反覆，死人積如邱。一段鄴城潰。諸將已茅土，載驅誰與謀？

一詩而括二事，本是排偶體。用『老弱』二句，雙關以亂其緒，便錯綜。末責諸將，亦是雙收，有離奇變化之妙。

豐年孰云遲，甘澤不在蚤。耕田秋雨足，禾黍已映道。春苗九月交，顏色同日老。興也。勸汝衡門士，勿悲尚枯槁。時來展材力，先後無醜好。賦也。但訝鹿皮翁，忘機對芳草。

以『時』字作眼，用前六句興後四句。前暗藏『時』字，後乃明出，遲蚤先後，暗相映射，如草蛇灰線。『芳草』又與『禾黍』相映，末二句又進一層。此與上二首另是一副説話，然意亦相承。上二章責備諸將，此乃説到自己，故皆謂之遣興。既欲待時，又説忘機，一擒一縱，總是欲遣而無可遣也。

校　記

〔一〕氊　諸本皆作『氈』。

〔二〕析　原作『折』。

〔三〕茅屋　原詩作『茅宇』。

杜詩提要卷三

五言古

發秦州 乾元二年，自秦州赴同谷縣，紀行十二首，選九。

我衰更懶拙，生意不自謀。無食問樂土，無衣思南州。四句發秦州之由。漢源十月交，天氣涼如秋。草木未黄落，况聞山水幽。栗亭名更佳，下有良田疇。充腸多薯蕷，崖蜜亦易求。密竹復冬筍，清池可方舟。雖傷旅寓遠，庶遂平生遊。一段先序同谷之可居。此邦俯要衝，實恐人事稠。應接非本性，登臨未銷憂。谿谷無異石，塞田始微收。豈復慰老夫？惘然難久留。一段序秦州之當去。每段二語束。日色隱孤戍，烏啼滿城頭。提筆。中宵驅車去，飲馬寒塘流。磊落星月高，蒼茫雲霧浮。六句中夜啓途。大哉乾坤内，吾道長悠悠。胡夏客云：行役著此結語，何等氣象！愚謂亦是擴開法。

此首有總起，有總收，中分同谷、秦州二段。同谷反序秦州之前。而啓行一段，另作提筆，序秦州之後。參錯倒序，以亂其線。爲詩文而不諳亂字者，其紐於整齊之法而不知變者矣。自發秦州至成都詩，心雄骨峭，格險韻高，疎莽雄質，寫氣範形，無不曲盡其妙。

赤谷

天寒霜雪繁，遊子有所之。豈但歲月暮，重來未有期。晨發赤谷亭，險艱方自兹。赤谷在秦州七里，故云『方自兹』。亂石無改轍，五字狀艱險，簡而該。我車已載脂。山深苦多風，落日童稚饑。悄然村墟迥，煙火何由追？白山云：長途望人煙休息，非身歷不知。貧病轉零落，故鄉不可思。常恐死道路，永爲高人嗤。

此啓途之始，便已淒涼奪目。白山云：『歲月暮』言齒迫也。自傷不但身老，難冀生還，所歷艱險方自此始，尚恐中道有變故耳。結處點醒此意。

鐵堂峽

山風吹遊子，縹緲乘險絶。峽形藏堂隍，壁色立積鐵。徑摩穹蒼蟠，石與厚地裂。修纖無垠竹，嵌空太始雪。『徑摩』二句奇古。上句狀其徑高，下句形其壁峻。『修纖』二句狀其陰寒。威遲哀壑底，徒旅慘不悦。水寒長冰横，我馬骨正折。生涯抵弧矢，提一筆，如史遷用當是時法，謂生涯適當弧矢之時也。盜賊殊未滅。飄蓬踰三年，迴首肝腸熱。

三、四點出峽形，爲一篇之綱。『徑摩』四句，仰而觀也，寫其高。『威遲』四句，俯而視也，寫其下。『生涯』以下，遊子之情也。一路平序，得此一提，雲生泉湧。

鹽　井 在成州。

鹵中草木白，青者官鹽煙。官作既有程，煮鹽煙在川。汲井歲榾榾，出車日連連。自公斗三百，轉致斛六千。君子慎止足，小人苦喧闐。我何良歎嗟？物理固自然。

食貨志：天寶、至德間，鹽每斗十錢。乾元元年，第五琦爲使，初變法。劉晏代之，法益密。貞元四年，江淮斗增二百，爲錢三百一十。後復增六十，河東兩池鹽斗三百七十。豪賈射利，官收不能半。想蜀井亦當然。公以『自公斗三百，轉致斛六千』兩語括之，煮鹽之制，逐利之貪，俱見。蓋從來富商大賈，漁利取贏，多在興利之時。苟知止足，又何至於喧闐哉？末勉君子小人以止足之義，使興利之臣，聞者足以戒。此種識力，非『詩史』而何？

寒峽

行邁日悄悄，山谷勢多端。三字怨得無端。久客山行，往往有此。下八句皆此三字貫。雲門轉絶岸，積阻霾天寒。寒峽不可度，我實衣裳單。一『實』字，哀訴如聞。『聽猿實下三聲淚』，亦妙在『實』字。況當仲冬交，泝沿增波瀾。野人尋煙語，行子傍水餐。行邁悄悄，寒禁不能言。尋煙語，饑欲餐，始發口耳。二意合來，乃見征途之苦。此生免荷殳，未敢辭路難。開一步説，愈悽惋，愈和平。白山云：即『生常免租税』意，本怨路難，聊作自解之詞。

法鏡寺

身危適他州，勉强終勞苦。神傷山行深，愁破崖寺古。嬋娟碧蘚浄，蕭摵寒籜聚。洄洄山根水，冉冉松上雨。洩雲蒙清晨，初日翳復吐。朱甍半光炯，户牖粲可數。拄策忘前期，出蘿已亭午。冥冥子規叫，微徑不復取。『神傷』是其本懷，『愁破』是暫時之景，故此一篇以『愁破』爲綱。下十句，寫山中陰晴美景如畫，皆承破愁而言之也。『冥冥』字，始與『神傷』暗應。

青陽峽

塞外苦厭山，南行道彌惡。二句冒，下分應。岡巒相經亘，雲水氣參錯。林迴峽角來，天窄壁面削。磎西五里石，奮怒向我落。仰看日車側，俯恐坤軸弱。魑魅嘯有風，霜霰浩漠漠。一段應『南行道彌惡』。『落』字用水經注，著『向我』兩字妙。征途人不知何限，乃兹石偏若向我而怒，覺窮途之際，石亦欺我。怨得無聊，意藏句外。『仰看』二句，形容山之高大。『魑魅』二句，形容山之陰寒。昨憶踰隴坂，高秋視吳嶽。東笑蓮花卑，北知崆峒薄。『昨憶』句一提，應『塞外苦厭山』。超然侔壯觀，已謂殷寥廓。突兀猶趁人，及兹歎冥寞。總收。

石龕

熊羆咆我東，虎豹號我西。我後鬼長嘯，我前狨又啼。天寒昏無日，山遠道路迷。驅車石龕下，仲冬見虹霓。一截。『熊羆』四句，本楚詞九思。而連下四『我』字，見左右前後，無非異物。向我作仇，與前『奮怒向我落』同意。伐竹者誰子？悲歌上雲梯。爲官采美箭，五歲供梁齊。苦云直幹盡，無以充提攜。奈何漁陽騎，颯颯驚烝黎。一截。『爲官』四句，皆伐竹者之詞。『苦云』二字，倒安在下，便不直突。唐人慣用此法。末句輕輕喚出『漁陽騎』三字來，深悲隱痛，筆不盡言。

此章微分兩截。前截四句，借山路之險惡，見異物之爲害；後截因采箭一事，見盜賊之縱横，勝於豺狼之當道也。前段興，後段賦，兩兩相映，而勞民傷財之意，具於言外。結五字如聞其聲，冉冉征途間，不忘烝黎如此，此作詩之本懷也。

鳳凰臺 山峻，人不至高頂。

亭亭鳳凰臺，北對西康州。唐武德初，以同谷置西康州。臺在同谷東南十里。西伯今寂寞，鳳聲亦悠悠。山峻路絶蹤，石林氣高浮。寫臺只此二語，以下皆設言之詞。安得萬丈梯，爲君上上頭？恐有無母雛，饑寒日啾啾。我能剖心血，飲啄慰孤愁。心以當竹實，炯然忘外求。血以當醴泉，豈徒比清流？所重王者瑞，敢辭微命休。坐看綵翮長，舉意八極周。自天銜瑞圖，飛下十二樓。圖以奉至尊，鳳以垂鴻猷。再光中興業，一洗蒼生憂。『安得』二字，直貫至此才住。深衷正爲此，一句鎖住。羣盜何淹留？

此公想望中興，托興西伯。不惜自剖心血，效死以圖王業，特借鳳凰鋪張，以揚聖瑞，乃極無聊賴之時，懸空揣度，思見中興盛事耳。其蘊蓄深厚，最得比興之妙。不然，臺上安得有鳳凰？鳳凰又豈心血所能供其飲啄哉？前極力作意描寫中興氣象，至末忽輕輕唤出羣盜，見中興之不復者，以羣盜故也。又不言羣盜如何縱横，只以『何淹留』三字冷刺，使當時諸將爲之猛省。得此一結，並上剖心血意，精神百倍。此等胸襟，此等筆力，足使神驚鬼泣。『羣盜』二字，極突兀，妙在前面並無埋伏。想西伯，正想中興滅羣盜也。

萬丈潭 同谷縣作。

青溪合冥寞，神物有顯晦。龍依積水蟠，窟壓萬丈内。渾發四句。跼步凌垠堮，側身下煙靄。前臨洪濤寬，却立蒼石大。山危一徑盡，岸絶兩壁對。削成根虚無，倒影垂澹瀩。黑知灣環底，清見光炯碎。孤雲倒來深，飛鳥不在外。一段潭之正面。高蘿成帷幄，寒木壘旌旆。遠川曲通流，嵌竇潛洩瀨。一段潭之側面。造幽無人境，發興自我輩。告歸遺恨多，將老斯遊最。鎖住。閉藏修鱗蟄，出入巨石礙。何事炎天過，快意風雨會。進步法。

寫潭必寫龍，而潭之形始顯。乃未寫潭，先寫龍；未寫龍，先寫『青溪合冥漠』〔一〕，則萬丈之勢，更自躍然。試讀上三句，掩卷而思，不知其爲萬丈潭也。及至第四句點明，始知前三句字字有一萬丈潭在。此即書家作勢之法，用意在未落筆之前也。四句是潭之先聲，下乃寫潭之正面。言跼步則垠堮可凌，側身則煙靄在下，前往則洪濤方寬，却立則蒼石又礙，歷其徑則孤危，捫其壁則峻絶，而於其中爲虚無、爲澹瀩、爲灣環、爲炯碎、爲孤雲、爲飛鳥，精采四射，使人目光閃忽不定，亦可謂曲盡潭之極致矣。而又以高蘿、寒木、遠川、嵌竇描寫潭之側面以足其勢。然後以『造幽』四句鎖住，以明非我輩不能作斯遊，而潭之表裏、上下、左右、前後，無一不盡。結四句又故爲頓挫，作進步法，以繳上『神物有顯晦』意。筆有以開爲束者，此類是也。

發同谷縣 乾元二年十二月一日，自隴右赴成都紀行。

賢有不黔突，聖有不暖席。況我饑愚人，焉能尚安宅？開口便懊惱，起得突兀。『饑愚』二字合用可憐，四句截住。始來茲山中，提一筆。休駕喜地僻。奈何迫物累，一歲四行役。忡忡去絶境，杳杳更遠適。停驂龍潭雲，回首虎崖石。臨岐别數子，握手淚再滴。交情無舊新，窮老多慘慽。平生懶拙意，偶值棲遯迹。去住與願違，仰慚林間翮。『去住』二字鎖上，線密。以比收，更超脱。

上若云：以議論起，又一法。工於發端，將發同谷之故提在題前，便自奇幻。

木皮嶺

首路栗亭西，『首』音狩。漢書：北首燕路。注：首，謂趨向。尚想鳳凰村。季冬攜童稚，辛苦赴蜀門。四句初在道。南登木皮嶺，艱險不易論。汗流被我體，祁寒爲之暄。遠岫爭輔佐，千巖自崩奔。始知五嶽外，別有他山尊。仰干塞大明，俯入裂厚坤。一層寫嶺。再聞虎豹鬬，屢跼風木昏。高有廢閣道，摧折如短轅。下有冬青林，石上走長根。又一層寫嶺。西崖特秀發，煥若靈芝繁。潤聚金碧氣，清無沙土痕。又一層，寫嶺之西崖。三句一樣文法。憶觀崑崙圖，目擊玄圃存。一開。對此欲何適，默傷垂老魂。一闔。

白沙渡

畏途隨長江，『畏途』指陸行。渡口下絕岸。差池上舟楫，杳窕入雲漢。初渡。舟楫實在，雲漢虛形。天寒荒野外，日暮中流半。半渡。我馬向北嘶，山猿飲相喚。水清石礧礧，沙白灘漫漫。迥然洗愁辛，多病一疎散。六句在舟中。高壁抵嶔崟，洪濤越凌亂。已渡。臨風獨回首，攬轡復三歎。陸行。

此寫過渡之景，以陸行起，以陸行住。中間水渡作四層寫，小小結構，亦自法密。而起曰『畏途』，結曰『三歎』，中曰『洗愁』，其喜水畏陸之情，又自井井。

水會渡

山行有常程，中夜尚未安。微月没已久，崖傾路何難。大江動我前，洶若溟渤寬。篙師暗理楫，歌笑輕波瀾。一截。霜濃木石滑，風急手足寒。入舟已千憂，陟𪩘仍萬盤。迴眺積水外，始知衆星乾。遠遊令人瘦，衰疾慙加餐。一截。『始知衆星乾』，描寫回望妙。當渡時天水一色，星之在天在水，不能分也。既渡而回望，乃知星在乾處。繪工入化。

前首是晝渡，此首是夜渡。前首起、結言陸，中間言水，此首前八句從山行説向水渡，後八句從渡水説到登山，法又不同。

飛仙閣

出門山行窄，微徑緣秋毫。『緣秋毫』，暗射『高』字。下俱承高説。棧雲闌干峻，梯石結構牢。二句寫棧道已盡。白山云：『懸崖置屋牢』，形容其險，故以『牢』字發之。此正意反挑法。萬壑攲疎林，積陰帶奔濤。寒日外澹泊，長風中怒號。四句，棧道所見。歇鞍在地底，始覺所歷高。明點『高』字。往來雜坐卧，人馬同疲勞。浮生有定分，饑飽豈可逃？歎息謂妻子，我何隨汝曹？

『萬壑』，倒句，謂疎林攲於萬壑。『積陰』，順句，謂積陰帶於奔濤。直是上上下下，一片寒氣。『寒日』二句，正寫陰寒氣象，乃上三下二句法。此景非高處不知，故下文透出一『高』字。然正出便淺，偏於歇鞍時始覺所歷之高，而又足以『往來雜坐』二語。白山所謂『正筆不能寫，特用側筆以寫之』是也。結四句，一開一闔，抑揚頓挫，即『飄零愧老妻』意。古詩全在過接參差處見作意。若『往來』二語置『長風』句下，即淺薄無味。固知同一琢句，而位置不得其所，譬如剪綵不成章也。

五盤

五盤雖云險，撇開『險』字，下俱承『佳』字。山色佳有餘。仰凌棧道細，俯映江水疎。地僻無網罟，水清反多魚。好鳥不妄飛，野人半巢居。喜見淳朴俗，坦然心神舒。即景舒懷。下忽換筆，不可端倪。東郊尚格鬬，巨猾何時除？故鄉有弟妹，流落隨邱墟。成都萬事好，豈若歸吾廬？

龍門閣

清江下龍門，絶壁無尺土。長風駕高浪，浩浩自太古。先寫龍門。危途中縈盤，仰望垂線縷。滑石攲誰鑿，浮梁裊相拄。次寫閣。孔明與兄瑾書曰：閣梁一頭入山腹，一頭入拄於水中。蓋絶險之處也。看下四句摹寫驚人。目眩隕雜花，頭風過飛雨。白山云：二句以下三字形容上二字。百年不敢料，一墜那得取？二句言雖不敢望百年之壽，然亦豈可忘垂堂之戒？是一開一闔語，狀艱險無此奇特。飽聞經瞿塘，足見度大庾。二句陪客。終身歷艱險，恐懼從此數。二句挽住。

劍門

惟天有設險，劍閣天下壯。連山抱西南，石角皆北向。兩崖崇墉倚，刻畫城郭狀。一夫怒臨關，百萬未可傍。以上劍閣之險，下陡起奇波。珠玉走中原，岷峨氣悽愴。三皇五帝前，鷄犬各相放。後王尚柔遠，職貢道已喪。至今英雄人，高視見霸王。幷吞與割據，極力不相讓。吾將罪真宰，意欲鏟疊嶂。恐此復偶然，臨風默惆悵。

起八句寫劍閣已盡，下俱憑空發議。『珠玉』句入得陡健，令人失驚，是一篇大波瀾。『吾將罪真宰』二句，即『疏鑿控三巴』意，反言以形其險壯，正與起處映合。『恐此』『此』字，頂『幷吞』、『割據』來，言治亂之數，亦屬偶然，又故爲跌宕以結之也。摹寫劍閣天險，忽怪到秦皇不應開鑿蜀道，奇。怪真宰不應生此天險，更奇。蓋以蜀中天府，珠玉所生。世治則修職貢，而誅求無已，即乘機竊發，如公孫述之流，恃險爲亂。正深惜柔遠之無術也。詩意全然不露，而委罪於真宰，奇之又奇。豈復尋章摘句者所能道？『走中原』『走』字妙，困於誅求，不言可知。岷峨，蜀山也。山無情尚悽愴，蜀中之民其何如哉？二句藴蓄無限。『三皇五帝』四句，一開一闔，以跌醒割據一層，尤見波折。

鹿頭山

鹿頭何亭亭，是日慰饑渴。連山西南斷，俯見千里豁。四句是初到蜀喜慰之詞。遊子出京華，劍門不可越。追敘二句，故爲摇曳。及兹險阻盡，始喜原野闊。鎖住。殊方昔三分，霸氣曾間發。天下今一家，雲端失雙闕。霸主一層。悠悠想揚馬，繼起名硉兀。有文令人傷，何處埋爾骨？文人一層。紓徐脂膏地，慘澹豪俠窟。俗尚一層。仗鉞非老臣，宣風豈專達？二句承上三段，起下冀公。冀公柱石姿，論道邦國活。斯人亦何幸，公鎮踰歲月。僕射冀國公裴冕時爲劍南節度使。四句是主。

此喜自秦入蜀，踰越險阻，而知鎮撫之有人也。妙就蜀事平序三段作賓，而以冀公爲主作結，不繳不收，又是一格。

成都府

翳翳桑榆日，照我征衣裳。十字淒然，一篇之意已括。我行山川異，忽在天一方。但逢新人民，未卜見故鄉。大江東流去，游子日月長。此段寫情。曾城填華屋，季冬樹木蒼。喧然名都會，吹簫間笙簧。只此四句寫成都，紀時、紀俗俱見。信美無與適，側身望川梁。鳥雀夜各歸，中原杳茫茫。白山云：登樓賦「雖信美而非吾土兮，曾何足以少留」，正用其意，故下以鳥雀知歸興中原之杳茫也。初月出不高，衆星尚爭光。自古有羈旅，我何苦哀傷。此段再寫情。「初月」、「衆星」與首句「桑榆日」爲針線。

初至鹿頭，欣險阻之已越；甫至成都，又動思歸之興，筆筆轉換。成都天府之地，若今人必連篇累牘，騁其才情，以與山川鬬麗。而公此詩，首尾皆言己情，唯中四句略點時俗，用筆不受羈縛如此。『鳥雀』是興，『初月』、『衆星』是景，古詩斷續之法，全於此處見之。注者紛紛附會，殊失作者意。末用阮籍『羈旅無儔匹，俯仰懷哀傷』意，而反用之，乃姑爲自解之詞，而哀怨更甚。所謂寬一步愈緊一步也。

病柏

有柏生崇岡，童童狀車蓋。偃蹇龍虎姿，主當風雲會。神明依正直，故老多再拜。六句追言未病之柏。豈知千年根，中路顔色壞。出非不得地，蟠據亦高大。歲寒忽無憑，日夜柯葉改。六句正寫病柏。丹鳳領九雛，哀鳴翔其外。鴟鴞志意滿，養子穿穴内。寫病柏。以兩物夾出炎涼世態。客從何鄉來？佇立久吁怪。静求元精理，浩蕩難倚賴。一結漸不著題，若離若合，託寓甚遠。

陽元云：此社壇之柏，以比君子之遭讒委棄者。病柏傷晚節之不遇，偏從未病寫起，得先一步法。病橘直從病起，法便不同。『出非不得地』二句，故作摇曳，以見柯葉之改，非關己事也。丹鳳、鴟鴞，兩兩夾擊，得旁見側出之妙。於是乎病柏之意已盡，不意何鄉之客，忽爾一提，突兀峥嶸，神飛天外，真不知其筆之所底也。神明依正直，豈尚難倚元精理？蓋從來姦邪之傾正人，其天理有不可問者。曰『静求』、曰『浩蕩』，深悲隱痛，而只以澹語詠歎出之，真渾淪元氣之音也。『故老』字、『客』字、『再拜』字、『佇立』字，對照爲針線。

病橘

羣橘少生意，雖多亦奚爲？惜哉結實少，酸澀如棠棃。剖之盡蠹蟲，采掇爽其宜。紛然不適口，豈止存其皮。蕭蕭半死葉，未忍别故枝。玄冬霜雪積，況乃迴風吹。一段正寫病橘。嘗聞蓬萊殿，一提。羅列瀟湘姿。此物歲不稔，玉食失光輝。寇盜尚憑陵，當君減膳時。汝病是天意，吾愁罪有司。一段大議論，奇。憶昔南海使，再提。奔騰獻荔枝。百馬死山谷，到今耆舊悲。一段借事作結，又奇。

病橘，傷充貢之苦。一起十二句，已將病橘寫完。下以『嘗聞』、『憶昔』兩層，旁發議論，乃以側筆作正筆也。寇盜憑陵，當是君王減膳之時，而猶以病橘罪有司，夫豈有司之咎哉？結借荔枝作陪，而充貢之苦，益使人有餘悲。曰『嘗聞』、曰『憶昔』，若借古事爲言，而篇末微露『今』字，其所謂定哀之際多微詞歟？史漢善用提筆，正於極平澹之時，忽然濤興雲涌，通體靈動。此詩亦兩用提筆，故爾不同。

枯　椶

蜀門多椶櫚，高者十八九。其皮割剥甚，雖衆亦易朽。徒布如雲葉，青黄歲寒後。交横集斧斤，彫喪先蒲柳。傷時苦軍乏，一物官盡取。此段正寫枯椶。嗟爾江漢人，陡接江漢人，奇肆之筆。生成復何有！有同枯椶木，使我沉歎久。死者即已休，生者何自守？此段是題外正意。啾啾黄雀啅，側見寒蓬走。念爾形影乾，摧殘没藜莠。四句撇開，暗承『何自守』下，不著椶説。『側見』二字，套裝句，謂側見黄雀啅寒蓬走也。『爾』字即指雀與蓬言，蓋正詠枯椶時，因側見以起興，乃三百篇遺法。諸注必謂指椶，反覺沾滯。

枯椶，傷悉索敝賦也。曰『割剥』、曰『盡取』，明明寫出，而借枯椶以發之。故下接一段『江漢人』，點清正意，又與病柏全篇寓意不同。一結言黄雀，言寒蓬，借客形主，猶病橘之借引荔枝也，却又與上章同一機局。正意、旁意夾發，或比或興，若斷若連，極漢魏詩人之致。一結開説，覺詩境悠然以遠。近人不善用比興，乃目之爲離母，而必牽强以合題，宜其賞音之稀也。觀『側見』二字甚明。

枯柟

楩柟枯崢嶸，鄉黨皆莫記。一句點清題目，法變。『枯崢嶸』三字連用妙，雖枯而勢猶崢嶸，柟之材之遇皆已包舉。不知幾百歲，慘慘無生意。上枝摩皇天，下根蟠厚地。巨圍雷霆折，萬孔蟲蟻萃。凍雨落流膠，衝風奪佳氣。白鵠遂不來，天鷄爲愁思。猶含棟梁具，無復霄漢志。良工古昔少，識者出涕淚。『白鵠』二語，與前『丹鳳』四句，同屬旁襯法，即加倍寫正面法。種榆水中央，成長何容易？截承金露盤，裊裊不自畏。亦請客作結。

此傷才不遇識，而識又非才也。鄉黨莫記，已伏識者一筆，故此章以『識者』字爲主腦。結另寫水榆，謂無才任重爲可畏也。白山云：此喻有才無位，而竊位者非才，舉措乖方如此，蓋深悲識者之難耳。

述古三首

赤驥頓長纓，非無萬里姿。悲鳴淚至地，爲問馭者誰？興。鳳凰從天來，何意復高飛。竹花不結實，念子忍朝饑。興。古來君臣合，可以物理推。賢人識定分，進退固其宜。賦。

漪堂云： 此以赤驥、鳳凰與知己之難也。主意在『賢人識定分』一句，宛如葩經三章章四句法。前二章興，後一章賦，直起直結，不相照應，唯以『物理』二字暗合。

市人日中集，於利競錐刀。置膏烈火上，哀哀自煎熬。一段。農人望歲稔，相率除蓬蒿。所務穀爲本〔二〕，邪贏無乃勞。一段。舜舉十六相，身尊道何高。一段。秦時任商鞅，法令如牛毛。一段。

『市人』、『農人』兩開説，舜與秦亦兩開説，若不相顧者，吞吐入妙。貪利意只安在市人上，務本意亦只安在農人上。入舜入秦，只拈一『道』字、一『法』字，而意自餘言外。分列四種人，以離爲合，格之最奇者也。

漢光得天下，祚永固有開。豈惟高祖聖，功自蕭曹來。經綸中興業，何代無長才。以開筆作反照。吾慕寇鄧勳，濟時信良哉！耿賈亦宗臣，羽翼共徘徊。休運終四百，圖畫在雲臺。

此借漢之中興，以比唐之中興。追溯高祖，正所謂有開必先也。説完漢事，一筆不添，妙。三首皆言古之君臣，曰述古者，寄慨也。一切寄慨語不下，只借物託興。音促而意愈長，語樸而神自遠。

草堂

按寶應元年夏，嚴武入朝。七月，劍南四川兵馬使徐知道反〔三〕，八月伏誅。公攜家避亂梓州。廣德二年春，武鎮劍南，公復還成都草堂。

昔我去草堂，蠻夷塞成都。今我歸草堂，成都適無虞。四句提綱，一去一歸，下分兩段序。請陳初亂時，反覆乃須臾。大將赴朝廷，羣小起異圖。中宵斬白馬，盟歃氣已麤。西取邛南兵，北斷劍閣隅。布衣數十人，亦擁專城居。其勢不兩大，始聞番漢殊。西卒却倒戈，賊臣互相誅。焉知肘腋禍，自及梟獍徒。義士皆痛憤，紀綱亂相踰。一國實三公，萬人欲爲魚。唱和作威福，孰肯辨無辜？眼前列杻械，背後吹笙竽。談笑行殺戮，濺血滿長衢。到今用鉞地，風雨聞號呼。鬼妾與鬼馬，色悲充爾娱。國家法令在，此又足驚吁。一段去草堂。賤子且奔走，三年望東吳。弧矢晦江海〔四〕，難爲遊五湖。不忍竟舍此，復來薙榛蕪。入門四松在，步屧萬竹疎。舊犬喜我歸，低徊入衣裾。鄰里喜我歸，沽酒攜葫蘆。大官喜我來，遣騎問所須。城郭喜我來，賓客隘村墟。一段歸草堂。天下尚未寧，健兒勝腐儒。飄飄風塵際，何地置老夫？於時見疣贅，骨髓幸未枯。飲啄愧殘生，食薇不敢餘。八句總結。

看羣小草竊處，全在『中宵』二字。斬馬歃盟，起兵專城，只是須臾間事，絶無成算。故番漢疑貳，倒戈相誅，亦是須臾間。可知『反覆乃須臾』五字，是前半之線。『焉知』八句，謂唐家無任事之臣，以致召亂。則肘腋之禍，梟獍之徒，皆由自及。『唱和作威福』，寫盡一國三公驕態。此數語責當時無撫綏之道，勘進一步。『眼前』八句，復極寫羣小横行之狀，見召亂有由。『國家法令在』五字，深譏冷諷，此去草堂一大支也，詳。『賤子』以下十六句，歸草堂，略。『舊犬』數語，化用木蘭詩，妙在舊犬偏寫在人前，令人聞之，且痛且哭。末八句足歸草堂之情，無限傷心刺骨，而語意却極温和。此不襲樂府之貌，而深得樂府之神者也。

四松

四松初移時，大抵三尺强。别來忽三歲，離立如人長。會看根不拔，莫計枝彫傷。幽色幸秀發，疎柯亦昂藏。所插小藩籬，本亦有隄防。終焉振撥損，得愧千葉黄。一段幸松之存。敢爲故林主，黎庶猶未康。避賊今始歸，春草滿空堂。覽物歎衰謝，及兹慰淒凉。一轉。清風爲我起，灑面若微霜。足以送老姿，聊待偃蓋張。一轉。『清風爲我起』一似風頗有情於我，妙。我生無根蔕，配爾亦茫茫。有情且賦詩，事迹兩可忘。一轉。勿矜千載後，慘澹蟠穹蒼。一轉。

前半黏題，後半漸脱，低昂反覆，自悲自慰。後半凡四轉，須看他轉句硬强，爲人百思不到處。『敢爲故林主，黎庶猶未康』，極小題目，忽作極大胸懷，尤奇傑。

校記

〔一〕漠　原詩中作『寞』。

〔二〕穀　當作『穀』。

〔三〕四川　當作『西川』。

〔四〕晦　諸本皆作『暗』。

杜詩提要卷四

五言古

杜鵑 大曆元年，公在雲安作。

西川有杜鵑，東川無杜鵑。涪萬無杜鵑，雲安有杜鵑。句本樂府『魚戲蓮葉東』四語，最近古。下二段正分應此。何世人反疑以爲注也？我昔遊錦城，結廬錦水邊。有竹一頃餘，喬木上參天。杜鵑暮春至，哀哀叫其間。我見常再拜，重是古帝魂。生子百鳥巢，百鳥不敢嗔。仍爲餧其子，禮若奉至尊。一段是『西川有杜鵑』，詳。鴻雁及羔羊，有禮太古前。行飛與跪乳，識序又知恩。忽起奇波。『識序』貼『鴻雁』，『知恩』貼『羔羊』。聖賢吾法則，付與後世傳。君看禽鳥情，猶解事杜鵑。遥接。今忽暮春間，值我病經年。身病不能拜，淚下如迸泉。一段是雲安有杜鵑，略。

舊注引東坡外集謂：杜鵑詩，子美譏當時之刺史而作。西川指嚴武，爲有杜鵑。東川指杜克遜，爲無杜鵑。涪、萬、雲安刺史微，不可考。其尊君者爲有，懷貳者爲無，不在夫杜鵑真有無也。錢箋辨之詳矣。余按詩意，雖刺時人不知尊君，而杜鵑之有無，則皆公身歷而真見其有無也。公作詩之日在雲安，值雲安有杜鵑之時，因追及西川之有杜鵑，而並及東川、涪、萬之無杜鵑。四句位置，一字不可倒易。下文分二段作應，但就其有者言之也。其曰『錦城』者，西川也，值暮春當有杜鵑鳴時，是我在西川而見其有也，應第一句『有』字。其曰『今』者，雲安也，又值暮春，當有杜鵑鳴時，是我在雲安而見其有也，應第四句『有』字。兩段中兩『暮春』，一昔一今，一拜一不拜，遥遥對舉，章法井然。蓋因所見以起興，故連而及之云爾。其曰『無杜鵑』者，東川、涪、萬非暮春之時也，故下文一字不應，正公詩鍼線極密處，原不因地之有無而興刺也。且此二段詩中，著意重在『我』字，以自著其尊君之義。而刺人則在中間一段見之，言人不鳥獸若也，故下聖賢法則正論以重戒之。此皆公慘澹經營處，後人百思不到者。『西川』、『雲安』兩段遥遥對峙，一詳一略，若平平並序，便落庸筆。奇在『鴻雁』數句，隔斷前文，跳出題外，雲煙斷續，使人尋之，不見其對峙之痕。自責處見於題中，刺人處脱於題外。究竟刺人未嘗顯露，只於『鴻雁』、『羔羊』中微微輕點，使天下之抗節不臣者，凛然無所逃避，豈非神手？

水閣朝霽奉簡嚴雲安

東城抱春岑，江閣鄰石面。崔嵬晨雲白，朝旭射芳甸。雨檻臥花叢，風牀展書卷。鉤簾宿鷺起，丸藥流鶯囀。呼婢取酒壺，續兒誦文選。晚交嚴明府，矧此數相見。

此即景稱心，散襟舒抱，悠然閒適之作也。一、二水閣，三、四朝霽，中六句閣中即事，結二句收到嚴雲安。步驟秩然，風致嫣然，大似謝康樂，而生秀過之。『鉤簾』二語尤有手揮目送之妙。

遣懷

昔我遊宋中，惟梁孝王都。二句總起。名今陳留亞，劇則貝魏俱。邑中九萬家，高棟照通衢。都會。舟車半天下，主客多歡娱。人物。白刃讎不義，黃金傾有無。殺人紅塵裏，報答在斯須。風俗。憶與高李輩，論交入酒壚。兩公壯藻思，得我色敷腴。氣酣登吹臺，懷古視平蕪。芒碭雲一去，雁鶩空相呼。高李論交主筆。斷。先帝正好武，接得陡。寰海未彫枯。猛將收西域，長戟破林胡。百萬攻一城，獻捷不云輸。組練棄如泥，尺土負百夫。拓境功未已，元和辭大爐。斷。亂離朋友盡，遥接又陡。合沓歲月徂。吾衰將安託？存没再嗚呼。

李以寶應元年卒，高以永泰元年卒。蕭條益堪愧，獨在天一隅。乘黄已去矣，凡馬徒區區。陽元云：比高李已亡，而已獨在也。不復見顔鮑，繫舟卧荆巫。臨餐吐更食，常恐違撫孤。

此憶舊遊，欲撫高李之遺孤而作也。先敘梁宋都會人物風俗，皆客也。憶與高李登臺懷古八句，是主。奇在陡接先帝好武一段，便有水窮雲起之勢，一篇波瀾在此。後段乃遥接高李交情，而終之以撫孤，是一篇結穴處。『好武』一段，諷論開邊生事，言已盡而意仍留，心甚悲而筆不露。若另爲一詩，亦成結構。而置之此章中，更覺峯巒特起，此化平以爲奇者也。然闗合在『亂離朋友盡』五字，若不經亂離，何至朋友聚散如此哉？

雷

大旱山嶽燋，密雲復無雨。南方瘴癘地，罹此農事苦。封内必舞雩，峽中喧擊鼓。真龍竟寂寞，土梗空俯僂。吁嗟公私病，税斂缺不補。故老仰面啼，瘡痍向誰數？暴尫或前聞，鞭巫非稽古。就旱説起。請先掩甲兵，處分聽人主。萬邦但各業，一物休盡取。水旱其數然，堯湯免親睹。免，不免也，葩經多此句法。上天鑠金石，羣盜亂豺虎。二者存一端，愆陽不猶愈。昨宵殷其雷，風過齊萬弩。復吹霾翳散，虚覺神靈聚。氣暍腸胃融，汗滋衣裳汙。吾衰尤拙計，失望築場圃。此段題之正面。

此憂旱之詩，與大雅雲漢篇不相上下。言召旱之道，在方鎮擅兵橫斂，主意在『處分聽人主』一句。前『舞雩』、『擊鼓』、『暴尫』、『鞭巫』，皆借擊法，將世人禱雨法門撇開，而另呈一弭災大策，使人不知其用筆之所至。蓋人主内斷勇決，莫如掩甲兵爲先，使民各安業，物無盡取，則人事盡而天災可回。若水旱有數，堯湯其能免乎？六句抑揚其詞。『上天』二句，又以旱與盜平較，則旱愈於盜，語激而論奇。漪堂云：此皆憑空建議也。篇末始序雷，只一句而止。風大雨散，場圃失望，仍以旱結。

火

楚俗，大旱則焚山擊鼓。

楚山經月火，大旱則斯舉。舊俗燒蛟龍，主。驚惶致雷雨。爆嵌魑魅泣，客。崩凍嵐陰昈。客。昈，侯古反，明也。謂冱寒之處，亦爲火所崩迫，故嵐陰亦著明也。羅落沸百泓，根源皆萬古。客。倒句。羅落，出莊子，言火燼周圍若羅落然。青林一灰燼，客。雲氣無處所。客。入夜殊赫然，新秋照牛女。客。風吹巨焰作，河棹騰煙柱。客。河棹，即河中之棹。巨焰照檣桅如煙柱。作『河漢』，非。勢欲焚崑崙，客。光彌焮洲渚。客。腥至焦長蛇，客。聲吼纏猛虎。客。神物已高飛，主。只見石與土。鎖住。爾寧要謗讟，憑此近熒侮。爾，謂神物。此，謂火。言神物豈要謗讟乎？而憑火則亦近熒侮也。二句摇曳其詞。薄關長吏憂，甚昧至精主。薄關，夢弼云：近及郊關。

殊無義。朱長孺云：謂長吏薄於憂民，不知以精誠爲主，微刺當時郡邑有司。良是。蓋二句一篇本旨。

遠遷誰撲滅？將恐及環堵。流汗臥江亭，更深氣如縷。

一篇主筆在燒蛟龍，而大旨在『長吏』二句。蓋深責當時牧民者昧弭災之道，而聽習俗之非也。主意偏不説出，先將一片火勢，寫得光怪閃爍。舉凡天地間風雲星漢、河山林渚、鬼魅蛇虎等物，付之一炬，使人目奪魂飛。知者以爲善於寫火也，而不知其全寫燒蛟龍也。乃蛟龍神物，卒不可燒，而徒燒出風雲星漢、河山林渚、鬼魅蛇虎，直是上上下下、前前後後，玉石俱焚。然後曉然於燒蛟龍是主，而風雲星漢、河山林渚、鬼魅蛇虎，皆是客也。如此絶世奇筆，只以神物高飛二句爲關鍵。『爆嵌』十四句，言火之虐物。『遠遷』二句，言火將及人，乃危言以聳動長吏。妙在與前文若不相接，方得斷續之妙。

牽牛織女

牽牛出河西，織女處其東。萬古永相望，七夕誰見同？神光竟難候，此事終朦朧。颯然精靈合，何必秋遂通？一段，先以正論闢其惑。亭亭新妝立，龍駕具層空。世人亦爲爾，祈請走兒童。稱家隨豐儉，白屋達公宮。膳夫翊堂殿，鳴玉凄房櫳。曝衣偏天下，曳月揚微風。蛛絲小人態，曲綴瓜果中。初筵裛重露，日出甘所終。一段，鋪敘時俗之惑，題之正面已完。嗟汝未嫁女，接未嫁女，突兀。秉心鬱冲冲。防身動如律，竭力機杼中。雖無舅姑事，敢昧織作功？明明君臣契，接君臣契，更突兀。咫尺或未容。義無棄禮法，恩始夫婦恭。小大有佳期，戒之在至公。方圓苟齟齬，丈夫多英雄。一作『勿替丈夫雄』。一段在題外發論，却是一篇主腦。『佳期』二字是眼目。

牛女詩，自周及漢皆有之。原不過比興會合之難也。後人傅會其説，習成風俗，一似乎牛女竟有私相會合之期矣。故公特借『佳期』兩字，以明夫婦君臣之大義，而闢去世俗祈請之惑，所以翻出此一番正論也。篇首即以正論起，中就時俗鋪陳，而復以正論扼其後，識見高人數倍，章法亦絶奇。未嫁女，主也；丈夫，客也。詩人往往以夫婦喻君臣，而此以守身之女比守禮之臣，故知女爲主，而丈夫爲客也。『佳期』兩字，是古今乞巧人病根。然用之於夫婦，用之於君臣，動中禮法，契合於義，則必遇佳期而後可，所謂『小大有佳期』也，否則苟合矣。苟合則方圓齟齬，能不見絶於丈夫耶？結尾數語，跌宕入神，文情摇曳之至。

聽楊氏歌

佳人絶代歌，獨立發皓齒。二句歌。『佳人』、『傑士』首尾遥映。滿堂慘不樂，響下青雲裏。江城帶素月，況乃清夜起。老夫悲暮年，壯士淚如水。玉杯久寂寞，金管迷宮徵。勿云聽者疲，愚智心盡死。一段俱是聽。古來傑出士，豈待一知己？吾聞昔秦青，傾側天下耳。詩文有正面說不透，偏用對面襯出而愈透者。如歌出『佳人』，又加之以『絕代』，宜有累言贊不盡者矣。乃贊歌者只兩句，下文皆曲折描寫如何善聽，而歌之精神已十分流露。此之謂對面渲襯，正加倍寫正面法也。老壯智愚，皆滿堂聽歌者。而聽之之地則江城，聽之之時則月夜，十分慘澹。是以至於停杯不飲，顧曲迷亂，而耳疲心死也。『玉杯』二語，心醉神飛之意。寫聽者如此入神，則歌成絕代，不言可知矣。『古來』二句提筆，縱出題外。末二句收入題中。『古來傑出士，豈待一知己』者，見能傾動天下也。以天下之耳，挽到滿堂之耳，絕世奇文。

秋行官張望督促東渚耗稻向畢清晨遣女奴阿稽豎子阿段往問

按，『耗稻』，『耗』，減也，減去稗之害稻者。有職掌曰官。行官，行田之官，張望，其名。

東渚雨今足，佇聞粳稻香。二句，一篇冒子。上天無偏頗，蒲稗各自長。人情見非類，田家戒其荒。功夫競搰搰，除草置岸傍。一段，先點耗稻。穀者命之本，客居安可忘？青春具所務，勤墾免亂常。吳牛力容易，並驅動莫當。豐苗亦已穊，雲水照方塘。有生固蔓延，靜一資隄防。督領不無人，提攜頗在綱。一段，督促。荆揚風土暖，肅肅候微霜。尚恐主守疎，用心未甚臧。清朝遣婢僕，寄語踰崇岡。一段，遣奴豎往問。題面畢。西成聚必散，不獨陵我倉。豈要仁里譽，感此亂世忙。題外意。北風吹蒹葭，蟋蟀近中堂。荏苒百工休，鬱紆遲暮傷。餘波。

題是瑣屑家務，而天地之並包、人事之勤惰、客居之經綸、仁人之胞與皆見，可以上頡豳風。上天生秔稻，亦生蒲稗，並育而不偏。故蒲稗之害，不敢怨天，只盡人事。四句自爲頓挫，下緊接『穀者命之本』，所以要督促又往問也。兩層鈎畫分明。『東渚』二句，題前一層；『西成』四句，題後一層；結四句，拓開一層。正與唐風之蟋蟀、豳風之『改歲』略同，命意抑何深厚也！以散爲聚，先人後己，又非止勤墾自救而已，此非仁人之胞與而何？小題大做，見詩人之胸襟，筆端之變換。

暇日小園散病將種秋菜督勤耕牛兼書觸目

不愛入州府，畏人嫌我真。及乎歸茅宇，旁舍未曾嗔。老病忌拘束，應接喪精神。江村意自放，林木心所欣。一截，暇日小園散病。秋耕屬地濕，山雨近甚勻。冬菁飯之半，牛力晚來新。深耕種數畝，未甚後四鄰。嘉蔬既不一，名數頗具陳。荆巫非苦寒，採擷接青春。一截，種秋菜督勤耕牛。飛來兩白鶴，突接。暮啄泥中芹。雄者左翮垂，損傷已露筋。一步再流血，尚經矰繳勤。三步六號叫，志屈悲哀頻。鸞鳳不相待，側頸訴高旻。杖藜俯沙渚，爲汝鼻酸辛。一截，兼書觸目。

白山云：古人有一題展作數詩者，有數題合作一詩者。一題數詩，貴在意緒各清。數題一詩，貴在聯絡無痕。如何氏山林、秦州雜詩，此一題數詩也。如臨邑舍弟書至、暇日小園散病，此數題一詩也。於此可悟作法。數題一詩，非截然平分也，其中必有隱線，如蛛絲馬迹。觀此詩起手八句，與末段志屈悲哀，本是一意，擊首可以尾應。然意隱而不露，竟似劃然分開者，此以不照應爲照應者也。漪堂云：末段本是寓言，如坡公後赤壁之類。良以自悲不能直書，姑隱其詞如此。而句調則本古樂府『飛來雙白鵠』一章。入州府，有用世之思，正杜公真處，而世人翻以爲嫌，故不愛入。其歸茅屋，放意於江村林木之間，豈得已哉？而世人翻不我嗔。一腔悲憤，已蓄在此段内，而以頓挫出之。讀至末段『志屈悲哀』等句，始知其綫索之妙。

奉酬薛十二丈判官見贈

忽忽峽中睡，悲風方一醒。伏筆突兀。斷。西來有好鳥，爲我下青冥。羽毛淨白雪，慘澹飛雲汀。既蒙主人顧，舉翮唳孤亭。持以比佳士，及此慰揚舲。清文動哀玉，見道發新硎。
一段，序薛贈詩。欲學鴟夷子，待勒燕山銘。誰重斬邳劍，致君君未聽。志在麒麟閣，無心雲
母屏。六句序薛詩中之語。卓氏近新寡，豪家朱門扃。相如才調逸，銀漢會雙星。客來洗粉
黛，日暮拾流螢。不是無膏火，勸郎勤六經。一段，序答詩，以解薛之意也。時薛新婚，當時必有短
之者。老夫自汲澗，野水日泠泠。我歎黑頭白，君看銀印青。臥病識山鬼，爲農知地形。
誰矜坐錦帳，苦厭食魚腥。一段自序，正爲薛出脱處。東南兩岸坼，橫水注滄溟。碧色忽惆
悵，風雷搜百靈。空中有白虎，赤節引娉婷。自云帝季女，噀雨鳳凰翎。襄王薄行迹，莫學
冷如丁。千秋一拭淚，夢覺有微馨。人生相感動，金石兩青熒。一段奇波，借高唐幻夢，爲卓氏
解嘲。『自云』貫下三句，皆季女之詞，言襄王薄有行迹，莫學令威之有家棄去耳。『人生』二句，謂感通之
理，如金石之不可移。丈人但安坐，休辨渭與涇。一句鎖住上文，言薛不必辨清濁也。龍蛇尚格鬬，
灑血暗郊坰。接又奇。吾聞總明主，治國用輕刑。銷兵鑄農器，今古歲方寧。文王日儉德，
俊乂始盈廷。榮華貴少壯，豈食楚江萍。遥接前文。

發端處，似是兩地懷人，真情妙境，然正意不在此，乃專爲下文作伏兵。西來好鳥，尤接
得奇。『鴟夷』六句，敘薛詩中之意。引鴟夷、竇憲、陳湯三人，皆抱致君之志者，以明非
好色一流。『無心雲母屏』，來詩本意也。『卓氏』以下八句，答詩慰薛，而暗用孟光、車

亂事，以見其婦之賢。且朱門扃則帷薄謹，雙星會則有佳期，非奔也。薛之心迹，不白自明矣。『老夫』以下，閒序八句，略加點綴。忽突起奇波，幻出一夢，光怪閃爍，乃現身説法，爲薛解嘲也。人知空中結撰，爲絶處逢生，而不知『忽忽峽中睡』已埋伏久矣。末段龍蛇格鬭等語，正遥應志在鴟夷等句，翻出一段正論，以勉其乘時立功，圖形麟閣。而相如之愛文君，固不足諱矣。結得深遠，亦以不照應爲照應法也。入夢一段，不寫夢，亦不先寫神女，偏從巫峽寫起。峽之中有兩岸，有横水，有風，有雷，有白虎，有赤節，然後引出一帝女。又於帝女來時，親見其自云如此。寫得縹緲恍惚，聲氣如生，仍不覺其爲夢也。序述既畢，始輕點出『夢覺』二字，然後曉然於從前所序，皆夢也，而夢已斷矣。前西來鳥、山鬼等句，皆暗爲此映帶。蛛絲馬迹，出神入化，真奇筆也。此種設想，從九歌化來，非食人間煙火者所能彷彿。

寫懷二首

勞生共乾坤，何處異風俗。冉冉自趨競，行行見羈束。無貴賤不卑，無富貧亦足。萬古一骸骨，鄰家遞歌哭。一段勞生。鄙夫到巫峽，三歲如轉燭。全命甘留滯，忘情任榮辱。朝班及暮齒，日給還脱粟。編蓬石城東，采藥山谷北。用心霜雪間，不必條蔓緑。非關故安排，曾是順幽獨。一段，順幽獨。安排，即給粟、編蓬、采藥諸事。達士如弦直，小人似鉤曲。曲直吾不知，負暄候樵牧。結又進一步，言曲以迎人固不可，直以取禍亦不爲，唯以樵牧自安。反繳勞生，針鋒緊對。

『勞生』二字提綱，與『順幽獨』反映。世間人以富貴榮其生而至死不悔者，皆不肯順幽獨也。『順幽獨』，亦不過居食麤給而已。兩段隱隱相承，如燈取影，正具一部南華學問。

夜深坐南軒，明月照我膝。驚風翻河漢，梁棟已出日。羣生各一宿，飛動自儔匹。吾亦驅其兒，營營爲私實。天寒行旅稀，歲暮日月疾。榮名忽中人，世亂如蟣蝨。『私實』、『榮名』，兩對文字也，看他序却參差。古者三皇前，提筆。滿腹志願畢。胡爲有結繩，陷此膠與漆。禍首燧人氏，厲階董狐筆。君看燈燭張，轉使飛蛾密。以上結言名實之害。放神八極外，俯仰俱蕭瑟。終契如往還，得匪合仙術？四句推開，言視生死如往還，得非合仙術耶？『往還』二字，正與起手『日』、『月』字相應。

即前首勞生意，而以日月之逝起興。見人之情，非迫於私實，即迫於名利如此。夫爭訟起於飲食，是非生於文字，古今通弊，乃坐爲燧人、董狐罪。議論奇闢，妙在議論未完，即撇開，以火蛾爲比。詩惡言理，以比意透之，即不覺。不怪火蛾，反怨張燈，若有使之然者，可見私實榮名即世網也。妙語解人頤。

幽人

孤雲亦羣游，神物有所歸。靈鳳在赤霄，何當一來儀？四句興起幽人不得見。一層。往與惠詢輩，中年滄洲期。天高無消息，棄我忽若遺。內懼非道流，幽人見瑕疵。此段是幽人見棄一層。『內懼』二句，故爲跌宕。洪濤隱語笑，接得奇。八句一氣讀下。鼓枻蓬萊池。崔嵬扶桑日，照曜珊瑚枝。風帆倚翠蓋，暮把東皇衣。嚥漱元和津，所思煙霞微。此段正面寫幽人，而寓所思之意。又一層。中黃經：但服元和除五穀。注：謂嚥津液。知名未足稱，局促商山芝。五湖復浩蕩，歲暮有餘悲。好名便不可成幽人之根，故局促於商山而有餘悲也。又申明『內懼非道流』一層。

此有出世之思，以幽人自期，而寄慨在不即不離之間。篇凡四層描寫，而發端處翩然出奇，不可名狀。『洪濤』一段，接筆突兀，尤不可名狀。其用筆全自九歌中脫來，另是一種筆墨。盧元昌注，語語寓言，失之於鑿。鍾伯敬云：此絕妙遊仙詩，非惟無丹藥瓢笠氣，亦並無雲霞山澤氣。覺太白語，出之猶濫而易。

送重表姪王砅評事使南海

我之曾老姑，爾之高祖母。序中表起，古拙奇特。爾祖未顯時，歸爲尚書婦。隋朝大業末，房杜俱交友。長者來在門，荒年自餬口。家貧無供給，客位但箕帚。俄頃羞頗珍，寂寥人散後。入怪鬢髮空，吁嗟爲之久。自陳翦髻鬟，市鬻充杯酒。一段序延賓，借陶母事以表其賢。看其用倒序法，錯落可愛。上云天下亂，宜與英俊厚。向竊窺數公，經綸亦俱有。次問最少年，虬髯十八九。留住秦王不説。子等成大名，皆因此人手。下云風雲合，龍虎一吟吼。願展丈夫雄，得辭兒女醜。一段詞令，以表其識。秦王時在坐，真氣驚户牖。補秦王一筆，情事始明，亦史遷法脉。及乎貞觀初，尚書踐台斗。夫人常肩輿，上殿稱萬壽。六宫師柔順，法明化妃后。至尊均嫂叔，盛事垂不朽。序事完。前後各十九韻，此爲前一大支，追序高祖母事蹟。鳳雛無凡毛，五色非爾曹。陡接。白山云：二句篇中大轉折。與贈閭丘詩「豫章夾日月，歲久空深根」同法。往者胡作逆，乾坤沸嗷嗷。吾客在馮翊，爾家同遯逃。爭奪至徒步，塊獨委蓬蒿。逗留熱爾腸，十里却呼號。自下所騎馬，右持腰間刀。左牽紫游韁，飛走使我高。苟活到今日，寸心銘佩牢。亂離又聚散，宿昔恨滔滔。水花笑白首，春草隨青袍。一段序王評事患難之情。看其「高」、「下」、「左」、「右」四字，錯綜入妙。「亂離又聚散」二句，蓄有無限情緒在。此用減字法。「水花」二句，一已一彼，急忙中又用比興。廷評近要津，節制收英髦。北驅漢陽傳，南汎上瀧舠。家聲肯墜地，利器當秋毫。番禺親賢領，籌運神功操。大夫出盧宋，寶貝休脂膏。洞主降接武，海國舶千艘。一段序王評事使南海。有戒詞，方是正筆。『要津』、『親賢』，皆指李勉，時除廣州刺史，兼嶺南節度觀察使。勉性廉潔，不受犀象之貨，耆老以爲可繼宋璟、盧奐。我欲就丹砂，跋涉覺身勞。安能陷糞土，有志乘鯨鼇。四句自序，有蹈海之志。或驂鸞騰天，聊作鶴鳴皋。總收。王出使爲鸞，已在野爲鶴，各行其志。此爲一大支，序王評事。

一篇傳志文字。白山云：送行詩。前半篇寬序一大段，似乎頭重，但因題中『重表姪』三字，追序其由，且以一婦人具如許眼力，塵埃中辨天子、宰相，古今所罕，特借此書傳之，意中實以此事爲主，送行之意反輕，所以章法如此。按唐書王珪傳，始隱居時，房杜過其家，母李敕具酒食，無秦王，而母李非杜。今以詩考之，乃謂珪妻，並非母，尤不合。然老杜既云曾老姑，未有自失其祖者，但存其詩而闕其疑可也。

上水遣懷

趙子櫟云：自岳之潭之衡爲上水。

我衰太平時，身病戎馬後。蹭蹬多拙爲，安得不皓首？一起絮絮叨叨，自怨自艾，著意在題前，不覺衝口道出。馳驅四海內，童稚日餬口。但遇新少年，少逢舊親友。低顏下色地，故人知善誘。後生血氣豪，舉動見老醜。窮迫挫曩懷，常如中風走。一紀出西蜀，於今向南斗。孤舟亂春華，暮齒依蒲柳。斷。此將上水之懷。冥冥九疑葬，忽起奇峯。聖者骨亦朽。蹉跎陶唐人，鞭撻日月久。中間屈賈輩，讒毁竟自取。鬱没一悲魂，蕭條猶在否？斷。此上水弔古之懷。嶒崒清湘石，逆行雜林藪。又起奇峯。篙工密逞巧，氣若酣杯酒。歌謳互激遠，回斡明授受。善知應觸類，各藉穎脱手。古來經濟才，何事獨罕有。斷。此上水行舟之懷。即操舟一事推之，凡事皆然。無聊中往往如此設想。蒼蒼衆色晚，又起奇峯。熊挂玄蛇吼。黄羆在樹顛，正爲羣虎守。斷。比興語，言路險也。起下『混瑕垢』以自全意。羸骸將何適，遥接首段。履險顔益厚。庶與達者論，吞聲混瑕垢。屈賈讒毁，正在不混瑕垢，故結出達者，乃所以遣懷也。

詩惡排序而貴錯綜，其勢合者必割之使分，聯者必散之使斷，或參之議論以疎其勢，或假之景物以離其羣。要在於平坡千里中，忽然奇峯聳起，嶺已斷而雲聯，徑纔分而路合，如此則變化在手，頭緒不棼。看此詩之斷處離得奇，乃知其續處連得巧，其於結搆最留意者也。前四段皆積懷不可遣處，結尾始煞出遣懷。

蚕行

歌哭俱在曉，起極無端，確有其境。行邁有期程。孤舟似昨日，聞見同一聲。三、四語最含蓄，猶言昨日聞見如此，今日又如此也，確是長征情況。飛鳥數求食，潛魚亦獨驚。前王作網罟，設法害生成。趙次公云：網，羅其鳥。罟，罩其魚。害物之生成，正反傷前王之設法也。與『白魚困密網，黃鳥喧嘉音』不同。白山註誤。碧藻非不茂，高帆終日征。干戈異揖讓，崩迫闕其情。

借魚、鳥以起興，即借網罟而怨及前王，蓋傷揖讓之風遠，而干戈之禍興也。師古云：網罟所以養民，後世反因此而害物。賦斂所以平民，後世反以此而肆暴。追怨前王處，乃其深傷時事處，故曰『聞見同一聲』，又曰『崩迫闕其情』也。前後一氣，而以比意透之，故自不覺耳。『碧藻』句，舟中景語，遥接『行邁』，正是離奇之筆，原與潛魚無關，説詩者未可以詞害意也。

過津口

南嶽自兹近，湘流東逝深。和風引桂楫，春日漲雲岑。『漲』字貼雲，善於寫景。回首過津口，而多楓樹林。以上過津口之景，下俱推開寫意。白魚困密網，黃鳥喧嘉音。物微限通塞，惻隱仁者心。白山云：通塞以遇言，物之所遇雖不同，然仁者自宜一視，何獨使魚困於密網乎？甕餘不盡酒，膝有無聲琴。聖賢兩寂寞，眇眇獨開襟。

前首言魚鳥之同網罟，此首言魚鳥之異通塞，用筆又换。既曰仁者德澤在人，而又曰聖賢寂寞，有其心而無其政，能不傷懷？故終以琴酒自遣，此善用轉筆也。

次空靈岸

沄沄逆素浪，落落展清眺。幸有舟楫遲，得盡所歷妙。空靈霞石峻，湘中記：赤崖若朝霞。楓栝隱奔峭。青春猶無私，白日亦偏照。水經注『蔽日籠山』，只寫得暗一邊。『白日亦偏照』，更寫得半明半暗，幽峻可想。可使營吾居，終焉託長嘯。毒瘴未足憂，兵戈滿邊徼。嚮者留遺恨，恥爲達人誚。迴帆覬賞延，佳處領其要。

歷盡妙，與『領其要』同一心眼。然非歷盡，亦不知領要之貴。高人看山水，胸中別有本子在。此直一首康樂遊山詩。

蚤發

有求常百慮，斯文亦吾病。以兹朋故多，窮老驅馳併。起句括三字，然其實只朋友一事。四句蚤發之故。蚤行篙師怠，席挂風不正。昔人戒垂堂，今則奚奔命？濤翻黑蛟躍，日出黄霧映。煩促瘴豈侵，頹倚睡未醒。僕夫問盥櫛，暮顔靦青鏡。隨意簪葛巾，仰慚林花盛。一段蚤發。側聞夜來寇，幸喜囊中淨。追序二句，一開一闔，反言見意。艱危作遠客，干請傷直性。薇蕨餓首陽，粟馬資歷聘。賤子欲適從，疑誤此二柄。韓非有二柄篇，此借用其字。蓄意題前，陡有此起，若不知何爲而發，讀至次句，乃知爲斯文也，爲朋故也，爲窮老驅馳也。三者皆吾慮也，然而所求只朋故一件，何也？以斯文而朋故多，以朋故多而驅馳併，受病之由在此。故『以兹』二字爲上下針線，而四句意於是乎始醒。其工於發端如此。末段『干請』二字，正與『求』字相應，方申出首四句未盡之言。又雙引夷齊、蘇張兩種人，夾出一干一不干，而結之曰『疑誤此二柄』。公豈真有誤哉？艱危中作遠客，無可如何也，曲筆傳神，窺見苦衷。如此起結，真是奇筆，不可言傳者也。

望　嶽

南嶽配朱鳥，秩禮自百王。伏。欻吸領地靈，澒洞半炎方。邦伯用祀典，在德非馨香。巡守何寂寥，有虞今則亡。住。衡山下有舜廟。洎吾隘世網，行邁越瀟湘。接入行邁。渴日絶壁出，漾舟清光旁。祝融五峯尊，峯峯次低昂。紫蓋獨不朝，爭長嶫相望。住。恭聞魏夫人，羣仙夾翱翔。有時五峯氣，散風如飛霜。住。『羣仙』反應『百王』。牽迫限修途，提。南岳夫人傳：夫人名華存，字賢安，晉司徒魏舒之女。適南陽劉文，生二子。好神仙。咸和九年化去，爲南岳夫人。未暇杖崇岡。歸來覬命駕，沐浴休玉堂。住。三歎問府主，曷以贊我皇？牲璧再接行邁。

忍衰俗，神其思降祥。繳首段，收。府主，即前邦伯，謂衡山太守。舊指洞府之主，似非。『贊我皇』、扶衰俗，非太守而誰？蓋衰俗祀魏夫人以求神仙，非百王之祀典也。雙綰有力。

此專爲衰俗不中古禮而發。起二句莊重，見南嶽之尊嚴。於位則配天之朱鳥，於禮則定自百王，曾無所謂南嶽夫人者，句中已伏下意。又言國家祀典，黍稷非馨，明德維馨，可見有德則神降祥，而無如有虞巡守，至今不行也，正與結處針鋒相射。南岳則制定百王，夫人則夾以羣仙，一典一不典，對面相形，褒譏自見。又於魏夫人上加『恭聞』二字，語若欽崇，意實冷諷。『散風如飛霜』，偏又寫得羣仙活現，此又善寫背面法。詩貴離奇，離則步步有起伏，層層有波瀾。如登山者閲一境，又有一境，迥非從前耳目所及，乃稱奇耳。否則連篇累牘，終無斷處。看此詩初寫南嶽未了，忽接行邁；寫行邁未了，忽提魏夫人；寫夫人未了，又接行邁；寫行邁甫畢，即又收回南岳上去。本是一副説話，離作數段，便成奇觀，此公極作意處。

蘇大侍御渙静者也旅於江側不交州府之客人事都絶久矣肩輿江浦忽訪老夫舟楫已而茶酒内余請誦近詩肯吟數首才力素壯詞句動人接對明日憶其涌思雷出書篋几杖之外殷殷留金石聲賦八韻記異亦見老夫傾

倒於蘇至矣俗本多一題目，此作序。單本以此爲題，今從之。

龐公不浪出，蘇氏今有之。不交州府，一句撇清，以下俱贊詩。再聞誦新作，突過黄初詩。乾坤幾反覆，揚馬宜同時。一層贊詩，以古人贊。中間横插『乾坤幾反覆』五字，見古今人不相及而竟相及也。今晨清鏡中，勝食齊房芝。余髮喜却變，白間生黑絲。二層贊詩，以己贊。昨夜舟火滅，湘娥簾外悲。百靈未敢散，風破寒江遲。三層贊詩，以鬼神贊。先出今晨，再出昨夜，亦倒裝法。

通首俱贊詩，一層深一層。後二層從接對明日空縫中，寫出心融神會光景，風韻嫣然。白山云：髮白變黑，猶言清吟可愈疾也。結四句，猶言『詩成泣鬼神』也，皆極力形容之詞，奇在竟似當真説話。從來贊人詩説愈疾者有之，未有及變髮者。乃不先説變髮，而倒插『食勝齊房芝』五字於覽鏡下，正是神來之筆。今人反疑爲倒，而改之以順其文。嗚呼！順逆之不審，其又奚言乎？又贊人詩説神通者有之，未有説火滅而湘娥悲、百靈聚、江風遲。如此變怪者，儼然夜半羣仙降臨，親聞其贊歎之聲。而尾後不益一語，竟自攸然而逝，使人恍惚中，疑鬼疑夢。題云『傾倒於蘇至矣』，余於此詩亦云。

杜詩提要卷五

七言古

白絲行

繅絲須長不須白，越羅蜀錦金粟尺。象牀玉手亂殷紅，萬草千花動凝碧。已悲素質隨時染，裂下鳴機色相射。寫染織，正筆。美人細意熨貼平，裁縫滅盡針線迹。寫裁製，正筆。春天衣著爲君舞，蛺蝶飛來黄鸝語。落絮游絲亦有情，隨風照日宜輕舉。寫成衣，用側筆。香汗清塵汙顔色，開新合故置何許？寫棄置，用正筆。君不見才士汲引難，恐懼棄捐忍羈旅。結歸正意。

白絲，即『墨子悲素絲』意。開口云『須長不須白』，題前蓄無限憤恨，始能爲此發端。謂長則有剪裁，白則只隨時染也。夫絲之貴白，存素質也，一經染後，白不成白矣。感慨傷懷，盡此七字中。詩意不過以白絲比才人不守素質，受汙於己，爲人棄捐耳。看其極力描寫：於染之日，則有象牀玉手，萬草千花。於染而織之後，則有美人之熨貼，裁縫之滅迹。於成衣之後，則蝶爲之飛，鸝爲之語，落絮游絲爲之舞，風日爲之閃灼。正面側面，寫得氣色輝煌，天花亂墜，豈料復有棄捐之事哉？無奈潔白之既汙，而新故之頓異焉。所謂擡得高，愈跌得重。抑揚頓挫，寫盡榮枯之異致，以明才士致身之勿苟也，故正言以結之。不曰受汙易而曰汲引難，渾厚蘊藉。曰恐懼棄捐，曰忍羇旅，則不隨人用舍可知。一篇波瀾，全爲末二句著力。

高都護驄馬行

安西都護胡青驄，聲價欻然來向東。青驄，西産也，在西聲價本重，忽而來東，便有伏櫪之感矣。二句總敘，已具大意。此馬臨陣久無敵，與人一心成大功。提筆。追敘往日戰場。功成惠養隨所致，飄飄遠自流沙至。雄姿未受伏櫪恩，猛氣猶思戰場利。四句寫今日在廐。伏櫪，驄所不受，加一『恩』字，反言見意，含蓄無限。腕促蹄高如踣鐵，交河幾蹴層冰裂。五花散作雲滿身，萬里方看汗流血。四句正面寫驄馬無敵。陽元云：日行萬里，方看汗溝流血，非良馬耶？長安壯兒不敢騎，走過掣電傾城知。二句側面寫驄馬無敵。青絲絡頭爲君老，何由却出橫音光。門道？橫門，長安城北出西頭第一門，應『安西』句。『爲君老』三字恨甚。『與人一心成大功』，雖爲君死不惜，若老則不甘心也。『烈士暮年，壯心不已』，正是此意。

以往日之戰場，今日之在廐，錯敘成篇。以安西、流沙、交河、長安、横門爲線，一東一西，遥遥相照，而中間正寫側寫，筆筆精悍。詠馬如人，空前軼後之作也。

飲中八仙歌

知章騎馬似乘船，眼花落井水底眠。知章兩醉態：騎馬似乘船，醉一；眼花墜井，醉二。汝陽三斗始朝天，道逢麴車口流涎，恨不移封向酒泉。汝陽三醉態：朝天三斗始去，醉一；麴車流涎，醉二；恨不封酒泉，醉三。左相日興費萬錢，飲如長鯨吸百川，銜杯樂聖稱避賢。左相三醉態：日興即謀飲，醉一；長鯨吸川，醉二。『避賢初罷相，樂聖且銜杯』，左相自詠詩也，其意是罷相後且飲酒，猶露矯持本色。公用其詩曰『銜杯樂聖稱避賢』，則似因好酒而罷相。加一『稱』字，狀貌聲口俱醉矣。醉三。宗之瀟灑美少年，舉觴白眼望青天，皎如玉樹臨風前。宗之一醉態。蘇晉長齋繡佛前，醉中往往似逃禪。蘇晉一醉態，酒人語言，或呵或喝，有似禪機。李白一斗詩百篇，長安市上酒家眠。天子呼來不上船，自稱臣是酒中仙。李白四醉態：飲酒一斗，賦詩百篇，醉一；眠酒家，醉二；召宴不能上船，醉三；天子前稱臣又稱仙，不倫不次，醉四。。張旭三杯草聖傳，脱帽露頂王公前，揮毫落紙如雲煙。張旭三醉態：張旭書法不易傳人，三杯後則傳矣，醉一；脱帽露頂，醉二；酒後揮毫，墨汁淋漓，與雲煙相似，醉三。焦遂五斗方卓然，高談雄辨驚四筵。焦遂一醉態：五斗方卓然，是平素灑脱，酒後忽作矜莊，似酒力扶而植之也，醉一；酒後雄辨，醉二。

詩乃柏梁變體，一人一章，無起無落，是古文全不照應法。而長短錯綜，變化在手，亦奇作，亦游戲也。篇中醉者八人，人各一章，或一句一醉態，或數句合一醉態，彼此無一同，而天真爛熳，各成奇趣。若賓筵所謂號呶側弁者，摹寫極工，然是醉後之輿隸，非飲中之神仙也。通篇只李白點一『仙』字，而又從對天子口中説出，明於八仙中推尊李白，是又公用意所在。

渼陂行

岑參兄弟皆好奇，攜我遠來游渼陂。天地黯慘忽異色，波濤萬頃堆琉璃。琉璃漫汗泛舟入，事殊興極憂思集。鼉作鯨吞不復知，惡風白浪何嗟及。風雨驟作，奇。可哀。主人錦帆相爲開，舟子喜甚無氛埃。鳧鷖散亂棹謳發，絲管啁啾空翠來。雨散放舟，奇。可樂。沉竿續蔓深莫測，菱葉荷花静如拭。宛在中流渤澥清，下歸無極終南黑。半陂已南純浸山，動影裊窕沖融間。船舷暝戛雲際寺，水面月出藍田關。陂中實景，奇。可樂。此時驪龍亦吐珠，馮夷擊鼓羣龍趨。湘妃漢女出歌舞，金支翠旗光有無。頂上月出，幻作空中樓閣，奇。可樂。咫尺但愁雷雨至，蒼茫不曉神靈意。雷雨又來，奇。可哀。少壯幾時奈老何，向來哀樂何其多。以好奇作主，以哀樂爲線。中五段皆奇，而各具哀樂，亦自然之波瀾也。奇在『驪龍』一段，虛事忽作實景，寫得仙靈杳渺，乍有乍無，筆端所至，真奇之又奇者也。長孺云：始而天地變色，風浪甚憂，既而開霽放舟，沖融裊窕，終而仙靈冥接，雷雨蒼茫。只一遊陂時，情景迭變已如此，況自少壯至老，哀樂之感，何可勝窮？愚謂篇中本以哀樂爲線，結尾自應點明。然就事正點，方幅便窄。妙在推開説去，若不著意本題，而通身俱振動。此又以放爲收者也。

兵車行

車轔轔，馬蕭蕭，行人弓箭各在腰。耶孃妻子走相送，塵埃不見咸陽橋。牽衣頓足攔道哭，哭聲直上干雲霄。先以目前事序起。道傍過者問行人，行人但云點行頻。或從十五北防河，便至四十西營田。去時里正與裹頭，歸來頭白還戍邊。邊庭流血成海水，武皇開邊意未已。君不聞漢家山東二百州，千村萬落生荆杞。縱有健婦把鉏犂，禾生隴畝無東西。況復秦兵耐苦戰，被驅不異犬與鷄。已上一束。點行者，以丁籍點照上下，更换差役。山東，華山以東也。問者問其目前，答者答其已往。防河、營田、戍邊，見非一次，頂上『點行頻』，聲口俱咽。『無東西』三字，寫婦人草率耕耘如繪。長者雖有問，役夫敢申恨？且如今年冬，未休關西卒。縣官急索租，租稅從何出？信知生男惡，反是生女好。生女猶得嫁比鄰，生男埋沒隨百草。君不見青海頭，古來白骨無人收。新鬼煩冤舊鬼哭，天陰雨濕聲啾啾。已上又一束。始人哭，終鬼哭，暗暗相應。鬼已有新舊，戍役之頻可知，悽愴欲絕。

舊注謂明皇用兵吐蕃而作，託武皇以風刺也。其曰『防河』，曰『營田』，曰『戍邊』，皆防吐蕃事。青海在吐谷渾，乃吐蕃地也。篇中以開邊句爲主，而敘事只起手七句，以下俱詞令代敘事。『但云』二字，直貫至末，皆戍役之言，分兩段寫。一段以『君不聞』結住內郡凋敝，一段以『君不見』結住戍卒零丁，似分兩扇，而長短參差，絕無痕迹。詞令述完，不復再敘一語，含蓄吞吐，語未盡而意有餘，真漢詩，真樂府。

送孔巢父謝病歸游江東兼呈李白

巢父掉頭不肯住，東將入海隨煙霧。詩卷長留天地間，釣竿欲拂珊瑚樹。起四句一氣注下，言巢父決志長往，直至東海垂竿拂珊瑚樹而後住，所可留者特詩卷耳。倒句有味。深山大澤龍蛇遠，春寒野陰風景暮。蓬萊織女迴雲車，指點虛無引歸路。自是君身有仙骨，世人那得知其故？惜君只欲苦死留，富貴何如草頭露？『深山』四句比興語，言龍蛇本欲歸山，而又有神仙引其歸路，况君身原有仙骨乎？『惜君』二句，故作頓挫，見世人那得知，唯蔡侯知之耳。蔡侯静者意有餘，清夜置酒臨前除。補筆，題中所無。罷琴惆悵月照席，幾歲寄我空中書。二句點清送別。『空中書』有登仙之意在，暗繳微妙。南尋禹穴見李白，道甫問訊今何如。結出李白，暗與東入海應。

曲江三章章五句 選一

自斷此生休問天，一截。杜曲幸有桑麻田，故將移住南山邊。一截。短衣匹馬隨李廣，看射猛虎終殘年。一截。

杜公七言，有一句起，一句結，中間不拘數句者。此詩次章『即事非今亦非古』，正自言其詩體也。起一句即頓住，蓄無限怨恨在題前，有甘休意，故爲自寬一筆。結二句，蓄無限感慨在題後，有不甘休意。直當一首長詩讀。爲短句而意味不長者，不可與作短篇也。

麗人行

三月三日天氣新，長安水邊多麗人。二句領起。態濃意遠淑且貞，肌理細膩骨肉勻。姿態。繡羅衣裳照暮春，蹙金孔雀銀麒麟。頭上何所有？翠爲㔩葉垂鬢脣。背後何所見？珠壓腰衱穩稱身。服飾。已上賓。就中雲幕椒房親，賜名大國虢與秦。二句是主筆。紫駝之峯出翠釜，水精之盤行素鱗。犀筯厭飫久未下，鸞刀縷切空紛綸。黄門飛鞚不動塵，御厨絡繹送八珍。簫鼓哀吟感鬼神，賓從雜遝實要津。肴核、音樂、賓從。後來鞍馬何逡巡，當軒下馬入錦茵。主筆。後來鞍馬，即丞相也，留住不即出。楊花雪落覆白蘋，青鳥飛去銜紅巾。極艷麗。急忙中，忽寫景二句，映帶三月三日，作賓。看其接續之法，託興之妙。炙手可熱勢絶倫，慎莫近前丞相嗔。主筆。

白山云：此效鄘風之刺宣姜，但歌其容服之美，而所刺自見者。本是諷刺，而直敘富麗，若深羨不容口者，故自佳。前寫姿容、服飾、肴核、音樂、賓從，本應一氣平敘，而間以『就中雲幕』二句，以亂其羣。『後來鞍馬』二語，與『炙手可熱』二句，本應直接，而間以『楊花』、『青鳥』，以疏其勢。前以主間賓，後以賓間主，皆間也，皆斷續也。今人不論詩之主賓斷續，而以楊花爲切中時事，則將古人極曲折用意之筆，而視爲直口布袋之言，不幾寃却少陵也哉！

沙苑行

君不見左輔白沙如白水，繚以周墻百餘里。先寫沙苑。龍媒昔是渥洼生，汗血今稱獻於此。

苑中騋牝三千匹，豐草青青寒不死。食之豪健西域無，每歲攻駒冠邊鄙。次寫馬。庾人掌攻駒，出周禮。王有虎臣司苑門，入門天廄皆雲屯。驌驦一骨獨當御，春秋二時歸至尊。至尊内外馬盈億，伏櫪在坰空大存。逸羣絶足信殊傑，倜儻權奇難具論。此段單寫驌驦是主。纍塠阜藏奔突，往往坡陀縱超越。角壯翻同麋鹿游，浮深簸蕩黿鼉窟。塠阜、坡陀，再寫沙苑一筆，言牧養得地也。曰藏、曰縱，具見行止自如。下二句更奇創，而『浮深』句則宛然一幅浴馬圖矣。泉出巨魚長比人，丹沙作尾黄金鱗。豈知異物同精氣，雖未成龍亦有神。借魚形馬，反襯法。

一路序沙苑，序羣馬，序驌驦，雖層次有法，亦尋常詠馬詩耳。乃正意甫畢，忽借『浮深』句之勢，翻出巨魚一段，變换無端，遂覺異樣神彩。而又以『成龍』字、『亦有』字，暗繳前意。人以爲賦巨魚也，而實爲驌驦賦也。以奇爲正，章法横肆，豈能測度哉？無此一結，可不入選。

天育驃騎歌　天育，廄名。

吾聞天子之馬走千里，從真馬起。今之畫圖無乃是？次點畫馬。是何意態雄且傑，駿尾蕭梢朔風起。毛爲緑縹兩耳黄，眼有紫焰雙瞳方。矯矯龍性合變化，卓立天骨森開張。一段序畫馬。伊昔太僕張景順，監牧攻駒閲清峻。遂令大奴字天育，别養驥子憐神駿。當時四十萬匹馬，張公歎其材盡下。故獨寫真傳世人，見之座右久更新。一段追敘真馬，轉到畫馬。大奴，王毛仲也。年多物化空形影，嗚呼健步無由騁。二句束住畫馬，并繳真馬。如今豈無騕褭與驊騮，時無王良伯樂死即休。以真馬結。

以真馬起，以真馬結，中間真馬、畫馬錯序。蓋以畫馬雖得其形影，而不如真馬之健步足騁千里爲有用。『年多物化』二句，一篇關鍵。末更爲真馬惜無知己，則畫馬雖工何益哉？其言外之寄慨者深矣。張景順，牧馬者也，於四十萬匹中獨愛驃騎，而又爲之圖畫，可謂馬之知己，是即所謂王良、伯樂其人矣。一結又在題外詠歎，謂今世無其人也，可知公主意在此，特借『天育驃騎』爲題。而前之寫真馬，固其客，寫畫馬，尤其客也。混客於主，寓主於客，使人迷離不辨。

驄馬行 太常梁卿敕賜馬也，李鄧公愛而有之，命甫製詩。

鄧公馬癖人共知，初得花驄大宛種。夙昔傳聞思一見，牽來左右神皆竦。雄姿逸態何嶒崪，顧影嬌嘶自矜寵。隅目青熒夾鏡懸，肉騣碨礧連錢動。一層，描寫其形狀。朝來少試華軒下，未覺千金滿高價。赤汗微生白雪毛，銀鞍却覆香羅帕。二層，描寫其高價華飾。卿家舊賜公取之，天廄真龍此其亞。晝洗須騰涇渭深，夕趨可刷幽并夜。三層，描寫其才力。他人一連序者，此獨分序，方有疾徐節奏。吾聞良驥老始成，此馬數年人更驚。老始成，一篇主意。豈有四蹄疾於鳥，不與八駿俱先鳴。時俗造次那得致，雲霧冥晦方降精。又追序到神物降精一層。近聞下詔喧都邑，肯使騏驎地上行。又言詔求大用一層。自『吾聞』以下，皆借馬以美鄧公也。前層層序馬，後層層借馬敘人。前猶是緩歌，後則繁絃促節，幾如『大珠小珠落玉盤』矣。

奉先劉少府新畫山水障歌

堂上不合生楓樹，怪底江山起煙霧。漪堂云：起勢突兀，工於發端。驟讀之如睹真山水，及讀至三、四，然後知爲畫也。聞君埽却赤縣圖，乘興遣畫滄洲趣。方寫畫。白山云：一層描寫。畫師亦無數，好手不可遇。對此融心神，知君重豪素。豈但祁岳與鄭虔，筆迹遠過楊契丹。白山云：一層贊賞。得非玄圃裂，無乃瀟湘翻？悄然坐我天姥下，耳邊已似聞清猿。白山云：兩層描寫。反思前夜風雨急，恐是蒲城鬼神入。睿宗葬橋陵，改蒲城縣爲奉先縣。『蒲』，俗作『滿』，非。元氣淋漓障猶濕，真宰上訴天應泣。白山云：兩層贊賞。落筆如有神，並疑到前夜風雨，奇。『真宰』句謂巧奪天工，爲造物所忌。贊畫至此，造想至此，真是人間所無。野亭春還雜花遠，漁翁暝蹋孤舟立。滄浪水深青冥闊，欹岸側島秋毫末。不見湘妃鼓瑟時，至今斑竹臨江活。白山云：

三層描寫。前兩段寫大勢，此又細寫，覺空遠微茫，宛然如在。劉侯天機精，愛畫入骨髓。自有兩兒郎，揮灑亦莫比。大兒聰明到，能添老樹巔崖裏。小兒心孔開，貌得山僧及童子。白山云：三層贊賞。點劉少府，又添出兩兒。若耶溪，雲門寺，吾獨胡爲在泥滓？青鞵布韈從此始。白山云：結開一步，古人愛山水，故借圖畫臥游，此結正爲臥游翻案。

一起突然而來，一結攸然而逝，皆不可以繩尺求者。來時以真入畫，逝時以畫入真，靈變生動，雲煙縹緲，亦正與畫法相似。謝赤城曰：此詩一篇之中，微則竹樹花草，變則煙霧風雨，仙境則滄洲、玄圃，州邑則赤縣、蒲城，山則天姥，水則瀟湘，人則漁翁、釋子，物則猿猱、舟船，妙則鬼神，怪則湘靈，無所不備，而縱横出没，幾莫測其端倪。白山云：描寫與贊賞，分作數層，反覆濃至。

哀王孫

長安城頭頭白烏，夜飛延秋門上呼。又向人家啄大屋，屋底達官走避胡。一段，以達官引出王孫。金鞭斷折九馬死，骨肉不待同馳驅。腰下寶玦青珊瑚，可憐王孫泣路隅。一段正點王孫。『腰下』，套裝句，言見路隅有泣者，徐察之，腰下寶玦乃青珊瑚所裝，必王孫也，故呼王孫而憐之，用筆奇曲。問之不肯道姓名，但道困苦乞爲奴。已經百日竄荊棘，身上無有完肌膚。上段已明點王孫，此忽開去，若不肯露出王孫也者，用筆更曲。『但道』字貫三句，皆王孫對問者之語。高帝子孫盡隆準，龍種自與常人殊。豺狼在邑龍在野，王孫善保千金軀。前段已推開去，此又提出高帝擡高王孫，作頓挫。不敢長語臨交衢，且爲王孫立斯須。前以寶玦寫王孫，即一筆推開。後以隆準寫王孫，再難復推開矣，故用矜持慎重語，寫得當時情景如畫。以下承與王孫語。昨夜春風吹血腥，東來橐駝滿舊都。朔方健兒好身手，昔何勇鋭今何愚？禄山陷長安，哥舒翰失守，此是一語也。竊聞天子已傳位，盛德北服南單于。花門剺面請雪恥，肅宗即位靈武，回紇帶兵助順，此又一語也。前四句説一事，後三句説一事，所謂『不敢長語』者，語之以此也，却又留一句在下，作丁寧，章法變。慎勿出口他人狙。『他人狙』三字，一篇針線，到此始説出。一句挽上七句。哀哉王孫慎勿疏，疊用『慎勿』字，囑而又囑也。加『哀哉王孫』四字，丁寧聲口俱咽矣。五陵佳氣無時無。兩囑之後，始作此快心語，並以結盡王孫善保之局。非筆力萬鈞，不能有此。

借烏興起，硬裝入『延秋門』三字，見明皇從此門出也，却不直書明皇出門，只寫烏飛上門，曲筆迴護。接云烏啄大屋，又見達官逃盡。寫明皇暗説，寫達官明説，得體。四句興也。而當時情事已盡，則賦矣。賦不直陳，而托興以爲賦，此以曲筆爲書法者也。前半寫王孫一路疑畏之狀，曲筆傳神，極爲慘澹。後半寫王孫善保其軀，足以有爲，漸寫得津津得意，而又以囑而又囑，惟恐一露王孫，敗乃公事。摹寫亂離聲容，宛轉如繪，非至誠惻怛，不能有此。篇中『王孫』字凡四見，須看其或隱或露，欲語欲不語，無限起伏頓挫，如生龍活虎。

悲陳陶

孟冬十郡良家子，血作陳陶澤中水。野曠天清無戰聲，四萬義軍同日死。羣胡歸來雪洗箭，仍唱胡歌飲都市。都人迴面向北啼，日夜更望官軍至。

『孟冬』，紀其時。『十郡良家子』，紀其衆。『陳陶澤中』，紀其地。血作水，紀其敗。十四字已描寫盡情。『野曠天清無戰聲』七字，具天、地、人。蓋從來兩軍交鋒，天地變色，軍士號呼，乃成苦戰。今野曠天清，而人無戰聲，則天、地、人，皆若不知有戰者，而輕輕四萬義軍同日受戮，豈不可悲？此以下二句，剔醒上二句法，蓋深痛房琯之敗，半由中官促戰也。

悲青坂

我軍青坂在東門，天寒飲馬太白窟。黄頭奚兒日向西，數騎彎弓敢馳突。山雪河冰晚蕭瑟，青是烽煙白人骨。焉得附書與我軍，忍待明年莫倉卒。

此欲附書我軍，戒以慎重，而中有山河之隔，不得附也。數騎彎弓敢於馳突，其利於速戰可知。我軍既失於前，當謹於後，故曰『忍待明年』，又曰『莫倉卒』，一句中兩番諄囑，此杜公之詩法，亦即杜公之兵法也。史稱琯既敗，猶欲持重有所伺，而中人邢延恩促戰，遂大敗。公用是悲陳陶，又悲青坂也。

哀江頭 至德二載春日，公陷賊中作。

少陵野老吞聲哭，春日潛行曲江曲。江頭宮殿鎖千門，細柳新蒲爲誰緑？一段，哭起，點明曲江。憶昔霓旌下南苑，苑中萬物生顔色。昭陽殿裏第一人，同輦隨君侍君側。輦前才人帶弓箭，白馬嚼齧黄金勒。翻身向天仰射雲，一笑正墜雙飛翼。一段，追序亂前貴妃游宴之盛。白山云：游宴之事，不可勝書，但舉一事，而色荒禽荒之故，已無不盡。明眸皓齒今何在？血汙游魂歸不得。二句入馬嵬事。『今』字，綰上『昔』字。清渭東流劍閣深，去住彼此無消息。二句，鎖上起下。陽元云：渭水在京，劍閣在蜀，歎彼此去住之無消息也。人生有情淚霑臆，江水江花豈終極？黄昏胡騎塵滿城，欲往城南忘南北。結以哭終。江水、江花，回顧曲江蒲柳。前云『爲誰緑』，此云『豈終極』，哀及無情矣。末句陽元本作『忘南北』，謂欲往城南，而迷其南北也。

題曰『哀江頭』，爲朝廷哀也，突用『少陵野老』四字。少陵本不欲以野老終，而哭則獨野老一人哭，此誠爲著誰耶？讀至三句，乃知曲江亂後，官殿已虛無人，其哭蓋謂此也。未寫宮殿以前，先寫一片少陵哭聲入耳。如此用筆，始當得『沈鬱頓挫』四字。少陵野老爲誰哭？却不直道，而曰『細柳新蒲爲誰緑』。誰者何？君也。寄托微婉，殷憂隱痛。哀江頭，爲貴妃哀也，則宜專以貴妃爲主。看其寫貴妃，只『昭陽殿裏第一人』一句。而於未寫妃之前，則寫萬物生顔色；既寫妃之後，則寫才人，寫才人之弓箭，寫才人之馬，寫才人之馬之飾，寫才人之射雲，寫才人之墮翼，精光四射，若全不及貴妃者。而接以『明眸皓齒』二句，乃知其極寫才人處，正其極寫貴妃處也。用側面襯正面，而正面益顯。昔人猶有謂『翻身』二句暗指馬嵬事者，則直抛荒上下文語脉矣，尚復有詩法耶？漪堂云：『細柳新蒲爲誰緑』，纔哭完，便序事。『去住彼此無消息』，纔序完，又復哭起，以足上『少陵野老吞聲哭』一句。起處『潛行』二字，便伏末句意，『潛』字對下『忘』字。『行』而曰『潛』，滿城皆賊矣；『往』而曰『忘』，南與北皆迷路矣。首尾相應，有常山率然之妙。

瘦馬行

東郊瘦馬使我傷，骨骼硉兀如堵墻。絆之欲動轉攲側，此豈有意仍騰驤？波瀾。細看六印帶官字，衆道三軍遺路旁。皮乾剥落雜泥滓，毛暗蕭條連雪霜。以瘦馬起。去年奔波逐餘寇，提筆。驊騮不慣不得將。士卒多騎内廄馬，惆悵恐是病乘黄。當時歷塊誤一蹶，委棄非汝能周防。見人慘澹若哀訴，失主錯莫無晶光。天寒遠放雁爲伴，日暮不收烏啄瘡。誰家且養願終惠，更試明年春草長。

乘黄，良馬也。良馬不應委棄而委棄，病故也。乘黄上加一『病』字，見棄之非其罪也。『病乘黄』上又加『恐是』二字，見病亦是受屈也。古來忠臣見逐，心事不能自明，往往如是，其寄慨者深矣。『失主』二字更寫得沈痛。『雁爲伴』，無知己也。『烏啄瘡』，傷凌侮也。英雄失路，楚楚可憐。寫到『天寒遠放』、『日暮不收』，已是委棄盡頭。末句復寬一筆，以作望詞，環迴婉轉，總不欲淹没其材。蓋深冀明年更試，則此馬亦終騰驤耳，正與第四句相應作波。舊注以此詩爲房琯作，錢箋謂似幕府求知之語。二説不可定，大抵是傷良材廢棄也。『失主』、『誰家』互説，寄慨尤深。

洗兵馬

收京後作。題意用六韜『洗甲兵』、説苑『天洗兵』語意。時因旱望雨，適值收京，故以『洗兵馬』爲題。詩尾點明題意。

中興諸將收山東，捷書夜報清晝同。二句提綱。著『中興』二字，鄭重其詞，皆藏喜字在内，故用『夜

報』、『晝同』兩層托出。河廣傳聞一葦過，胡危命在破竹中。秖殘鄴城不日得，獨任朔方無限
功。京師皆騎汗血馬，回紇餧肉蒲萄宮。已喜皇威清海岱，常思仙仗過崆峒。三年笛裏
關山月，萬國兵前草木風。此一段承獻捷而喜也，『喜』字，一篇之眼。『已喜』、『常思』，故爲跌宕語。
崆峒，在原州平涼縣西，肅宗自朔方來所經之地。成王功大心轉小，廣平王俶。郭相謀深古來少。
子儀。司徒清鑒懸明鏡，李光弼。尚書氣與秋天杳。王思禮。二三豪俊爲時出，整頓乾坤濟
時了。東走無復憶鱸魚，南飛覺有安巢鳥。一段平序諸將之功而喜也。『東走』句，言從征官吏不
敢告勞。『南飛』句，言亂後哀鴻得以安輯。青春復隨冠冕入，紫禁正耐煙花繞。鶴駕通宵鳳輦
備，鷄鳴問寢龍樓曉。四句，寫肅宗收京昇平景象。兩宮相得，亦喜極之詞也。攀龍附鳳勢莫當，天
下盡化爲侯王。汝等豈知蒙帝力，時來不得誇身强。四句，以收京歸之帝力，有抑靈武佐命功臣
意。關中既留蕭丞相，幕下復用張子房。張公一生江海客，身長九尺鬚眉蒼。徵起適遇風
雲會，扶顛始知籌策良。青袍白馬更何有，後漢今周喜再昌。此段專主張鎬入相而喜也，故點出
張公，又再點『喜』字，正以張公作主，而引蕭張二古人作陪。諸本以蕭張指房琯、杜鴻漸諸人，文氣似不相
貫。寸地尺天皆入貢，奇祥異瑞爭來送。不知何國致白環，復道諸山得銀甕。隱士休歌紫
芝曲，詞人解撰清河頌。田家望望惜雨乾，布穀處處催春種。淇上健兒歸莫懶，城南思婦
愁多夢。安得壯士挽天河，净洗甲兵長不用。淇上，衛地。健兒，圍鄴之兵也。久戍曰歸，化東山

詩意用之，與『秖殘鄴城』遥應，收束最密。『紫芝』句，以『隱士』、『辭人』對舉〔一〕，原無所謂。而錢箋泥以爲指鄴侯，遂生出許多枝葉，失此詩大旨矣。

此詩當一篇『中興頌』讀，通首皆欣喜之詞，屬望過甚，並無一字隱諷。言命將收京可喜，任相洗兵尤可喜，本是兩平事，余何以獨謂一篇扼要在張鎬一段者？蓋明皇入蜀，鎬自山谷徒步扈從；明皇遣赴行在，至鳳翔拜諫議大夫，蓋上皇舊臣也。看其以扶顛籌策歸之，且言若果任用，不獨青袍白馬之盜何有，而後漢今周之運可逢，何等期望，那有一語惜其罷相耶？觀前後兩『喜』字，緊相照應。前一『喜』字貼中興，後一『喜』字貼張鎬，亦可知其用意之所屬矣。凡詩文必有賓主詳略。成王四人，是借彼形此法。『攀龍』四句，是抑彼揚此法。『關中』二句，是引彼陪此法。總爲張公一人寫照，而筆勢三變。序成王四公，一人一句，略。序張公，連下六句，詳其出處年貌，可知精神全注此人。末段極頌中興之喜，爲一篇後勁。先序如何入貢，如何獻瑞，因將隱士、詞人、田家、健兒、思婦、壯士齊奔腕下，凡一切滿心快意語，鋪張揚頌無遺。而末曰『安得』，又曰『長不用』，是因其已然而冀其未然也，此之謂善頌善禱。錢箋謂刺肅宗不能盡子道。朱長孺謂聽李輔國讒間。此皆上元以後事，公安從逆料之？沈序謂兩京克復，上皇還官，臣子當若何歡忭？乃逆探移仗之舉，遽出誹刺之詞，不應峭刻若此，是矣。朱又謂是年五月，鎬已罷相。此稱其籌策之良者，惜其去而功不就，則非也。愚斷此詩作於乾元元年二、三月間，與單陽元合，蓋張鎬未罷相之時也。何以知之？以詩中『成王』二字知之也。按史，乾元元年二月，徙楚王俶爲成王。夏五月，張鎬罷。又是年立成王俶爲皇太子。稱成王之日，正張鎬以宰相兼河東節度使之時。至五月罷相，成王已爲太子，不得復稱成王矣。但李泌已歸衡山，李輔國已兼大僕射，肅宗信讒遠忠之漸，公或逆覩其萌，故望其任用張公之心愈切，而歆動之語，愈不覺其濃至耳。若既罷相矣，公方咨嗟歎惜之不暇，亦何暇作期許殷懇、滿心快意之筆如此哉？前半『東走』、『南飛』四句，跟皇威遠震來，乃實敘當時之景，却用景物描摹，遂覺其虛。後半『寸地尺天』十句，跟世運再昌來，乃意中想像之景，不啻耳聞目見，反覺其實。可悟虛實實虛之法。一篇中興氣象，法律整嚴，氣勁可以堅人骨力，詞雄可以壯人膽量，宜王介甫取以爲杜詩壓卷也。

乾元中寓居同谷縣作歌七首

有客有客字子美，白頭亂髮垂過耳。老。歲拾橡栗隨狙公，貧。天寒日暮山谷裏。貧。中原無書歸不得，手脚凍皴皮肉死。貧老。嗚呼一歌兮歌已哀，悲風爲我從天來。

開口自呼曰『有客』，似出他人之口，便已奇突，以下滿腹悲憤，皆藏此二字中矣。中四句敘事，横插『中原無書』一句，恰與『有客』對針，而四句敘事遂覺錯落參差，可悟化板爲活法。于鼎云：七篇俱以貧老爲線。首章雙綰，而錯序有致。『中原無書歸不得』横插一句，可知前四章思家也。『書』即家書也。

長鑱長鑱白木柄，我生託子以爲命。黄精無苗山雪盛，短衣數挽不掩脛。此時與子空歸來，男呻女吟四壁静。于鼎云：『四壁静』妙，言四壁惟有一片呻吟，並無他聲也。嗚呼二歌兮歌始放，鄰里爲我色惆悵。

長鑱豈是託命者，乃以兒女衣食事，向長鑱述一徧。又兩呼之曰『子』，待物如人，無聊之極，與自哭、向人哭更深一層。前曰『已哀』，猶欲强爲忍住，今曰『始放』，則萬不能忍矣。敘次亦分明。

有弟有弟在遠方，三人各瘦何人强？生別展轉不相見，『生別』二字，與『收兄骨』暗照。下一句補出不相見之由。胡塵暗天道路長。東飛駕鵝後鶖鶬，安得送我置汝旁？嗚呼三歌兮歌三發，汝歸何處收兄骨？

本是思弟不歸，結言汝即歸，而兄骨已無處收矣。又似代弟哭兄者，骨肉深情，纏綿鬱結。生別與收骨原是一串語脉，横插『駕鵝』二句比興，嶺斷雲連，得騷雅之遺。于鼎云『駕鵝』二句，較『脊令在原，兄弟急難』，又變一局；較『心之憂矣』、『不能奮飛』，又深一層。真變化在手。

有妹有妹在鍾離，良人蚤殁諸孤癡。長淮浪高蛟龍怒，十年不見來何時？下『扁舟』二句，補寫不見之由，見非長淮所阻也。扁舟欲往箭滿眼，杳杳南國多旍旗。『杳杳』二字，雙關二句。嗚呼四歌兮歌四奏，林猿爲我啼清晝。

『扁舟』二句中，插『杳杳』二字，便覺箭與旍旗，一望無盡。乃先插長淮高浪七字，以寫景帶比興，語氣尤渾，聲調更聳。

四山多風溪水急，寒雨颯颯枯樹濕。興。黄蒿古城雲不開，白狐跳梁黄狐立。比。我生何爲在窮谷，中夜起坐萬感集。賦。嗚呼五歌兮歌正長，魂招不來歸故鄉。

此章始寫谷中惡景，而獨言『歌正長』者，如云提起我萬感來，言之正長也。長歌當哭，至此點出，則重國事可知。白狐、黄狐、蝮蛇，皆指未靖餘孽言。此正我立功報國之時，何爲在此窮谷哉？此作歌之本懷也。由家及國，渾然不露圭角，特用比興以形容之，章法一變。

南有龍兮在山湫，古木巃嵸枝相樛。木葉黄落龍正蟄，蝮蛇東來水上游。我行怪此安敢出，拔劍欲斬且復休。嗚呼六歌兮歌思遲，溪壑爲我迴春姿。

五、六兩章，皆思國事，乃隱而不露，而若爲序谷中景物者，正其苦心經營處。此借谷中龍湫以自寓。龍蟄蛇游，故欲斬之，有滅寇而朝食意，借比喻方發得暢，立言之體當如此。『遲』之爲言有待也，而隱其言曰『溪壑爲我迴春姿』，蘊藉之至。陽元云：欲撥亂世而反之正也。

男兒生不成名身已老，三年饑走荒山道。長安卿相多少年，富貴應須致身蚤。山中儒生舊相識，但話宿昔傷懷抱。嗚呼七歌兮悄終曲，仰視皇天白日速。

此一章復以貧老終，與首章相應。與儒生話宿昔，大非本懷。曰『仰視皇天』，曰『白日速』，合成一句，多少吞吐説不盡。是爲七歌之卒章。于鼎云：此詩得古文章法者四：一曰錯綜敘事法。七首分詠諸人，若挨次而書，直木偶相似。且必拘定七人，七之外不可增，七之内不可減矣。觀首尾二章，本是自詠，乃曰『有客』、曰『男兒』，則置身題外，並子美亦似詠他人者。二章本詠男女，却呼長鑱，若與子共命，似視男女尤親，以呼男女者移而呼之，尤奇。第六章曰『有龍』，與弟妹别。五章竟無所呼，忽即谷中所見而寫之，與前後章法全然不同。蓋心煩意亂，頭緒無端，觸目便歌，然非神明於錯綜之法者不能也。一曰神龍藏尾法。見首不見尾者，變化無端也。前思家，後思國，若於弟妹後，即繼以吾君一章，亦豈不是忠君愛國？然説不盡情，不如不説；説得盡情，又恐傷時。今弟妹後三章，全是寫谷中之景，即若跳若立，或蟄或游，亦似寫谷中之物。而所話之夙昔，所傷之懷抱，亦特帶言，不明説破，在立言爲不忍彰君父之過，在行文則不欲露筆墨之迹，此之謂神龍。一曰草蛇灰綫法。『貧老』二字，通篇之脉也。急欲乘時，通篇之結穴也。首章貧老雙綰；次章單説貧；三章『何處收兄骨』，單説老；四、五、六章，貧老則隱伏於景物之内；七章全首寫老，而饑走荒山又帶貧，隱隱隆隆，至末『仰視皇天白日速』始一句點穴。一曰烘染襯貼法。每章多作比興語，如『天寒日暮』也、『山雪盛』也、『駕鵝』也、『鶖鶬』也、『白狐』『黄狐』也、『湫龍』也、『蝮蛇』也、『四山多風』也、『木葉黄落』也、『長安卿相』也等句，遂使世途艱險，國步震驚，人事乖違，氣象慘澹，種種難堪，加倍襯出，而又渾然不露。此蓋公創體，其源出於九歌、四愁。後來倣者多有，然騷雅遺法，惟公獨得其宗，所以空前絶後。

校記

〔一〕辭人　詩中作『詞人』。

杜詩提要卷六

七言古

石筍行

君不見益州城西門，陌上石筍雙高蹲。先點清石筍。古來相傳是海眼，苔蘚蝕盡波濤痕。疑案一。雨多往往得瑟瑟，此事恍惚難明論。疑案二。博雅：瑟瑟，碧珠也。蜀都故事：石筍，真珠樓基也，雨後人多得真珠瑟瑟金翠異物等，故云。恐是昔時卿相墓，立石爲表今仍存。疑案三。惜哉俗態好蒙蔽，一句斷。『蒙蔽』二字，一篇之主，開出下三句奇境。亦如小臣媚至尊。政化錯迕失大體，坐看傾危受厚恩。横插正論，奇創。嗟爾石筍擅虚名，後來未識猶駿奔。再提石筍。安得壯士擲天外，使人不疑見本根。『不疑』二字，是線。『見本根』，則不復蒙蔽矣。對照極緊。

石筍、石犀，皆蜀人傳以爲怪者，公蓋欲破其疑也。此作以『蒙蔽』二字爲主，以『不疑』二字爲線。起二句點明石筍，下立三疑案，而以『俗好蒙蔽』一語斷定，因歎世間蒙蔽之事，不特石筍也。即如臣之於君，錯迕以傾人國者，大槩如此。絶大議論，忽發在石筍極細事中，使人動心駭目，正不必泥其所指也。横插一段正論，無從捉摸，忽又挽到石筍上去，煞出『不疑』二字，不惟三疑案收挽明晰，並使小臣一段，瑩徹如鏡，線索極隱極細，其來無端，其去無迹，下筆真有神也。

戲題王宰畫山水圖歌

十日畫一水，五日畫一石。能事不受相促迫，王宰始肯留真迹。壯哉崑崙、方壺圖，挂君高堂之素壁。一篇主意在『挂君素壁』一句，以下皆贊畫。巴陵洞庭日本東，贊畫一層。赤岸水與銀河通，贊畫二層。中有雲氣隨飛龍。贊畫三層。舟人漁子入浦漵，贊畫四層。山木盡亞洪濤風。贊畫五層。尤工遠勢古莫比，咫尺應須論萬里。贊畫六層。焉得并州快剪刀，剪取吴淞半江水。二句收挽首段，神化。

起四句突兀，閉目思之，不知爲何而發。第四句始出王宰，究竟非贊王宰也，乃贊求王宰畫者。高堂之素壁，得有此崑崙、方壺圖也，夫十日始一水，五日始一石，非坐守數年，胡克成此大幅？描寫真賞鑒人，平心静氣以求，風雅絶倫，而畫師身分，亦躍躍紙上。『巴陵』七句，寫畫之神理，直是一片混茫雲水。初見之疑洞庭、疑日本、疑赤岸、疑萬里，細視之毫無著迹，又何嘗有所謂崑崙、方壺耶？畫入化境，題畫亦入化境。結又添出一『吴淞』以足其勢，若剪其半角，便是一幅吴淞半江圖。寫主人求畫極靜，寫看畫極莽，蓋爲『挂君高堂之素壁』一句，有羡慕意，因爲此恢諧，以挽上去，正補寫題中『戲』字也。

石犀行

君不見秦時蜀太守，刻石立作五犀牛。華陽國志：李冰作石犀五頭，以厭水精。自古雖有厭勝法，天生江水向東流。『天生』二字妙，天之所生，豈能厭勝耶？二語屬倒句。蜀人矜誇一千載，泛溢不近張儀樓。一揚。今年灌口損户口，此事或恐爲神羞。一抑。終藉隄防出衆力，高擁木石當清秋。先王作法皆正道，詭怪何得參人謀？提出先王大主腦，使石犀無處容身。『隄防』即先王之法，正人謀也，與厭勝對照。嗟爾三犀不經濟，缺訛只與長川逝。『不經濟』三字，貼犀，奇。『只與』二字，看破三犀伎倆。但見元氣常調和，自免洪濤恣凋瘵。安得壯士提天綱，再平水土犀奔茫。

篇中兩『法』字遥遥對針，又於貶抑犀牛時提出先王，見先王治水，有法度，有元氣調和，有壯士提綱，發出三層正論，何藉於厭勝？抑揚反覆，一唱三歎，悠然有餘，而不見議論之迹。駮邪歸正，可以羽翼六經。而何大復謂詩法亡於杜，如石犀、石筍等篇，已起宋人一種詩派。冤哉！看『缺訛』二字，是亡其二矣，故前云『五犀』，後云『三犀』，正字法也。曰『只與長川逝』，曰『再平水土犀奔茫』，必欲滅盡三犀而後快。厭勝之法除，則先王之法在，用意何等深厚！

短歌行贈王郎司直

王郎酒酣拔劍斫地歌莫哀，我能拔爾抑塞磊落之奇才。豫章翻風白日動，鯨魚跋浪滄溟開。且脱劍珮休徘徊。一截。末單拖一句。西得諸侯棹錦水，欲向何門趿珠履。仲宣樓頭春色深，青眼高歌望吾子。眼中之人吾老矣。一截。末亦單拖一句。

兩『歌』字，前後照應。一起骯髒悲凉，絶似李青蓮集中長句。而兩截皆用一單句收，氣長調促，音止意餘，格調奇古，是之謂短歌也。白山云：本是王歌而己止之，只作一句直下，筆力老硬。『豫章』、『鯨魚』以方其才，比也。有此長才，安用徘徊？正急忙時，忽用一勒，乃爲下截波瀾。錦水，正王郎所游之地；仲宣樓，預度己所望之地。『吾老矣』，是歇後句，謂恐不及見子遭逢也。煞得又勁捷，餘音鏗爾。按陽元謂王曾作蜀中刺史，上截是王謂公語，下截是公望王之青眼也。細玩前後語氣，似不相肖。

觀打魚歌

綿州江水之東津，魴魚鱍鱍色勝銀。漁人漾舟沉大網，截江一擁數百鱗。打魚已完。衆魚常才盡却棄，赤鯉騰出如有神。潛龍無聲老蛟怒，迴風颯颯吹沙塵。陪。以上打魚。饔子左右揮霜刀，鱠飛金盤白雪高。徐州禿尾不足憶，漢陰槎頭遠遁逃。陪。魴魚肥美知第一，既飽歡娛亦蕭瑟。以上食魚。君不見朝來割素鬐，咫尺波濤永相失。雙收。

以魴起，以魴結，前後分兩截寫。前段寫打魚，以魴爲主，而以衆魚、赤鯉、潛龍、老蛟陪襯，見網羅之可畏。後段寫食魚，亦以魴爲主，而以禿尾、槎頭陪襯，見口腹之戕生。末二語雙綰，又申言之，使飲食之人，猛然自省。直是一篇兩對文字，而前一段陪在後，作四句；後一段陪在中，只二句。又化兩對爲參差。整而散，散而整，變之至也。

又觀打魚

滄江漁子清晨集，設網提綱萬魚急。能者操舟疾若風，撑突波濤挺叉入。小魚脱漏不可紀，半死半生猶戢戢。大魚傷損皆垂頭，屈强泥沙有時立。東津觀魚已再來，主人罷鱠還傾杯。以上完打魚。日暮蛟龍改窟穴，山根鱣鮪隨雲雷。干戈格鬬尚未已，鳳凰麒麟安在哉？四句拓開。吾徒何爲縱此樂，暴殄天物聖所哀。二句收住。

黄常明云：『設網』四句，蓋指聚斂之臣，苛法侵漁，殘民以逞也。『日暮』二句，謂魚不得其所，龍豈能安居？君與民猶是也。此與六義比興何異？末二句樂而能戒，有仁厚意。亦如『前王作網罟，設法害生成』，不專爲取魚也。琴操：竭澤而漁，蛟龍不游。破巢取卵，鳳不翔留。家語：覆巢破卵，則鳳凰不翔。剖胎刳孕，則麒麟不至。『日暮』四句，正合用其意。奇在横插『干戈』七字，見戕生害物，且有盈城盈野者，不獨打魚矣。仁人之心胸，詩人之波瀾，兩造其極。暴殄天物，二詩之本意。收挽甚緊，議者輒欲删之，以爲近宋人。皆由不知詩法，故并昧詩理耳。

桃竹杖引贈章留後

江心蟠石生桃竹，蒼波噴浸尺度足。斬根削皮如紫玉，江妃水仙惜不得。用江妃水仙陪襯，寫得桃竹杖不凡。梓潼使君開一束，滿堂賓客皆歎息。用滿堂賓客陪襯，寫得桃竹杖不凡。憐我老病贈兩莖，出入爪甲鏗有聲。老夫復欲東南征，乘濤鼓枻白帝城。路幽必爲鬼神奪，杖劍或與蛟龍爭。用鬼神、蛟龍陪襯，寫得桃竹杖不凡。重爲告曰：杖兮杖兮，爾之生也甚正直，慎勿見水踴躍學變化爲龍，使我不得爾之扶持，滅迹於君山湖上之青峯。上文極口稱贊，似已寫畢，此處忽呼杖丁寧一段，尤出意表。只一化龍事，如此翻風浪，奇哉！　噫！　風塵澒洞兮豺虎咬人，忽失雙杖兮吾將曷從？　結又生出風塵豺虎，以與上文映射。

寫桃竹，先用『江心蟠石』四字，又用『蒼波噴浸』四字，便説得驚天動地，一似『造化鍾神秀』於兹竹也。杜公造想往往有此。上句言生不凡，下句言材可用，是擡高一步法。一杖耳，忽而蟠石蒼波，忽而江妃水仙，忽而賓客歎息，忽而鬼神欲奪、蛟龍與爭，忽而踴躍化龍，忽而風塵豺虎，寫得神奇變化，不可端倪。白山云：前是對主人語，後是對杖語，故作一轉。用『重爲告曰』四字，蓋詩之變調，而其源出於騷賦者也。然後段亦非告杖，似暗諷朋友之不可倚仗者，細味語氣自見。

冬狩行　時梓州刺史章彝兼侍御史，留後東川。

君不見東川節度兵馬雄，校獵亦似觀成功。曰『亦似』者，不似也，冷刺得妙。夜發猛士三千人，清晨合圍步驟同。禽獸已斃十七八，殺聲落日迴蒼穹。校獵一段。一校獵耳，寫到『殺聲落日迴蒼穹』，規耶頌耶？　語意可會。幕前生致九青兕，馲駝㠑峞垂玄熊。東西南北百里間，髣髴蹴蹋寒山空。校獵二段。有鳥名鸜鵒，正逐獸中，忽橫插一鳥，奇波。力不能高飛逐走蓬。肉味不足登鼎俎，何爲見羈虞羅中？校獵三段。春蒐冬狩侯得同，使君五馬刺史也。一馬驄。侍御史。況今攝行大將權，留後。號令頗有前賢風。入章梓州一段。飄然時危一老翁，十年厭見旌旗紅。喜君士卒甚整肅，爲我回轡擒西戎。主意。草中狐兔盡何益，天子不在咸陽宫。朝廷雖無幽王禍，得不哀痛塵再蒙？嗚呼！得不哀痛塵再蒙？疊一句更悲。

命題『冬狩』，已具書法，爲章刺史罪者，蓋狩非刺史職也。詩曰『春蒐冬狩侯得同』，譏其擬於天子矣。下文特表出刺史、侍御史、留後詳細不遺，以見其爲天子臣，則勤王之責安逃乎？用意深沉不露。首句奮筆直書曰『東川節度』，紀其官之要也。又曰『兵馬雄』，紀其軍之壯也。居要職、總强兵，乃不以勤王爲功，而以校獵爲功，此豈節度所宜爲耶？上七字驚心觸目，下七字熱譏冷刺，一篇命意，括盡於此矣。通首以『回轡』句爲主，詩中『節度兵馬雄』、『猛士三千』、『大將』、『號令』、『士卒整肅』等字，非侈言校獵之盛，是言有此强兵，不用之勤王，而用之冬狩也。『青兕』、『玄熊』，反襯『西戎』二字，深責其不勤王也。『鸜鵒』一段，見小鳥亦遭網羅，隱刺其不勤王也。『草中狐兔盡何益』，即賈生不獵猛敵而獵猛獸意，緊對『天子不在咸陽宫』，深恨其不勤王也。反覆層疊，詞嚴義正，以云『詩史』，寧有過乎？錢虞山云：時代宗幸陝，詔徵天下兵，無一人應召者，故公激言之。

韋諷録事宅觀曹將軍畫馬圖

國初已來畫鞍馬，神妙獨數江都王。劈空請出一客，是江都王。將軍得名三十載，人間又見真乘黄。入曹將軍是主。寫畫馬，偏説『真乘黄』，是加倍寫畫法。以下真馬、畫馬，天花亂墜。曾貌先帝照夜白，一提。又請出一客，是先帝照夜白。龍池十日飛霹靂。内府殷紅瑪瑙盤，婕妤傳詔才人索。盤賜將軍拜舞歸，輕紈細綺相追飛。貴戚權門得筆迹，始覺屏障生光輝。畫馬，寫二句，略。宣賜，寫四句，又帶入權貴，詳。寫宣賜，不先寫賜，先寫出一盤。乃正寫盤，忽又請出一婕妤、一才人陪襯，然後落出『盤賜將軍』。一事作數筆寫，自『將軍得名』至此爲一段，插入先帝，虚。昔日太宗拳毛騧，近時郭家獅子花。再提。又劈空請出二客，是太宗拳毛騧、郭家獅子花。横插二真馬在前，下文接畫馬，便不煩費力矣。今之新圖有二馬，復令識者久歎嗟。先出二馬。此皆騎戰一敵萬，縞素漠漠開風沙。其餘七匹亦殊絶，迥若寒空動煙雪。再出七馬。霜蹄蹴踏長楸間，馬官厮養森成列。可憐九馬爭神駿，顧視清高氣深穩。九馬又總一筆，分寫合寫，詳略有法。借問苦心愛者誰？後有韋諷前支遁。自『昔日太宗』至此爲一段，是韋諷宅所觀九馬圖，實。正落韋諷，忽又請出一客，是支遁，奇不可言。支愛真馬，韋愛畫馬，以見所觀畫馬皆真馬也。一筆雙關，力能扛鼎。憶昔巡幸新豐宫，又一提。上文已明明在韋宅觀畫，收煞完密矣。忽又放去，是巡幸新豐宫。非放去也，引來與前先帝映射，正是收煞來也。翠華拂天來向東。騰驤磊落三萬匹，皆與此圖筋骨同。又以三萬匹，襯帶九馬。一句鎖住畫馬。自從獻寶朝河宗，無復射蛟江水中。君不見金粟堆前松柏裏，龍媒去盡鳥呼風。以先帝結，奇絶。沈璧禮河宗，事出穆天子傳。射蛟，漢帝事。明皇泰陵在蒲城東金粟山。

此少陵第一篇奇肆之作，亦是第一篇規矩之作。洪容齋謂此詩不及韓退之畫記、秦少游羅漢記、坡公韓幹十四馬詩，似猶未知其神妙至於此極耳。起處先帝一段，本是虛筆陪筆，九馬圖一段，本是實筆主筆，及至結尾，仍以先帝終，然後知公先蓄此意於中，而特借題發揮，則先帝一段，正是實筆主筆也。熟知此意，不惟拳毛騧、獅子花是虛是陪，並曹將軍九馬，亦是虛是陪矣。虛中有實，實中有虛，主反是陪，陪反是主，此堂正之陣，所以必用五花八門也。白山云：『先帝』一段，從題外引起，猶説畫馬。『憶昔』一段，從題外開去，則但説真馬，乃知其意不在畫，並不在曹將軍也。篇中凡三提，皆絶處逢生。作詩不悟提筆，則一味直序，生路何開耶？結處忽及先帝升遐，借周穆、漢武二事，證明皇自蜀回鑾，旋即晏駕。如此大結局，似全不爲畫馬而設，而却夾帶有馬在内，又似全爲畫馬而收。用筆之奇，結構之妙，殆無以過於此。曹畫是九馬，照夜白是一馬，拳毛騧、獅子花是二馬，新豐宫是三萬馬，騰驤跳擲，應接不暇。及歸結是金粟山龍媒，並無一馬，惟哀哀數鳥呼鳴而已。如此用筆，疑有神來也。

丹青引贈曹將軍霸

將軍魏武之子孫，於今爲庶爲清門。英雄割據雖已矣，文采風流今尚存。四句總冒，以英雄陪文采，見魏武極英雄，又極風流。而將軍僅以丹青著，非本色矣。感慨無限，筆力雄渾。學書初學衛夫人，但恨無過王右軍。丹青不知老將至，富貴於我如浮雲。丹青是主，妙以學書陪出，至忘老忘富貴，言外深爲將軍惜也。開元之中常引見，承恩數上南薰殿。凌煙功臣少顏色，將軍下筆開生面。良相頭上進賢冠，猛將腰間白羽箭。褒公段志玄。鄂公尉遲敬德。毛髮動，英姿颯爽來酣戰。一段序畫功臣，颯颯生動。非寫功臣也，爲將軍寫照也，旁擊處十分精彩。先帝天馬玉花驄，畫工如山貌不同。是日牽來玉墀下，迥立閶闔生長風。詔謂將軍拂絹素，意匠慘淡經營中。斯須九重真龍出，一洗萬古凡馬空。玉花却在御榻上，榻上庭前屹相向。至尊含笑催賜金，圉人太僕皆惆悵。一段序畫馬。欲寫一人畫，偏將衆畫工補出。欲寫畫馬，偏將真馬極力描出。筆筆飛動。榻上畫的玉花，庭前立的玉花，相向屹然，真是筆奪造化。圉人太僕，陪襯得妙。弟子韓幹早入室，亦能畫馬窮殊相。幹惟畫肉不畫骨，忍使驊騮氣雕喪。又以韓幹作陪。將軍盡善蓋有神，必逢佳士亦寫真。即今飄泊干戈際，屢貌尋常行路人。途窮反遭俗眼白，世上未有如公貧。但看古來盛名下，終日坎壈纏其身。一結悠然不盡。

發端十四字，已將官職、家世、門第、削籍，一筆寫盡，而將軍一生盛衰具見。盛則數上南薰，圖畫功臣，衰則飄泊干戈，屢貌路人。一樣寫真，分作兩番摹寫，將人世榮枯之遇，與時俗炎涼之態，兩邊對照，如燈取影，筆筆活現。凡詩文正面寫不出，必以反筆、側筆、陪筆寫之，精彩倍現。如此詩寫將軍處，首即擡出一魏武，後又引出褒公、鄂公二人，反面照射。其寫丹青處，先以書法陪起，請出衛夫人、王右軍二人爲客，後又補出畫工，及圉人、太僕與弟子韓幹來。正如史遷序鉅鹿之戰，極力描寫楚軍，却偏寫諸侯從壁上觀，乃顯得楚軍一以當百也。史公之文，杜公之詩，吾不能測其所至矣。篇中『飄泊』二句，是作此詩之由。前云『承恩數上南薰殿』，後云『屢貌尋常行路人』，針鋒緊對。蓋開元承恩，是將軍丹青知遇處；先帝畫馬賜金，是將軍丹青得意處；途窮遭俗眼，是將軍丹青坎壈處。對照已自動人，奇在横插弟子韓幹一段，非貶弟子也，正是獨表將軍也。結以盛名必遭飄泊，寬慰將軍，不獨感慨古人，并傷心自己矣。名友云：『將軍』凡四見，是少陵著意處。夫既曰『將軍』，則當如褒公、鄂公以武功顯。乃徒以丹青見稱於世，以此稱將軍，將軍可悲矣。

柟樹爲風雨所拔歎

倚江柟樹草堂前，故老相傳二百年。誅茅卜居總爲此，五月髣髴聞寒蟬。東南飄風動地至，江翻石走流雲氣。幹排雷雨猶力爭，根斷泉源豈天意。一段歎。滄波老樹性所愛，浦上童童一青蓋。一提。野客頻留懼雪霜，行人不過聽竽籟。虎倒龍顛委榛棘，淚痕血點垂胸臆。我有新詩何處吟，草堂自此無顔色。又一段歎。

公在蜀依嚴鄭公，故營草堂於此。是年鄭公薨，特借柟樹而歎之也。分兩段寫。「幹排」二句，寄託深遠，正與「出師未捷身先死，長使英雄淚滿襟」同一感憤。「滄波」二句，又提寫其盛時，然後以野客行人陪出自己，見虎倒龍顛之可歎，而因依失所之情，宛然聲聲血淚矣。頓挫起伏，極爲濃至。以草堂起，以草堂結，重言卜居之關係也。

茅屋爲秋風所破歌

八月秋高風怒號，卷我茅屋三重茅。茅飛渡江灑江郊，高者挂罥長林梢，下者飄轉沉塘坳。風捲茅一層。南村羣童欺我老無力，忍能對面爲盜賊。公然抱茅入竹去，脣焦口燥呼不得，歸來倚杖自歎息。童子盜茅一層。俄頃風定雲墨色，秋天漠漠向昏黑。布衾多年冷似鐵，嬌兒惡臥踏裏裂。牀牀屋漏無乾處，雨脚如麻未斷絶。自經喪亂少睡眠，長夜沾濕何由徹？風定雨漏一層。安得廣厦千萬間，大庇天下寒士俱歡顔，風雨不動安如山？嗚呼！何時眼前突兀見此屋，吾廬獨破受凍死亦足。虚空著此一段，奇。

前面三層寫破屋悽慘可憐，末忽發出如許大胸襟、大語言，具有『先天下之憂而憂，後天下之樂而樂』氣象。東坡謂：子美似司馬遷，非其人似也，正文章脱换處神似耳。

古柏行

孔明廟前有老柏，柯如青銅根如石。霜皮溜雨四十圍，黛色參天二千尺。君臣已與時際會，樹木猶爲人愛惜。雲來氣接巫峽長，月出寒通雪山白。一段專詠夔州廟柏，是主。『君臣』句，横插妙。『樹木』句，頂際會來。『雲來』『月出』，皆若愛惜然者，與下『神明』『扶持』爲關鍵。憶昨路繞錦城東，先主武侯同閟宫。崔嵬枝幹郊原古，窈窕丹青户牖空。一段追寫成都廟柏，是陪。其要在提出先主來，爲前後關鎖。于鼎云：『崔嵬』二句，倒序法。落落盤踞雖得地，冥冥孤高多烈風。扶持自是神明力，正直原因造化功。三段申言夔州廟柏。上言成都之柏在郊原，猶易扶持。此柏盤踞峽中，烈風時來，正藉神明造化之力。于鼎云：『扶持』『正直』，乃神明之力、造化之功也，分裝法。大厦如傾要梁棟，萬牛迴首邱山重。不露文章世已驚，未辭剪伐誰能送？苦心豈免容螻蟻，香葉終經宿鸞鳳。志士幽人莫怨嗟，古來才大難爲用。四段，擺出題外。

于鼎謂：　三韻意凡三轉，分三段看。此猶泥於轉韻而分之也，余謂宜分四段看。蓋孔明專廟在夔州，先主、武侯合廟在成都，此以夔州廟柏爲主，則成都廟柏爲賓，故謂首段序夔州廟柏。次段序成都廟柏者，賓主並列，全無低昂，不得其扼要之所在也。然則其扼要若何？曰首段已見之矣。其云『君臣已與時際會』一句，乃一篇之眼目，則固已伏下先主、武侯，而特爲『憶昨』四句以應之。『落落』四句，仍歸到夔州廟柏，爲神明呵護如此，可知主重而賓輕也。看單氏注自分明。否則『神明』『造化』，專是扶持成都廟柏矣。何爲劈空下一語曰『孔明廟前有老柏』耶？作詩不可不分賓主者此也。首段詠柏時，忽然横插『君臣』句，是古文斷續法，且又伏下先主、武侯一段。須溪謂：『君臣』兩聯，似乎倒置。由不知斷續起伏耳。于鼎云：『君臣』句，正提筆詠歎之法。此爲得之。又云：　末段承君臣際會句，翻入一層，言得時則君臣際會，不得時則名山終老，無足怨尤。『大厦』句，言可託孤寄命。『萬牛』句，言大節不可奪。『不露』句，言能韜精養晦。『未辭』句，言不貶道狥人。『苦心』句，言不畏侵陵。『香葉』句，言終當倚任。結一句，言才大難用，自古如斯。口中説柏，意中指人，正與酣落筆時，『志士幽人』四字，不覺衝口道破，遂用以作結。人、柏雙關，含情無盡矣。

王兵馬使二角鷹

悲臺蕭瑟石巃嵸，哀壑杈枒浩呼洶。中有萬里之長江，迴風陷日孤光動。題前一層。角鷹翻倒壯士臂，將軍玉帳軒勇氣。將軍一。二鷹猛腦條徐墜，目如愁胡視天地。杉鷄竹兔不自惜，孩虎野羊俱辟易。一段寫鷹，即帶入將軍。韝上鋒稜十二翮，將軍勇鋭與之敵。將軍二。將軍樹勳起安西，將軍三，連下得妙。崑崙虞泉入馬蹄。白羽曾肉三狻猊，敢決豈不與之齊？一段寫將軍，又帶定鷹，兩與之峭。荆南芮公得將軍，將軍四。亦如角鷹下翔雲。將軍與鷹雙收。惡鳥飛飛啄金屋，安得爾輩開其羣？驅出六合梟鸞分。結單爲鷹言，而將軍自在其中。

未寫鷹以前，憑空先現出一高臺，而臺之下，則有石、有壑、有杈枒，壑之中有萬里之長江，江之中有風有日，一片深秋肅殺瀰漫陰慘之氣。不言角鷹，而鷹之神已十分透露。如此思路，如此筆仗，使千古詩人閣筆。篇中寫角鷹，必寫將軍，不曰鷹敵將軍，而曰將軍敵鷹，正是加倍寫鷹也。起處從鷹出將軍，後從將軍紐住鷹，筆筆雙關，筆筆穿插，所謂銖兩悉稱者也。結以角鷹搏擊惡鳥，暗合將軍驅除羣寇，掃清六合，爲一篇大結穴。此種用意，自在退之『詰屈聱牙』之上。

縛鷄行

小奴縛鷄向市賣，鷄被縛急相喧爭。家中厭鷄食蟲蟻，不知鷄賣還遭烹。蟲鷄於人何厚薄，吾叱奴人解其縛。鷄蟲得失無了時，注目寒江倚山閣。

七句鷄蟲蟲鷄，如豆打鼓。一結窅然以深，悠然以遠。摩詰詩『君問窮通理，漁歌入浦深』同此運筆，同此會心，使人三復而有餘味。

寄韓諫議注

今我不樂思岳陽，身欲奮飛病在牀。二句冒。『今我不樂』，爲韓貶也，與下『惜』字對照。自序只二語，下俱言諫議。美人娟娟隔秋水，濯足洞庭望八荒。紀其所居之地。鴻飛冥冥日月白，青楓葉赤天雨霜。紀寄詩之時。玉京羣帝集北斗，或騎麒麟翳鳳凰。芙蓉旌旗煙霧樂，影動倒景摇瀟湘。星宫之君醉瓊漿，羽人稀少不在傍。一段空中波瀾。似聞昨者赤松子，恐是漢代韓張良。昔隨劉氏定長安，帷幄未改神慘傷。四句作詩本旨。忽住。國家成敗吾豈敢，又起。色難腥腐餐楓香。花木考：楓有脂而香，謂之楓香，道家以和藥。周南留滯古莫惜，南極老人應壽昌。斷。美人何爲隔秋水，遥接。焉得置之貢玉堂？『玉京』、『玉堂』，映帶巧。

漪堂云：此惜韓諫議遭貶，而留滯岳陽以求仙也。兩『美人』與『韓張良』皆指諫議。張良辟穀，諫議修仙，故以擬之。意其人曾隨肅宗收京，預參帷幄。吾謀不用，斥貶衡湘，故云神慘傷也。下言國家成敗，豈敢謂因我而決，但以食腥腐而餐楓香，有難色焉。二句代韓言之，謂其不合而遭貶也。『周南』二句，則謂遭貶留滯，亦不足惜。老人壽昌，賜環有日，蓋慰韓之言。故下冀其復參帷幄，遂以貢玉堂結之。公詩有云：『今宵南極外，甘作老人星』，知此處『老人』，亦即謂諫議也。詩意本明，錢箋欲以張良爲李泌，勉諫議貢李於玉堂，始穿鑿多葛藤矣。李豈待韓薦？又豈屏居岳陽者得薦耶？『玉京』六句，因其修仙，遂寫得縹緲恍惚，如楚詞九歌，不可名狀。起云『美人隔秋水』，末云『美人何爲隔秋水』，是首尾相擊法。前引羣帝星君，而結以南極老人；前言玉京，而終之以玉堂。正是鬬倒神仙，欲其復參帷幄，其用筆有迴瀾之力。

觀公孫大娘弟子舞劍器行 並序

大曆二年十月十九日，夔州别駕元持宅見臨潁李十二娘舞劍器，壯其蔚跂。問其所師，曰：『余公孫大娘弟子也。』開元三載，余尚童稚，記於郾城觀公孫氏舞劍器渾脱，瀏灕頓挫，獨出冠時。自高頭宜春、梨園二伎坊内人，洎外供奉，曉是舞者，聖文神武皇帝初，公孫一人而已。特書尊號於此，非徒與上文勢相配，懷念故君，正在於此。玉貌繡衣，況余白首。今兹弟子，亦匪盛顔。既辨其由來，知波瀾莫二。撫事慷慨，聊爲劍器行。往者吳人張旭善草書書帖，數常於鄴縣見公孫大娘舞西河劍器，自此草書長進，豪蕩感激，即公孫可知矣。白山謂：教坊記有醉渾脱、西河劍器。明皇雜録及名畫記皆稱公孫大娘善舞西河劍器、渾脱。觀『渾脱』之名，似以空手作舞劍勢耳。俗以序中『渾脱』屬下爲六字句，又訛云：張旭觀舞劍，而草書長進。皆坐不讀書之故。贍泰按：明皇雜録：公孫大娘能爲鄰里曲及裴將軍滿堂勢、西河劍器、渾脱舞，妍妙皆冠絶於時。似劍器、渾脱爲二物。及閲文獻通考：劍器，古武舞之曲名。其舞用女妓雄裝，空手而舞。則劍器中聲容俱備。或以劍器爲刀劍之劍，非矣。又考通鑑：中宗宴近臣，將作大匠宗晉卿舞渾脱。胡三省注：唐五行志：長孫無忌以烏羊毛爲渾脱氊帽，人多效之，謂之趙公渾脱，因演以爲舞。可見舞時，首戴渾脱而武舞按曲，固合而一之者。而俗以『渾脱』屬下四字爲句，殆未之有考矣。

昔有佳人公孫氏，一舞劍器動四方。觀者如山色沮喪，天地爲之久低昂。㸌如羿射九日落，低。矯如羣帝驂龍翔。高。來如雷霆收震怒，起。罷如江海凝清光。止。四句一樣文法，寫公孫氏舞，詳。絳脣朱袖兩寂寞，晚有弟子傳芬芳。臨潁美人在白帝，妙舞此曲神揚揚。寫弟子舞，略。與余問答既有以，感時撫事增惋傷。先帝侍女八千人，提筆。公孫劍器初第一。

五十年間似反掌，風塵澒洞昏王室。梨園弟子散如煙，女樂餘姿映寒日。金粟堆南木已拱，瞿唐石城草蕭瑟。玳筵急管曲復終，樂極哀來月東出。老夫不知其所往，足繭荒山轉愁疾。結出意外。須溪云：濃至慘黯，如野笛中斷，聞者猶不堪也。

詩之要領，究竟不在公孫大娘，在聖文神武皇帝。序已插得突兀，詩尤提得高渾，治亂興衰，俱於一舞女見之。豈石崇思歸引、白傅琵琶行所能彷彿？敘事以詳略爲參差，亦以詳略爲賓主，主宜詳而賓宜略，一定之法也。然又有賓詳而主反略者。如此詩公孫大娘，賓也；弟子，主也。乃敘公孫舞則八句，而天地、日、龍、雷霆、江海，凡舞之高低起止，無所不具，是何其詳？敘弟子則四句，而言舞則『神揚揚』三字，抑何其略？究之詩意，非爲弟子也，爲公孫大娘也。則公孫大娘固爲主，而弟子又爲賓，仍是主詳賓略云耳。學詩者得詳略之宜，盡參差之變，思過半矣。

白梟行

君不見黄鵠高于五尺童，化爲白梟似老翁。長孺云：黄鵠化爲白梟，不能飛舉矣，猶五尺之童化爲老翁，不復少壯矣。兩截句也。下『歲暮』字，點清題目。故畦遺穗已蕩盡，天寒歲暮波濤中。鱗介腥羶素不食，終日忍饑西復東。四句，寫水陸皆乏食，故西奔東走耳。魯門鶢鶋亦蹭蹬，聞道如今猶避風。請一客作結，『亦』字有黄鵠在，又雙關法。

此騷體，全不出正意。用屈原卜居『將泛泛若水中之鳧乎』、將『與黄鵠比翼乎』二句，言東西無地可棲也。結又引出一鳥，寓有不饗太牢不樂鐘鼓之概，而但曰避風云者，其自寓也微矣。

夜聞觱篥

夜聞觱篥滄江上，衰年側耳情所嚮。夜聞一層，在滄江上一層，值衰年又一層，淒然苦境。鄰舟一聽多感傷，塞曲三更欻悲壯。積雪飛霜此夜寒，孤燈急管復風湍。君知天地干戈滿，不見江湖行路難。

正急管悽愴時，又增之以霜雪，加之以風湍，助其悲壯。寫得衰年人孤燈旅岸，物物皆爲愁媒，聲聲嗚咽矣。結句，辰翁云：君知干戈如此，則不復恨行路矣。非是。愚謂『君知』二字，貼『觱篥』，以軍中之樂，止知干戈，而不見江湖旅人行路之難也。公詩『干戈知滿地』，『知』字貼月，皆無聊中呼無知之物，而告之以情也。

前苦寒行二首

漢時長安雪一丈，牛馬毛寒縮如蝟。楚江巫峽冰入懷，虎豹哀號又堪記。秦城老翁荆揚客，慣習炎蒸歲絺綌。玄冥祝融氣或交，手持白羽未敢釋。常時禦冬以絺綌，故手持之扇未釋。非慣習者，不知二語相承。『又堪記』，承漢時言，蓋謂南方從古無雪，所堪記者，惟漢時長安雪大耳。豈意此地又如此乎，深慨時之失常。只一『又』字練得響。『秦城』二句，回憶已往。結二句，預期將來。玄冥，陰也。祝融，陽也。陰陽氣交，則時序自復。不怪陰陽不調，而止望其氣交，亦是深一步法。長孺謂：楚地素熱，恐冬日復行夏令。則與上文意背矣。

去年白帝雪在山，今年白帝雪在地。凍埋蛟龍南浦縮，寒刮肌膚北風利。楚人四時皆麻衣，提筆。楚天萬里無晶輝。三足之烏足恐斷，羲和迭送將安歸？末二句描寫日無光，遂作此咄咄怪語。

後苦寒行二首

南紀巫廬瘴不絕，太古以來無尺雪。蠻夷長老怨苦寒，人怨其寒。崑崙天關凍應折。山怨其寒。玄猿口噤不能嘯，獸怨其寒。白鵠垂翅眼流血。鳥畏其寒。四句平列。安得春泥補地裂。一句單收。

晚來江間失大木，猛風中夜飛白屋。天兵斷斬青海戎，殺氣南行動地軸，不爾苦寒何太酷？巴東之峽生凌澌，彼蒼回斡人得知。

起二句寫風，祗拔木發屋四字耳。乃發端先寫失大木，次寫猛風，次寫飛白屋，化板爲新，便成奇特。『天兵』二語，即白山所稱『裝頭句』，是懸揣語，謂應是『天兵斬斷青海戎』，以致『殺氣南行動地軸』。不然何苦寒太酷如此哉？三句直是古文頓挫。一結倒換句，謂天心一旦迴旋，則峽中冰解，豈人所得知耶？與『玄冥祝融氣或交』同意，皆空中懸擬之詞。四詩句在題中，意托言外。

呀鶻行

病鶻孤飛俗眼醜，英雄失路，俗眼輕薄，只七字寫盡。此縮數十字爲一句者也。每夜江邊宿衰柳。清秋落日已側身，過雁歸鴉錯迴首。寫得落寞可憐。『錯迴首』，猶以其爲可畏也，最是痛語。緊腦雄姿迷所向，疎翮稀毛不可壯。彊神非復皂鵰前，俊才坌在蒼鷹上。風濤颯颯寒山陰，熊羆欲蟄龍蛇深。橫插有勢。念爾此時有一擲，失聲濺血非其心。通首哀音促節，使千古雄心人落魄。『非其心』三字，無限悲涼。

寫一鶻耳，而雁，而鴉，而皂鵰，而蒼鷹，而熊羆，而龍蛇，忽然請出八物，似不免填塞之誚，然須看其如何位置法。其用雁與鴉，是側筆，寫鶻之無能也。其用鵰與鷹，是正筆，抑揚其詞以寫鶻之神。今雖不如鵰，而鶻之才，昔實勝於鷹也。其用熊羆龍蛇，是陪筆，謂熊羆龍蛇是退藏之時，鶻是搏擊之時，而失聲如此，豈其本心乎？乃知其請用之八物，皆爲病鶻三面寫生。於是乎填塞者，皆化爲玲瓏，而鶻之强弱盛衰俱見矣，豈非神乎？此詩句句爲己寫照，大有衰病之感。

歲晏行

歲云暮矣多北風，瀟湘洞庭白雪中。興起，點歲晏只此二句。漁父天寒網罟凍，莫徭射雁鳴桑弓。莫徭，長沙蠻種。去年米貴缺軍食，今年米賤大傷農。高馬達官厭酒肉，此輩杼柚茅茨空。楚人重魚不重鳥，汝休枉殺南飛鴻。況聞處處鬻男女，割慈忍愛還租庸。一段十句食。往日用錢捉私鑄，今許鉛錫和青銅。刻泥爲之最易得，好惡不合長相蒙。一段四句用。萬國城頭吹畫角，此曲哀怨何時終？總束。

此雜舉時政之弊，托歲暮以起興也。頭緒雖繁，氣脉一線。而須溪謂子美晚年詩多雜亂，無復語次，如此歌，本説射雁，隔數句後，方出『汝』字應前。未了復説時事，因及私鑄，未了終以畫角，老人語態，不可拘以常格。得以此，失以此，深用爲戒。真枉殺子美矣。余細按是詩，以食、用二字爲要領。『漁父』至『租庸』一段，説食。先排出漁父、莫徭兩種人，次又排出軍、農兩種人，以深責達官長吏無一留心民瘼者。『此輩』，即漁父、莫徭、軍、農之輩也。二句略作一束，然意猶未盡，故下文申明四句。『楚人重魚不重鳥』，申莫徭，即帶漁父，雖側寫射，意已綰漁，非隔數句後始應射雁也。鬻男女，還租庸，單申傷農，非未了復説時事因及私鑄也。『私鑄』四句另爲一段，説用，只『缺軍食』一句未應，於結處補出城頭吹角，正古文離奇之妙，非未了終以畫角也。蓋此篇食、用是兩大支，軍、農亦是兩支，漁、射又是兩小支。若如須溪所謂『常格』，不幾於枝枝相對、葉葉相當乎？看其説漁、射，只起二句對，申漁、射，又止及射，而夾帶漁於中，其變化者一。其説軍、農，排二句起，申説則止及農而不及軍，乃於結尾纔補軍一筆，其變化者二。至食、用兩大支，初排起，而説食一邊，插以達官，插以漁射，若似乎不專説食者。説用一邊，止直捷四句。其變化者三。如此命篇，正操繩在手，求之不得其綜，索之不竟其緒，格法之至奇至密者也，而乃以爲雜亂無語次哉？此篇大旨，只爲軍、農乏食、用，兵甲不休，深寓責備達官之意。曰『割慈忍愛還租庸』，曰『好惡不合長相蒙』，曰『此曲哀怨何時終』，疊其詞於言中，留其意於言外，一唱三歎，爲憂時之大關係者。即入小雅詩，未爲愧也。

杜詩提要卷七

五言律

登兗州城樓

東郡趨庭日，南樓縱目初。浮雲連海岱，平野入青徐。孤嶂秦碑在，荒城魯殿餘。從來多古意，臨眺獨躊躇。

「縱目」二字，一篇關鍵。從上視下，故曰「連」；由此之彼，故曰「入」。二句縱目遠景，雲野蒼茫，千里一瞬，已具弔古意，蓄而不露。秦碑尚可摩識，故曰「在」；魯殿只存虛壤，故曰「餘」。曰「在」，言外有不在者，故以孤嶂繫之；曰「餘」，言外有無餘者，故以荒城繫之。二句縱目近景，千年陳迹，杳然難問，而弔古意益顯。故七緊接「古意」二字。然直接則少波瀾，又以「從來」二字宕開，八始合入本位，詩徑便不迫促。杜詩雄奇幽險，無所不備。此作格局正大，有冒，有束，有承，有轉，有開，有闔，莊重不苟。至其寓含蓄於行間，寄感慨於言外，則又飛舞縱横，人所不得而測者也。鍊格，鍊句，鍊字，三善備矣。而八句全對，無一合掌，是八面用鋒法。

房兵曹胡馬

胡馬大宛名，鋒稜瘦骨成。骨。竹批雙耳峻，耳。風入四蹄輕。蹄。白山云：雙耳峻似竹批，四蹄輕如風入，倒裝成句。所向無空闊，力。真堪託死生。德。驍騰有如此，束住有力。萬里可横行。

線索在一『名』字，言此馬在大宛已得名矣。何以見其名？於其骨、其耳、其蹄見之，更於其力之所向、德之堪託處見之。七結住馬，八收到兵曹，謂兵曹乘此，亦可立名萬里之外也。舊解以三、四應上，五、六起下，不知第一句呼起『名』字，下七句皆承『名』字耳。否則『名』字無著落，而發端句亦索然。白山云：極言善走，無可爲喻，乃造成『所向無空闊』五字，此杜自謂『良工心獨苦』者也。題有『房兵曹』三字，詩必照應，此唐賢一定之法。八更不草草，蓋題中所無，詩中可有。未有題中既有，而詩反無者也。於此可悟唐賢鑄題之不同。

畫鷹

素練風霜起，『風霜』字，硬裝。蒼鷹畫作殊。冒下六句。攫身思狡兔，側目似愁胡。絛鏇光堪摘，軒楹勢可呼。何當擊凡鳥，毛血灑平蕪？

善書者意在筆先，善詩者意在言先。此本寫畫鷹，忽下『素練風霜』一語，遂使鷹之精神，全體畢露。然後輕接一語，曰『畫作殊』，乃上呼下法也。三、四虛寫，五、六側寫，無一字黏著，尤妙在拓開作結。虛事偏作實寫，若寫鷹，却又不是寫鷹；若寫畫鷹，却又若寫真鷹，變幻無可端倪。白山云：題畫似真，不異人意，在公便思及不畏强禦之士，非忠鯁素具，不能隨處見到也。詩之難在發端，逆呼一句，便覺驚天動地，公慣用此法。首句取其神，次句寫其形也。

夜宴左氏莊

風林纖月落，衣露净琴張。暗水流花徑，春星帶草堂。檢書燒燭短，看劍引杯長。前四句寫景，五、六序事，一句深一句，就夜宴説。詩罷聞吳詠，扁舟意不忘。趙東山云：聞吳詠而思昔游，是擺開法。

張伯復詩話謂：詩家妙處，只在虛字。古今傳子美佳句，至『春星帶草堂』，無不絕賞。此特知練字之妙，而不知虛中有實，實中有虛，詩文篇法，如用兵然。如此篇天文、地理、人事，重疊鋪張，俱莊中實事。忽然想到扁舟入吳，騰空作結，實事化爲虛境，超出莊外，渾然不見堆塞之痕，運斤成風，此爲能善用虛筆也。非此不必入選。

送裴二虬作尉永嘉

孤嶼亭何處？天涯水氣中。故人官就此，絕境與誰同？隱吏逢梅福，吟詩憶謝公。扁舟吾已就，把釣待秋風。

白山云：一、二設爲問答。五、六言東道有故人，故己亦起扁舟之興，待秋風一把釣耳。結三字倒押得老。『清新』、『俊逸』四字，可以自贈。人之譏公者，皆謂板重，故特選此輕調，以見公無所不有，然非公擅場作也。

送人從軍 時有吐蕃之役。

弱水應無地，陽關已近天。白山云：已近天，言是天邊頭。應無地，言是地盡處。極言所歷之遠也。今君度沙磧，累月斷人煙。一截。對起，用流水接，開後人無窮之法。好武寧論命，封侯不計年。

一截。馬寒防失道，雪没錦鞍韉。

前四句，一氣順下，覺天、地、人無不變色，以描寫出地遠人稀之慘。五、六作轉語，代述其志而壯之。七、八又作微詞以戒其失。經營慘澹，極古别離、從軍行之苦調。白山云：末五字，足上句意，極慘澹，偏作極濃麗語，全詩皆有色矣。蓋此行未必能得志於敵，不但封侯難冀，亦且裹革可虞，而但以馬寒雪盛爲詞，此詩人立言之旨也。

春日懷李白

白也詩無敵，飄然思不羣。清新庾開府，俊逸鮑參軍。渭北春天樹，江東日暮雲。何時一尊酒，重與細論文？

方舟云：前説白，後説憶，微分兩截。又云：在渭北望江東，唯見暮雲春樹耳。以拆裝句爲兩扇句。嚴滄浪謂：少陵之詩法如孫吴，太白之詩法如李廣。意謂一密一疎也。觀此詩全以法勝，而五、六兩句，一己一彼，藏意於景，又何嘗不疎耶？

陪鄭廣文遊何將軍山林十首 選一

剩水滄江破，殘山碣石開。白山云：水似滄江決剩之水，山如碣石鑿殘之山，本形容山水之大，却故用

『剩』字、『殘』字，反挑其意。緑垂風折笋，紅綻雨肥梅。銀甲彈箏用，金魚换酒來。興移無灑掃，隨意坐莓苔。漪堂云：山水花木如此，隨處可坐，故無用灑掃也。『坐莓苔』暗收前半。

王嗣奭謂：通首散漫，寫去無起束呼應。不知史漢有全不照應法，有全篇照應法，詩亦然。一、二寫山水，三、四寫竹梅，五、六寫箏酒，平列無承接，是全不照應法。七用一『興』字爲關鍵，又是全篇照應法。何將軍山林十首，並重遊五首，首尾布置成章，篇各有意，無疊牀架屋之病，可爲多篇程式，然非杜集中之極致也。此首章法尤奇，故録之。

對雪

戰哭多新鬼，斷。愁吟獨老翁。亂雲低薄暮，急雪舞回風。瓢棄樽無緑，爐存火似紅。白山云：五、六形容苦寒入微，六語尤妙。于鼎云：『似紅』，不紅也，與上意同而語變，可悟對仗之法，幷鍊字之法。數州消息斷，遥接。愁坐正書空。意在言外。

題有正面、側面。貪發正面，一語道盡。若極力傍寫，又忘却本來面目。此詩三、四正面寫雪，五、六側面旁襯。一與結，又側中之側，然命意却是正面。題是對雪，突然發『新鬼』一句，若與題全無涉。妙在次句不即接，只將老翁獨吟情景，分寫二聯，至七句始徐徐一應，所謂急來緩受也。不然，起句陡甚，又復急接，則章法太促，全無離合。古人論文，所以貴疾徐者，此類是也。

元日寄韋氏妹

近聞韋氏妹，迎在漢鍾離。郎伯殊方鎮，京華舊國移。郎伯，郎之伯兄也。『移』字通篇之線。秦城迴北斗，郢樹發南枝。二句從不移處，反照出『移』字。不見朝正使，眼目。唐時諸道正旦入賀，名賀正使，即指郎伯也。『聞』、『見』二字，首尾遥連。啼痕滿面垂。

于鼎云：通篇全是寄妹，因元日不見朝正使而憶之。歎舊國，乃是帶言。舊國既移，則殊方已不可料；殊方不可料，則妹之消息更不可知。鍾離之迎，但屬傳聞；朝正無使，親經目見。安能已於涕淚哉！元日斗柄迴東，南枝花發，而朝正無使，正見舊國之移。蓋五、六、七句，單承四句『移』字來，到第八句，方結通章。題面是哭骨肉也，題神則哭君臣矣，渾然不覺，但以『滿面』二字微露其意，使人於言外得之。往往極大關目，從極小題面中發出，此少陵家法也。

憶幼子

驥子春猶隔，鶯歌暖正繁。别離驚節换，聰慧與誰論？澗水空山道，柴門老樹村。憶渠愁只睡，炙背俯晴軒。白山云：一『俯』字，寫出老人炙背之態。一、二聞鶯憶子，是倒聯。三、四亦是倒接。五、六見幼子所隔之地，不言如何憶，只將驥子所居景象，寫得如畫，而憶自在其中。七、八描出老人隻影無親之狀，在一『俯』字，憶渠一截，愁一截，只俯晴軒炙背睡。又以倒押成套裝，其句法亦奇絶。

一百五日夜對月

無家對寒食，有淚如金波。斫却月中桂，清光應更多。承次句。白山云：古樂府：『月穆穆以金波。』古詩多以淚比水，此因對月，故用『金波』字。三、四索性放言以盡其奇，言金波不若淚之多也。仳傠放紅蕊，想象嚬青蛾。紅蕊，春花也。夢弼指桂，非。青蛾，即家室也。畢致中謂嫦娥，亦謬。牛女漫愁思，秋期猶渡河。『猶』字悲甚，若爲深羡牛女者然，益見無家苦況。

通首以『無家』二字作主，下七句俱包在『無家對寒食』五字内。前半寫已思家，後半代家人思己，微分兩截。然『無家』句，已暗籠五、六。『仳傠』對『無家』，『紅蕊』對『寒食』，『顰蛾』對『有淚』，則又暗抱一、二。結用牛女，彼此雙綰，用『秋期』，倒應『寒食』。布局之整，線索之細，真所謂隱隱隆隆，蛛絲馬迹也。五、六言仳傠之人，愁眼看花，其嚬蹙可想像而知。二句本寫我憶家，却不寫我憶，偏寫家人憶，寫得低徊欲絶，唯『想像』

二字屬己。家人對花顰蹙，不能自知，偏自我想像中得之，遂覺兩地相思，一字一淚，十字中無限層折，而對仗尤奇。方舟云：三、四是無家人與月説底，七、八代仳傌人與牛女説底，奇絶。

月夜

今夜鄜州月，閨中只獨看。遥憐小兒女，未解憶長安。香霧雲鬟濕，清輝玉臂寒。何時倚虚幌，雙照淚痕乾？

懷遠詩，説我憶彼，意只一層。即説彼憶我，意亦只兩層。唯説我遥揣彼憶我，意便三層。又遥揣彼不知憶我，則層折無限矣。此公陷賊中，本寫長安之月，却偏陡寫鄜州之月；本寫自己獨看，却偏寫閨中獨看，已得遥揣神情。三、四又脱開一筆，以兒女之不解憶，襯出空閨之獨憶，故雲鬟濕、玉臂寒而不知也。沉鬱頓挫，寫盡閨中深情苦境。結始微露己意，若詳於彼而略於己。非略己也，正實寫己憶無可如何，故爲此曲筆耳。起二句與『海上生明月，天涯共此時』同意，然『共』字已在其中，『獨』字則若撇却自己，意更深永。白山云：言不憶見憶，是句中藏句法；言乾見不乾，是言外見意法。漪堂云：五、六二句，正説淚痕之不乾也。

喜達行在所三首

西憶岐陽信，無人遂却迴。眼穿當落日，心死著寒灰。一截，是寫『憶』字。方舟云：『著』字老，猶云此心直置之死灰，不望復然矣。霧樹行相引，蓮峯望或開。所親驚老瘦，辛苦賊中來。一截，是賊中來。然逐聯緊接，又是一氣。

五、六即從賊中來路上所歷之景，而以七、八醒出。八即所親語，聲氣猶存。

愁思胡笳夕，愁。淒涼漢苑春。愁。生還今日事，愁。間道暫時人。愁中喜。四句追序賊中脱走。東山云：先言生還，亦倒裝法。司隸章初覩，喜。南陽氣已新。喜。二句即中興氣象。喜心翻倒極，嗚咽淚沾巾。喜中愁。本宜喜，却又淚下，所謂『翻倒極』也。四句是喜達行在。

通章以『愁』、『喜』二字呼應，轉信轉疑，聲容畢現。白山云：四寫冒死脱走，語簡而意透，然不得上句，亦托不出。『間道暫時人』，意中必死；『書到汝爲人』，意外倖生。皆善述離亂之苦者。七、八真情實語，亦寫得出，説得透。從五、六讀下，則知其悲其喜，不在一己之死生，而關宗廟之大計矣。

死去憑誰報，歸來始自憐。通首皆歸來語，却先將死去陪出，亦見名位卑微，生死不爲時所輕重。故其影靜千官裏，心蘇七校前。今朝漢社稷，新數中興年。『數』字，善頌善禱。白山云：中、仲，古通用。中興，猶言再興也。

押『雪』、『天』二字，險而老。猶瞻太白雪，喜遇武功天。歸也，唯自憐而已。

白山云：三秦記：武功、太白，去天三百。水經注：太白南連武功，冬夏積雪。三、四言去賊已遠，自喜復見天日。高在只述所經之地，而『天』字、『雪』字，皆得故實湊手，他人不能典切若此也。首章是未歸時瑣尾景況。次章是方歸時疑信形情。卒章是達行在驚喜之言。曰『猶瞻』，曰『喜遇』，一見太白、武功，不勝仰聖瞻天之樂，便與霧樹、蓮峯景狀迥別。曰『影靜』，曰『心蘇』，儼見朝端整肅，更與眼穿心死時候懸殊。皆極寫題中『喜』字也。

月

天上秋期近，人間月影清。『清』字是眼。入河蟾不没，擣藥兔長生。二句實寫『清』字，已具恨辭。只益丹心苦，能添白髮明。干戈知滿地，休照國西營。『知』字貼月，大奇。

『斫却月中桂』，是恐其不明。此作是恨其太明。滿腔憂國，悲從中來。忽然怪月如何長在天，蟾兔如何不死，徒益我丹心之苦，添我白髮之明而已。然照我猶之可也，國西之營，干戈滿地，爾豈不知乎？其堪照之，以動其征戍之感？許多轉折，皆在無字句中流出。方舟云：五、六叫月不要照此，奇。七、八叫月不要照彼，更奇。結恐征夫見月而感，是作詩本懷。『丹心苦』、『白髮明』爲此。修遠謂指賊營，則上六句怪月之明，皆於義無取矣。

收京三首 選二

生意甘衰白，天涯正寂寥。二句唤起。忽聞哀痛詔，又下聖明朝。東山云：『甘』字、『正』字、『忽』字、『又』字，呼唤起伏，有出自望外之意。羽翼懷商老，文思憶帝堯。商老不必指定李泌，大意在調護太子者。帝堯，指上皇。叨逢罪己日，灑涕望青霄。『望青霄』，正與『甘衰白』相應。

汗馬收宫闕，春城鏟賊壕。賞應歌杕杜，歸及薦櫻桃。頒賞薦廟，預期之詞，句句是喜。雜虜横戈數，功臣甲第高。曰『數』，曰『高』，具文見意。萬方頻送喜，無乃聖躬勞。兩詩皆於結處寓諷諫之旨。前詩望肅宗調護兩宫，引古爲比，而結以『罪己』二字，不覺正襟淚下，所謂『喜心翻倒極』也。後詩以回紇尚留，功臣邀封爲憂，而反言『聖躬勞』以結之，言外還望其宵衣旰食也。一腔忠君慮患之意，溢於言外，此小雅之遺音也。

春宿左省

花隱掖垣暮，啾啾棲鳥過。星臨萬户動，月傍九霄多。胡遯叟云：『動』字易下，『多』字難下，工於錘鑄。不寢聽金鑰，因風想玉珂。方舟云：『聽金鑰』，恐君門開。『想玉珂』，恐朝臣集。『想』字即『疑』字。明朝有封事，數問夜如何？

只起句寫『春』，下七句皆寫『宿』。『不寢』二字，一篇關鍵。由日暮而星臨，而月出，宜寢矣，而聽鑰，而想珂，而問夜，則何嘗一息就寢？一片精誠愛國，坐而假寐之意，俱於層次中序出。後人蚤朝寓直詩，縱極典麗，不能及此深沉也。

送賈閣老出汝州

西掖梧桐樹，空留一院陰。艱難歸故里，去住損春心。宮殿青門隔，貼西掖。雲山紫邏深。貼汝州。人生五馬貴，莫受二毛侵。

出外之嗟，惜别之意，皆具首二句景中，渾然不露。白山云：起語醇深雅健，興體之妙，無出其右，三唐之絶唱也。七、八故爲慰藉之詞。『莫受』二字，寓意微甚。

奉贈王中允維

中允聲名久，如今契闊深。二句冒。『聲名』二字，與『心』字映射。毛傳：契闊，勤苦也。下六句，皆勤苦處，非謂離闊。共傳收庾信，不比得陳琳。庾信哀江南賦：三日哭於都亭，三年囚於別館。維所同也。陳琳爲袁紹典文章，草檄誅曹操。袁敗歸操。維所異也。一病緣明主，三年獨此心。維在賊中，僞稱瘖病。窮愁應有作，試誦白頭吟。東山云：相如將聘茂陵人女爲妾，卓文君賦白頭吟以自絶。以維下遷失意，故託夫婦離合，以喻君臣者也。

此深察王中允之心而歎之，不獨以其聲名也。『三年獨此心』一句，是主。三、四引古爲喻，自爲俯仰，維之心已可見白矣。五、六進一步，言其託疾三年，不受僞職，其心存故主，亦已至矣。而明主尚不諒其心耶？故七、八又進一步，意謂凝碧池之作，尚未必見信，何不再誦文君之白頭吟也？言外寓肅宗有棄舊臣如棄故婦意。一篇波瀾頓挫，全用曲筆，以表白摩詰之心，而言之温厚和平如此。此少陵所以爲真風雅也。事之難序者，必用比興，便無徑直淺率之病。引古即比興也，但用有反正之不同，則在隷事之人耳。

至德二載甫自京金光門出間道歸鳳翔乾元初從左拾遺移華州掾與親故別因出此門有悲往事

此道昔歸順，西郊胡正煩。至今猶破膽，『今』、『昔』二字，開闔見意。應有未招魂。近侍歸京邑，移官豈至尊？無才日衰老，駐馬望千門。

一句一轉，風神欲絶，實公生平出處之大節。自覺孤臣去國，徘徊四顧，淒愴動人。『移官』句，較輞川『執政方持法，明君無此心』更含蓄。『無才』句具兩層，自歎無才，兼之衰老，並不敢致怨於君側之人。七、八中間藏一轉，言無才衰老之人，移官固宜。然小臣戀主之情，則何日可忘也？皆以曲筆寫其長情，深厚之至。

路逢襄陽楊少府入城戲呈楊四員外綰

甫赴華州日，許寄員外茯苓。

寄語楊員外，山寒少茯苓。歸來稍暄暖，當爲斸青冥。翻動神仙窟，封題鳥獸形。六句黏題。兼將老藤杖，扶汝醉初醒。二句擺開，又許一杖，不曰扶老而曰扶醉，所以爲戲也。

清空一氣到底，如説話，無一字作意。李青蓮集中常有之，老杜絶少，特爲拈出，以見波斯寶盤中，無所不具。此直屬少府寄簡耳。『寄語』二字，直貫至末，與王右丞還高冠潭一詩絶相肖〔二〕。

初月

光細弦欲上，影斜輪未安。通首『光』字、『暗』字，自爲呼應。方舟云：光、影説他明處，弦、輪説他暗處。微升古塞外，已隱暮雲端。對起，流水承。河漢不改色，關山空自寒。庭前有白露，露白，則月暗可知，善於形容。暗滿菊花團。

一、二有光有暗；三光，四暗，五、六半光半暗；七反形其暗，八正點其暗。白山云：若字字刻畫初月，筆下全無開合，詩家景趣，如頑山死水矣。妙在後半只承第四句，跳出題外，而未嘗不在題中。字字開，却字字合，此詠物至訣，唯子美獨擅其長。

觀安西兵過赴關中待命二首

四鎮富精鋭，摧鋒皆絶倫。以四鎮陪起，是賓。還聞獻士卒，足以静風塵。謂李嗣業，是主。老馬夜知道，蒼鷹饑著人。臨危經久戰，用意始如神。戰而曰久，又且臨危，多少層折，多少期望。起是道其已然，結是望其將來，亦拓開法。

詩有比興，猶文之有譬喻也。文於直敘中忽插一喻，則離奇變幻。詩於直序中忽用比興，則煙雲斷續，使人思而得，不獨古詩然也。此詩有陪、有正、有比、有賦、有現在語、有將來語，八句中無一呆筆。

奇兵不在衆，萬馬救中原。談笑無河北，心肝奉至尊。一頓。孤雲隨殺氣，飛鳥避轅門。竟日留歡樂，城池未覺喧。一頓。

此首寫兵過，見部伍之嚴也。言紀律之兵不在衆，只須萬馬救中原，便可『談笑無河北』，持此心肝奉至尊。四句一筆寫下，期許自在言外。下截特寫兵過，與上截暗相呼應，而以孤雲飛鳥與不喧，以見紀律之森嚴耳。

秦州雜詩二十首 選十一首

滿目悲生事，因人作遠遊。『悲』字此篇之線。遲迴度隴怯，浩蕩及關愁。唯遲回故怯，因浩蕩故愁，是上四下一句法。水落魚龍夜，山空鳥鼠秋。魚龍水、鳥鼠山，本以紀地，乃拆而用之，練以『秋』字、『夜』字，又以紀時，再練以『落』字、『空』字，則一片慘澹，淒然在目。琢句奇巧。西征問烽火，心折此淹留。『此』字指秦州。

『遠遊』二字，二十首之骨。中五句皆滿目可悲之事，宜此地不可留矣。『西征問烽火』

五字，提筆而起，謂從此以西，心爲之折，不得不於此淹留，其悲又何如哉？詩之所以貴提筆者，其波瀾方壯闊，而用之第七句，尤有振弱扶衰之力。

秦州城北寺，傳是隗囂宫。苔蘚山門古，丹青野殿空。寫寺中。月明垂葉露，雲逐度溪風。寫寺外。清渭無情極，愁時獨向東。

此因廢寺而起弔古之思。三、四明寫，五、六暗寫，渾然不露，而風、雲、月、露字皆見，造句何等跌宕！一結怨及清渭無情，反結法，亦推開法。前六句皆寓『愁』字。白山云：長安在東，人不能東而水獨東，愁時對之，益覺難堪。『無情』，言其不解人愁也。

州圖領同谷，驛道出流沙。二句串説。降虜兼千帳，居人有萬家。曰『兼』，多之也。曰『有』，少之也。馬驕朱汗落，胡舞白題斜。五、六應三句。朱汗，猶言汗血馬。白題，白笠也。年少臨洮子，西來亦自誇。七、八應四句。

結言虜多民少，宜惴惴是懼。而臨洮子仍自誇乃爾，問之直年少無知者。其隱憂愈深矣，語氣反似揚詡，含蓄無盡。曰驕曰舞，已寓自誇意，而反出自臨洮子，深可怪者。玩一『亦』字，致慨良深。

鼓角緣邊郡，川原欲夜時。秋聽殷地發，風散入雲悲。三、四承首句。抱葉寒蟬静，歸山獨鳥遲。五、六承次句。萬方聲一概，吾道竟何之？萬方推開，與邊郡應。

此專詠鼓角也。妙處全在離合，若沾沾一事，便無斷續。故三、四已實寫鼓角矣，五、六却寫『欲夜時』一筆，然後再接『聲一概』，便覺離奇變幻。須溪以爲賦鼓角警句。固矣。

南使宜天馬，由來萬匹强。浮雲連陣没，秋草徧山長。一截。南使，沙苑地名。浮雲，馬名，與秋草對，巧。聞説真龍種，仍殘老驌驦。哀鳴思戰鬭，迥立向蒼蒼。一截。殘，餘也。錢箋謂：九節度敗於相州，戰馬萬匹，唯存三千。『浮雲連陣没』，正指其事。則『真龍種』，應指廣平王。『老驌驦』，應指汾陽。

漪堂云：此專詠馬也，劈分兩截。白山謂：四空拖一句，冷妙。余謂此篇妙處，全在一拖一提爲波瀾。前截馬已盡没，只餘秋草矣。賴『聞説』二字一提，變出龍種、驌驦來，一似與前截兩副説話，而不知文家變換起伏，正在此處著精神也。

莽莽萬重山，孤城山谷間。無風雲出塞，不夜月臨關。四句寫關塞之景。屬國歸何晚，樓蘭斬未還。煙塵一長望，衰颯正摧顔。『長望』二字縮全篇。

雲氣接崑崙，涔涔塞雨繁。興起。羌童看渭水，使客向河源。煙火軍中幕，牛羊嶺上村。所居秋草静，正閉小蓬門。『秋』紀時，暗映一、二。

中四句皆相反語，咄咄怪事，感慨係之。一結語甚憤，法甚整。羌童本河西之人，偏來看渭水；使客本渭南之人，偏要向河源。交互句。煙火村中宜多，而偏出軍中之幕，則一望無居民。牛羊本供軍食，而偏在嶺上之村，則偏地皆卒伍。亦交互句。所居唯對羌童、軍幕，不見使客、村民，閉門之由，正在於此。

東柯好崖谷，不與衆峯羣。落日邀雙鳥，晴天卷片雲。野人矜險絶，水竹會平分。采藥吾將老，兒童未遣聞。

此有決計隱東柯，不謀諸妻子之意。程公如云：三、四語含比興，即陶公所謂倦飛知還、無心出岫，見此中深可終老也。

地僻秋將盡，山高客未歸。塞雲多斷續，邊日少光輝。二語，承『地僻』、『山高』來，寫塞垣秋景如畫。警急烽常報，傳聞檄屢飛。二語，未歸之情，應二句，起結句。西戎外甥國，何得近天威？

結句若爲自解語，却是反言，甚見和親無益，所謂寬一步愈緊也。

鳳林戈未息，魚海路常難。候火雲峯峻，懸軍幕井乾。風連西極動，月過北庭寒。故老思飛將，何時議築壇？

鳳林、魚海，候火、懸軍，西極、北庭，重重疊叙，只是爲『飛將』一語而設，遂覺句句内有一『飛將』，不見重疊之痕，乃以上六句逼下二句爲章法也。

唐堯真自聖，野老復何知？　曬藥能無婦？　應門亦有兒。　藏書聞禹穴，讀記憶仇池。　爲報鴛行舊，鷦鷯在一枝。

人到極不可解處，偏句句作自解語。言國事自有聖君，家事付之妻子，惟有探書覓奇，以苟安野老之身，而家國之憂，都若置之膜外者。乃以寬語爲憤詞，因以結盡二十首之意。

月夜憶舍弟

戍鼓斷人行，邊秋一雁聲。起調響。露從今夜白，月是故鄉明。二句承『秋』字，加倍寫憶。露經秋必白，而曰『從今夜白』者，露漸白，則憶亦漸深也。月無地不明，而曰『是故鄉明』者，亂後故鄉無人，只孤懸一明月，月愈明，則憶故鄉愈切也。有弟皆分散，無家問死生。寄書長不達，況乃未休兵。

此篇微分兩截。前半寫月夜，暗藏『憶』字；後半明寫憶弟，又隱却夜月。『戍鼓』、『休兵』，起結呼應。未落筆以前，含蓄許多兵戈擾攘語在句先，故不覺提筆直書曰『戍鼓斷人行』。既歇筆之時，又蓄無限道途阻隔意在句後，故倒拖一句曰『況乃未休兵』。語若進一筆，其實是繳一筆，章法與送高三十五書記古詩同。此情至之詩，而起承轉結，八面玲瓏，則又法無不備，莫目爲公率易之篇，未經錘鍊也。

天末懷李白

涼風起天末，君子意如何？呼冤魂句。鴻雁幾時到，江湖秋水多。文章憎命達，魑魅喜人過。應共冤魂語，投詩贈汨羅。以君子而當魑魅，故應共冤魂語。冤魂，屈原也，君子也。則今日之投詩，非贈白也，贈汨羅矣。一呼一應，法深而意永。

白山云：前半問訊謫居之況，後半慰藉含冤之情。三、四倒序，言江湖秋水已多，不知鴻雁幾時可到，得一問信否？寓意深永，妙於立言。五、六言無罪見斥，非關人事，由來文章自憎命達，魑魅自喜人過耳。『文章憎命達』，猶言詩能窮人。招魂云：此皆甘人。此蓋以『喜』字代『甘』字。五、六可謂怨而不怒，只『冤魂』字，略露意，然亦深且婉矣。方舟云：稱屈原作『冤魂』，則白蒙冤可知。説白共冤魂語，則自家同白可知，謂之言古見今，言人見己。

天河

常時任顯晦，先開一筆。秋至最分明。正意。中二聯皆承『分明』。縱被微雲掩，再開一筆。終能永夜清。含星動雙闕，伴月落邊城。牛女年年度，何曾風浪生？擺開作結。方舟云：說天河無風浪，儼然人間有風浪矣。

通首未出天河，方舟謂之暗格。五、六顯出題面，亦屬分裝句。言含星伴月，昔動雙闕，今落邊城。公蓋從雙闕而來邊城者，故下接『風浪』云云。白山云：五、六非『含星』、『伴月』不能顯題。杜善寫難寫之景，全以旁見側出取之。少陵詠物諸作，猶蒙莊之寓言，正意皆在言外，涵味自得。若拘文取義，强作解事，未免失之穿鑿。故只就詩論詩，得其法，而理自兼備也。

銅瓶

亂後碧井廢，一截。時清瑶殿深。銅瓶未失水，百丈有哀音。側想美人意，應悲寒甃沉。一截。蛟龍半缺落，猶得折黄金。一截。白山云：『黄金』與『蛟龍』字互易，唐人多有此博换句法。

此故宫銅瓶流在人間也。突起一句，隨手截住，至尾聯始挽合，蓋惟起結見『廢』。中五句皆追溯『時清』，章法絶奇。謂禁殿深嚴，未失水之百丈哀音，既失水之寒甃深沉，均唯美人知之耳。亂後碧井已廢，而瓶上蛟龍之飾已落，民間且得折其金矣。悲銅瓶，正所以悲美人也，悲太平之世不可復見耳。一結全不出意，而曲曲折折，轉悲轉遠。因銅瓶已出水，而想到失水時美人之悲，又想到其未失水時轆轤之音，而幷想到時清瑶殿之深。其用筆之奇，不知其何所際也。末二句，與杜紫微『折戟沉沙鐵半消，暗將磨洗認前朝』同一寄慨。

寓目

一縣蒲萄熟，秋山苜蓿多。草木。關雲常帶雨，塞水不成河。地氣。羌女輕烽燧，胡兒制駱駝。風俗。自傷遲暮眼，括事排敘，七點出『眼』字，通首靈動。喪亂飽經過。

蒲萄、苜蓿、關雲、塞水、烽燧、駱駝六事，皆終身不當入目之物，一齊皆來眼底，已屬可傷，兼之遲暮，其慘倍甚。遲暮不經喪亂，猶爲可解，今適相遭，偶一見之，已屬難堪，況飽經過乎？『眼』一層，『遲暮眼』一層，『遲暮眼』值『喪亂』一層，『飽經過』又一層。曰『熟』曰『多』，花草皆成異域；曰『常帶』曰『不成』，關塞全移地氣；曰『輕』曰『制』，習俗漸來染人。字法各有意義。三聯不相照應，以七句『眼』字爲關鍵，與何將軍山林第五首同法。

歸燕

不獨避霜雪，其如儔侶稀。四時無失序，八月自知歸。『歸』字點清。春色豈相訪，衆雛還識機。六句皆走馬對。故巢倘未毀，會傍主人飛。

前半賦其歸，後半預期其來。五、六設爲問詞，七、八代燕答詞。温厚和平，斯能以己之性情，曲寫物之性情者也。

促織

促織甚微細，哀音何動人。草根吟不穩，牀下夜相親。久客得無淚？故妻難及晨。悲絲與急管，感激異天真。

陽元云：第二聯應『哀音』，第三聯應『動人』。白山云：豈『得無淚』，應『難及晨』，各縮一字。詩經多此句法。結語借彼形此，收盡一章之意。

螢火

幸因腐草出，敢近太陽飛。未足臨書卷，時能點客衣。隨風隔幔小，帶雨傍林微。十月清霜重，飄零何處歸？

『敢』，不敢也。『敢近太陽飛』一語，使陰柔小物，無處躲避矣。此一篇之主腦，前後皆譏其小火，不敢近太陽之故。末二句哀之也。陽元云：『因』猶托也，即『因徐辟求見孟子』之『因』，妙語解頤。

蒹葭

摧折不自守，秋風吹若何？暫時花戴雪，幾處葉沉波。體弱春苗蚤，叢長夜露多。江湖後摇落，亦恐歲蹉跎。

詠蒹葭小物耳，而四時之氣已備。起四句正言秋風不自守，於題已畢。五、六忽追溯春夏以前一筆，接以冬時必摇落，頓跌其詞，以爲不知自守者之戒。運筆精微，托寄深遠矣。白山云：『不自守』，無後彫之節也。首二句若呼而警之。

苦竹

青冥亦自守，軟弱强扶持。味苦夏蟲避，叢卑春鳥疑。軒墀曾不重，剪伐欲無辭。幸近幽人屋，霜根結在兹。

『自守』二字，一篇之骨。蟲避、鳥疑，於不易守中見守意，苦竹身分愈高。正起，正收，妙在五、六作轉筆。代竹自揣二句，兩路夾出不能自守之勢，開出一波，然後收住，所謂放鬆一筆，則愈逼緊一步也。白山云：前篇喻柔脆之士，此篇喻貞素之人，而已在其中。

擣衣

亦知戍不返，秋至拭清砧。已近苦寒月，况經長別心。寧辭擣衣倦，點題。一寄塞垣深。用盡閨中力，君聽空外音。言用盡閨中之力，君曾聽空外之音否耶？縮字句。

題前蓄無限意，題後亦蓄無限意。八句詩，一句一轉，深情濃至，寫盡空閨口角，不得以其用虚調而病之也。白山云：望歸而寄衣者，常情也。知不返而必寄衣者，至情也，亦苦情也。安此一句於首，便覺通篇字字是至情，字字是苦情。

夕烽

夕烽來不近，每日報平安。塞上傳光小，雲邊落點殘。照秦通警急，過隴自艱難。中二聯皆寫『來不近』。聞道蓬萊殿，千門立馬看。一結温厚之至，深宫憂喜，皆寓其中，諷深於頌，正與『報平安』三字暗照。

宿贊公房 贊，京中大雲寺主，謫此安置。

杖錫何來此？秋風已颯然。雨荒深院菊，霜倒半池蓮。承秋風來，語含比興。放逐寧違性，虚空不離禪。相逢成夜宿，隴月向人圓。

『放逐』點題，與首句應。

起句意在題先，言已在此，固其所也，何杖錫者亦來此？嗔怪處正自憐處，雙關二意，不須道出。杜最善此法。二、四紀時，寓摧折意。隴月紀地，有怨恨意。月圓如人之會合，正是相逢妙境，所可恨者隴月也。人非隴人，月乃隴月，又偏向人而圓，一語具數層意。白山云：起語問得無端，却不急答，五始輕應『放逐』二字，若不敢過激其詞者。房琯貶，贊亦謫，詩一字不及房，只謂贊以方外而得竄逐，真不可解，其旨深而意遠矣。

遺懷

愁眼看霜露，『愁眼』二字，直貫至末。寒城菊自花。天風隨斷柳，客淚墮清笳。暗承一、二。水净樓陰直，山昏塞日斜。六暗起七、八。夜來歸鳥盡，啼殺後棲鴉。以比收，妙。

題曰『遺懷』，詩句句是不能遣。三倒句，謂斷柳隨天風而吹。四順句，謂客淚因清笳而墮。五下因上，謂水净故見樓陰直。六上因下，謂塞日斜故山昏。此句法之妙也。何氏山林『滄江』、『碣石』、『風箏』、『雨梅』、『銀甲』、『金魚』，皆散錢也，而以『興』字聯之，是線在結也。此作『霜露』、菊花、斷柳、『清笳』、『水樓』、『山日』、『歸鳥』、『棲鴉』，亦散錢也，而以『愁眼』二字聯之，是線在起也。然八句又暗相承接，與『剩水』、『殘山』六句全無照應者，又變一格。此章法之妙也。

廢畦

秋蔬擁霜露，豈敢惜彫殘。二句代『秋蔬』言，與『寧辭青蔓除』同一安命。暮景數枝葉，天風吹汝寒。緑霑泥滓盡，香與歲時闌。修遠云：數莖枝葉，寒風又吹，勢必緑盡香闌，無復存者，四句一氣說。生意春如昨，悲君白玉盤。

前六句廢畦正面。『春』、『秋』二字，首尾呼應。七忽作提筆，説起春意如昨，詩情跌宕，所以深惜秋時之委棄，而興榮落之悲也。古詩：『委身玉盤中，歷年冀見食』，竟押『白玉盤』三字，卓老渾峭，亦歇後語，使人於言外思而得之。詩有黏有脱，有虛有實，有明有暗。如除架先黏後脱，廢畦先虛後實；除架明出正意，廢畦暗地相形。兩詩同時所作，而用意靈變乃爾。

除架

束薪已零落，瓠葉轉蕭疎。幸結白花了，寧辭青蔓除。秋蟲聲不去，暮雀意何如？寒事今牢落，總結。人生亦有初。主筆。

上七句，皆賦瓠架，結尾帶出『人生』。似上七句是主，八句是賓，題意只歸重『人生亦有初』一句。又覺上六句是賓，八句是主，賓主混列，正喻分明，妙在掉尾只一筆，含蓄無窮。三、四代瓠葉自言，有安命之意。五、六又代瓠葉爲秋蟲、暮雀言，有炎涼之感。而以七句束住，至末始發明正意。又只露『有初』二字爲縮脚語，令人起鮮終之歎，何其沉摯！白山云：秋蟲聲雖不去，暮雀意竟何如？蓋已去者，已未必來，留者終亦必去。『舊識難爲態，新知已暗疎』，其斯之謂歟？又云：盛必有衰，新必有故，由末路想初時，亦與瓠葉同歎而已。

校記

〔一〕還高冠潭詩爲岑參之作。

杜詩提要卷八

五言律

送遠

帶甲滿天地，胡爲君遠行？ 親朋盡一哭，鞍馬去孤城。 草木歲月晚，關河霜雪清。 別離已昨日，因見古人情。

此行人已去而追送之辭也。 送別律詩至此，天真爛熳，無以復加。 白山云： 江淹古別離詩：『送君如昨日』，因借江詩作案。 所謂『古人情』者，即『古別離』之情也。『如昨日』者，久別之情。『已昨日』者，初別之情。 今我纔一分手，已是昨日，已覺情緒難堪，則知傷離怨別之懷，古今洵有同然耳。 又云： 別離在平時猶可，最是亂世會面難期，傷感自增一倍。 起十字已寫得萬難分手，接聯更作一幅關河送別圖，覺班馬悲鳴，風雲變色，使人黯然銷魂。 非以全副性情入詩，安能感人若是哉？ 方舟云： 自家送客，不説自家，反説『親朋盡一哭』。親朋之情何深也，自家之情，未嘗不在親朋一哭之中，而不盡其中。故只將親朋作送别中一事，因見古人情，方是自家情事。前面不説己情，説親朋情。『親朋盡一哭』，語狠情還淺。後面不説己情，説古人情。『别離已昨日』，語緩情却深。總是萬分難别之時，終不能不别，故言詞逼得深婉如此。

散愁二首

久客宜旋旆，興王未息戈。宜旋不旋，以未息戈故，上藏下法。蜀星陰見少，江雨夜聞多。蜀地星少雨多，承『久客』。百萬傳深入，寰區望匪他。司徒下燕趙，收取舊山河。司徒，謂李光弼。前四愁所由來，後四歸到散愁，其實皆傳聞語，則愁仍不可散，聊用自解耳。『未息戈』是正筆，故後半皆不欲息戈也。錢箋：深喜厚望，亦未然之詞，益覺『傳』字之妙。修遠云：『百萬傳深入』，即『司徒下燕趙』也。『寰區望匪他』，即望『收取舊山河』也。第三聯唤起第四聯，第四聯結上第三聯，又一格法。

聞道并州鎮，尚書訓士齊。王思禮鎮太原。幾時通薊北，當日報關西。一截。一通薊北，即報關西，望之切也。戀闕丹心破，霑衣皓首啼。老魂招不得，歸路恐長迷。一截。

『聞道』二字，與上『傳』字同妙。前首厚望司徒，此首厚望尚書，俱寫在傳聞内。筆筆實，却筆筆是虚；筆筆喜，却筆筆是愁。前從思歸寫到望司徒之下燕趙，此從望尚書之通薊北，而仍收轉不歸。反覆低徊，法變而情深矣。前章先不得歸，後則望之司徒，是從愁而收到散愁。此章先望尚書，後復言不得歸，是從散愁而收到愁無可散。低徊宛轉，沁入肝脾，其屬望於諸將深矣。

雲　山

京洛雲山外，一哀。音書静不來。一哀。神交作賦客，力盡望鄉臺。一哀。『作賦客』，謂王粲登樓作望鄉賦。二句一串下。衰疾江邊臥，一哀。親朋日暮迴。一哀。白鷗原水宿，何事有餘哀？

眼在京、洛，線在『哀』字。題曰『雲山』，憶京、洛也。不怪朝廷無召己之命，只言音書不來，語便深厚。前六句皆哀詞，而於煞尾點出。然不言己哀而言鷗哀，又不正説鷗如何哀，而反怪鷗不宜哀，無限層折。蓋我去國離鄉，所宜哀者也。白鷗之鄉國，元在水中，何事亦有餘哀耶？語隱意深，渾然不露。

一室

一室他鄉遠，空林暮景懸。當句對。『遠』字，『懸』字，苦境在目。正愁聞塞笛，獨立見江船。一句三層，正愁一層，聞笛一層，聞塞笛一層；獨立一層，見船一層，見江船一層。塞笛非鄉音，而聞之，益覺其愁。江船實可歸，而但見之，益覺其獨立。巴蜀來多病，荆蠻去幾年？應同王粲宅，留井峴山前。

此欲去蜀下荆襄，同於王粲之留井也。起手全不出意，劈空下一句曰『一室他鄉遠』，室非其室，鄉非其鄉，已含下半截意，故有見船之感。此種筆路，非細體認，莫由測其奥也。

西郊

時出碧鷄坊，西郊向草堂。市橋官柳細，江路野梅香。二句西郊之景。傍架齊書帙，看題檢藥囊。二句草堂之事。無人覺來往，疎懶意何長。

『疎懶』二字，一篇之意，而著眼在『無人覺』三字。白山云：結聯即『眼邊無俗物，多病也身輕』意。出碧鷄時無人覺，由西郊向草堂，若市橋，若江路，亦無人覺；在草堂中齊書帙，檢藥囊，亦無人覺。自往自來，無限舒暢。不言少俗人應接之煩，但言得遂已疎懶之意，較前二語，更饒興味。

琴臺

茂陵多病後，尚愛卓文君。酒肆人間世，琴臺日暮雲。野花留寶靨，蔓草見羅裙。白山云：『留』屬彼，『見』屬我，二句本一意，用二字分剔兩邊。歸鳳求凰意，寥寥不復聞。

借相如慢世以起興也。本賦琴臺，而横插一酒肆，又用莊子『人間世』三字，見世間之物，一皆酒肆而已。其視琴臺一如暮雲，而所留者野花，所見者蔓草，尚復有歸鳳求凰之意哉？　闢盡世間名利場中人，猛然覺悟。此其立旨甚深，而章法甚奇，公詩之所以獨絶也。琴臺本是主，酒肆本是賓，一經道破，覺前後七句皆賓，而『酒肆』句反是主，借題發揮，是弔古者之胸襟性情，正不爲長卿出脱也。論古人詩文，當於其間處攻之。『酒肆』句，是此詩之間也。安得起少陵而一叩之，當必相視而笑矣。

漫成二首

野日荒荒白，江流泯泯清。方舟云：『荒荒白』，不甚白。『泯泯清』，不甚清。渚蒲隨地有，村徑逐門成。只作披衣慣，常從漉酒生。六句一氣。眼邊無俗物，多病也身輕。

五、六，修遠謂：上四下一句法。生，猶生活意。白山謂：生，酒家保也。將『生』字看作人，則『慣』字不可作對，顧注較是。余謂二語，大是憫時嫉俗，猶云慣作披衣行徑亦可，常從漉酒過活亦可，但不可使俗物敗人意耳。

江皋已仲春，花下復清晨。仰面貪看鳥，回頭錯應人。讀書難字過，對酒滿壺頻。近識峨嵋老，知余懶是真。前六句不相承接，亦以煞句『懶』字貫。合二作觀之，前首起聯，已寓舉世混濁之意，中二聯正與『俗』字反照，蓋深恐俗物敗人意，故只求自適耳。『多病』字妙於立言，可見俗物狠於病魔，後作姑爲自解之詞。『江皋』二句，懈日翫時。『仰面』二句，顛倒失次，其簡傲已極矣。五、六因作一轉，云平時讀書飲酒，亦復爾爾，非傲也，實懶是真也。著一『懶』字，引過於己，更將嫉俗之意，泯於無迹。詞愈緩，意愈深，乃合二章爲大開合者也。于鼎云：懶真惟余知之，却云峨嵋老知余，已爲奇絕。又云我近識得峨嵋老知余，奇之奇者也。

春夜喜雨

好雨知時節，當春乃發生。對起紀時。隨風潛入夜，潤物細無聲。單陽元謂：喜雨不驟，而助發生，妙解。唯『潛入夜』，故『細無聲』，將當春好雨性靈皆寫出。野徑雲俱黑，江船火獨明。二句寫雨夜入微，非親歷不知。曉看紅濕處，花重錦官城。紀地。漪堂云：詠夜而偏説曉，是進步法。此詠應時之雨也，句句皆帶喜意。『知時節』『知』字，即『干戈知滿地』『知』字。彼以『知』貼月，帶恨意。此以『知』貼雨，帶喜意。皆工於賦物也。『發生』而隨風『潤物』，而『紅濕』、『花重』，皆一串語，却以三聯承『入夜』句，以尾聯承『無聲』句，化其畦町，乃以三、四套裝下二聯爲章法者也。

遣意

囀枝黄鳥近，泛渚白鷗輕。一徑野花落，孤村春水生。順承一、二幽居之景。衰年催釀黍，細雨更移橙。幽居之事。漸喜交游絶，幽居不用名。前半有物各得所之樂，以興幽居之自適，而反言以結之。其輕清静細、安和雅澹之致，溢於言外，不減陶孟。

送裴五赴東川

故人亦流落，高義動乾坤。何日通燕塞，相看老蜀門。一截。東行應暫别，北望若銷魂。赴東川。五應『老蜀門』，六應『通燕塞』。凜凜悲秋意，非君誰與論？

公去國而入蜀，度裴亦謫居於蜀。起結雙關，難在發端突兀，言以『高義動乾坤』之故人，亦流落於此，則已亦何悲耶？語屬倒句，便爾驚人。『相看老蜀門』是主筆，而先下『何日通燕塞』句，亦是倒跌。公詩所以有波瀾者，皆不肯順敘故也。『悲秋』，即流落，彼己雙綰。

和裴迪登新津寺寄王侍郎 王時爲蜀牧。

何恨倚山木，吟詩秋葉黃。蟬聲集古寺，鳥影度寒塘。風物悲遊子，登臨憶侍郎。一截，寫裴恨處。『風物』句，一篇之骨。老夫貪佛日，隨意宿僧房。一截，是解其恨。『隨意』二字，與『恨』字反照。

單陽元謂：六句一氣說下。白山謂：起聯問其意，中二聯代之解。皆善矣，而終不得其主腦。吟諷久之，然後領會其主意在『風物悲遊子』一句。度裴登新津寺詩，必有望於王而自悲客況者，故開口從和詩意起，曰『何恨倚山木』而吟詩乎？答曰『秋葉黃』矣。蟬聲、鳥影，風物一一堪悲，游子登臨，那得不憶侍郎乎？此『何恨』二字直貫六句，而中復多波折。合二說而乃知其妙也。結聯以己寓草堂寺中情事解其恨。『貪佛日』，則不悲風物，『隨意宿』，則無所恨。雙關緊對，慘淡經營，而言外之意，使聞者不怒，可謂善處侍郎者矣。此真和平之音也。

江漲

江發蠻夷漲，山添雨雪流。大聲吹地轉，高浪蹴天浮。魚鱉爲人得，蛟龍不自謀。截住。輕帆好去便，吾道付滄洲。

詩文扼要爭奇，全在善用虚實，實處易寫，虚處難寫。此篇前六句皆實發江漲，結忽置身題外，虚神澹遠，通體俱靈。

晚晴

村晚驚風度，庭幽過雨霑。夕陽薰細草，江色映疏簾。白山云：以『霑』字寫『過雨』，入妙。三寫晚晴，亦工在一『薰』字。『江色映疏簾』，蒙上『夕陽』而言，與『河漢不改色』同一著想。書亂誰能帙？杯乾自可添。時聞有餘論，未怪老夫潛。陽元云：時聞外人有餘論，然亦未怪我之潛藏，亦自戲之詞也。

前黏題，後拓開，其實後半是主筆，不過借晚晴起興耳。方舟云：不怪朝列不收，却幸時人不怪，詩有謙和而悲憤愈甚者，此類是也。白山云：吾宗詩：『耕鑿安時論』，謂時議不復齒録，故以耕鑿自安。此將『時論』二字運開，謂宜仕而隱，當爲時論所怪，今聞幸不我怪，宜以潛夫終老而已。本怨爲時論所外，反若幸之之辭，詩旨甚憤，詩腸甚曲。

草堂即事

荒村建子月，獨樹老夫家。對起。雪裏江船渡，風前徑竹斜。蒙上『雪』字。寒魚依密藻，宿鷺起圓沙。白山云：『密』字、『圓』字俱工。五喻困蹙難舒。六喻羈栖不定。即景寓意，杜之金針也。蜀酒禁愁得，無錢何處賒？

上元二年，肅宗以十一月爲歲首。壬午朔，上受朝賀。公詩發端，即繫『建子月』三字，何等鄭重？而却冒以『荒村』二字，承以『獨樹老夫家』五字，一片雪澹。而所謂『即事』者，不過江船之雪、竹徑之風、寒魚之藻、宿鷺之沙，以及無錢之酒，皆其事也。事只老夫之事，而虛負建子之期，萬感千愁，皆含言外，然全不出意，只以『建子月』三字見書法。結謂酒可解愁，而賒不得，則愁終不得解。跌宕其詞，工於頓挫矣。至其屬對之精，鍊字之雅，琢句之超，又不待言也。

落日

落日在簾鉤，溪邊春事幽。芳菲緣岸圃，樵爨倚灘舟。啅雀爭枝墜，飛蟲滿院游。截住。濁醪誰造汝？一酌散千愁。

陽元云：首二句，起中四句，真所謂有聲畫也。末以酒解愁結之，灑落不羈。白山云：偶然得首一句，遂以起興。如此起法，最患結處無力。不圖七句復爾矯舉，愚謂亦是要提得筆起。前六句已漸平下，得此一提，筆力便勁。『誰造』二字，翻案尤超。

贈别何邕

生死論交地，何由見一人？悲君隨燕雀，薄宦走風塵。十字句。緜谷元通漢，沱江不向秦。五陵花滿眼，傳語故鄉春。

一、二憤世，蓄意題前，是開筆。三、四切何，是闔筆。五下一轉語，言何尉緜谷，可通漢中；已居沱江，不得歸秦。以地名分兩邊。傳語五陵之花，告以不歸之情，不語故鄉之人，而語故鄉之春，正暗應一、二憤詞。而出之以韻語，往往有極悲之言，而讀之不覺其悲者，此類是也。

贈别鄭錬赴襄陽

戎馬交馳際，柴門老病身。把君詩過日，念此别驚神。地闊峨嵋晚，天高峴首春。爲於耆舊内，試覓姓龐人。

首二句頓住，言戎馬際、老病身，大難過日。乃轉一語云幸得『把君詩過日』矣。忽又念如此别，則愈不能過日矣。四句反覆低徊，離情苦境。五、六地名點綴，一己一彼。末有偕隱襄陽之志，而引龐公避世之人，又與首句雙關。詩力之細，所謂隱隱隆隆蛛絲馬迹者也。白山云：三、四承二。五、六承三、四。首句至尾始應。尾聯又承六句而下。極爲細心。余謂四承一、二，起五、六。三則總括一、二與四而成句者也。法極奇而人不覺。

屏迹二首

用拙存吾道，幽居近物情。桑麻深雨露，燕雀半生成。村鼓時時急，漁舟箇箇輕。杖藜從白首，心迹喜雙清。

『用拙』，一篇之主；『物情』，一篇之線。中二聯言植物有桑麻之情，動物有燕雀之情，勞者有村鼓之情，逸者有漁舟之情。然未必能存吾道也，唯幽居徧閲物情，而知用拙惟能存之。是以任其杖藜白首，而心迹則已雙清矣。末二句勾挽轉去，迴抱老到。

晚起家何事？呼。無營地轉幽。應。竹光團野色，地幽。舍影漾江流。地幽。失學從兒懶，無營。長貧任婦愁。無營。百年渾得醉，無營。一月不梳頭。無營。

後半即『無營』二字。平敘四事，不承不挽，住得斬然。

奉濟驛重送嚴公四韻

遠送從此别，青山空復情。幾時杯重把？昨夜月同行。列郡謳歌惜，三朝出入榮。江村獨歸處，寂寞養殘生。

二目前，三憶後，四追昔，詩意三轉，而皆伏在『遠送從此别』五字中。送遠詩如此最爲悽楚。白山云：三、四交互句，言此時離杯在手，幾時再得杯重把？昨夜皓月當頭，幾時再得月同行？七緊承六，以嚴入朝之恩榮，與己獨歸之寂寞，兩兩相形，深悲隱痛，自在言外。

客夜

客睡何曾著，秋天不肯明。卷簾殘月影，高枕遠江聲。計拙無衣食，途窮仗友生。老妻書數紙，應悉未歸情。

國風『轉展反側』，千古不眠絶調也。此詩亦然。清宵好景，寫得老人忽起忽卧，竟夕倉皇，自言自語情狀，總是爲『秋天不肯明』一句。

客亭

秋窗猶曙色，木落更天風。日出寒山外，江流宿霧中。聖朝無棄物，老病已成翁。多少殘生事，飄零任轉蓬。

白山云：曰『猶』者，昨日爾，今日復爾也。曰『更』者，去秋然，今秋復然也。只用二虚字，而久客飄零之感自見。前半客亭之景，後半老病之情，而託詞『聖朝無棄物』，何等深厚！四句皆以反言見意。

題玄武禪師屋壁

何年顧虎頭，滿壁畫滄洲。赤日石林氣，就山言。青天江海流。就水言。錫飛常近鶴，就山言。杯渡不驚鷗。就水言。似得廬山路，真隨惠遠遊。

通體皆贊畫，難在『何年』二字發端，便有千尋不可攀之勢。三、四繪影繪聲皆見。五、六又即三、四句中，抽出一山一水之事而及高僧。故七、八言觀畫壁似得廬山路，對高僧真隨惠遠遊。孰似孰真，幾不能辨。畫固通靈，贊畫者亦通靈矣。白山謂：題有主人，詩必照顧。此却以禪師暗藏在後四句中，又是一格。

翫月呈漢中王

夜深露氣清，江月滿江城。浮客轉危坐，歸舟應獨行。『浮客』，自謂。『歸舟』，指王。關山同一照，烏鵲自多驚。欲得淮王術，風吹暈已生。點出漢中王。『暈已生』，反應『滿』字。

此漢中王在梓州，將與公别而呈之也。起聯便頓挫。對此江月，宜有好懷，而轉危坐者；以浮客當行，轉對月危坐，而王之歸舟應獨行也。著力在第三句。以一、二景語翻下，又以三綰四，一氣盤旋，此句中藏句法。三、四，一己一彼。五、六，一彼一己。五由四生下，六由三生下，則又蟬連不斷。漪堂云：結句，白山謂公冀王垂念困厄，有同月暈，能如淮王畫灰之術，庶其有濟。修遠謂公不忍與漢中王別，欲得缺月之術，不使光照我離別之懷。余兄欲從顧説，遲疑未定。後閲張容園本淮南子：『畫隨灰而月暈缺』，詩意謂深夜暈生，欲憑風吹缺此已生之暈，俾月常滿江城，關山同照也。然後恍然於『清』字、『滿』字、『照』字，皆與暈已生反映，乃知其起伏照應、鍊字鍊句，洵有神工。而一篇傷感離别之情，無枝可棲之慨，自在言外。

春日梓州登樓二首 選一

行路難如此，懸空發一語，蓄意題前。登樓望欲迷。身無却少壯，迹有但羈棲。滄柱云：此身却無少壯，浪迹但有羈棲，兩句各倒轉一字。江水流城郭，是襯筆。春風入鼓鞞。點『春』字是主筆。春風和煦宜人，而入鼓鞞，便覺栗冽可畏。雙雙新燕子，依舊已銜泥。託興語，若爲深羡燕子者然，暗繳起句。

此與次首『天畔登樓眼，隨春入故園』，皆工於發端。意沉深而語高亮，意婉曲而語直捷，非胸有物，不能作此。此即書家提得筆起之法也。

倚杖 鹽亭縣作。

看花雖郭外，倚杖即溪邊。山縣蚤休市，江橋春聚船。狎鷗輕白浪，歸雁喜青天。曰『輕』，曰『喜』，與『淒涼』反照。物色兼生意，淒涼憶去年。

于鼎云：本意雖往郭外看花，不覺即溪邊倚杖。首句已將看花撇開，以下單寫倚杖時所見，題故只有『倚杖』二字。『物色』，指縣橋、鷗、雁。『生意』，指休、聚、輕、喜。言物色當春而生意動也。休市聚船，以人之得所，反興己之羈棲。鷗輕雁喜，以物能狎能歸，反興己之久滯。故七、八總束，而有『淒涼憶去年』之感，若謂又過一年，不識歸期何日耳。章法正而實奇。

對雨

莽莽天涯雨，先出雨。江邊獨立時。對雨。不愁巴道路，恐濕漢旌旗。雪嶺防秋急，繩橋戰勝遲。西戎甥舅禮，未敢背恩私。

此章乃倒捲簾之法，主意爲西戎背恩而發，戰勝既遲，防秋甚急，恐有旗靡之亂，姑託言於雨濕。層層逆繳而上，而皆於獨立時想見之，故曰『對雨』。關鍵在第四句。一、二、三是陪筆，五、六是正筆，七、八是反筆。『防秋』曰『急』，不急也。『戰勝』曰『遲』，真遲也。具見弛兵觀望，而深虞恩私之不足恃也。未幾，吐蕃果陷松、維、保三州及雪山新築二城。『恐濕漢旌旗』一語，蓄意何等深永。

城上

草滿巴西緑，空城白日長。風吹花片片，春動水茫茫。四句就城上所見以起興。『巴西』紀地，『春』紀時。一截。八駿隨天子，羣臣從武皇。白山云：五、六二句，在遥聞之下。唐人有兩句套裝法，此又以一句套兩句。遥聞出巡狩，蚤晚徧遐荒。一截。

此指吐蕃陷長安，代宗幸陝而作。措言堂皇，命意慘澹，不必言天子蒙塵，而出狩河陽，書法自見。何等深厚！若『須爲下殿走，不可好樓居』，與『受諫無今日，臨危憶古人』，則太露矣。參看自知其妙。白山云：前半雖寫春景，自覺慘澹無色，與情事相副，真是神來之筆。

有感五首

將帥蒙恩澤，兵戈有歲年。至今勞聖主，何以報皇天？白骨新交戰，雲臺舊拓邊。乘槎消息斷，無處覓張騫。指李之芳奉使吐蕃被留事。

此責將帥也。責語皆在吞吐間，曰『蒙恩澤』，曰『有歲年』，意可知矣。三、四倒承，五、六交互句，亦倒聯，言新陷没之地，正舊功臣所拓之地，而朝筭無人，奉使不返，皆詰責之詞。蓋慨將帥之無謀，而啓吐蕃之入寇，戰和皆非策也。

幽薊餘蛇豕，乾坤尚虎狼。諸侯春不貢，使者日相望。一段正意。慎勿吞青海，無勞問越裳。大君先息戰，歸馬華山陽。一段反面。

此言諸鎮之跋扈，當剪滅也。蛇豕、虎狼，指已畔者。而諸侯擁兵觀望，天使無日休息，則近者已不能統馭矣。一篇主意在此，書法亦在此。若青海，若越裳，極南極北。錢箋所謂安有鎮節之近，不修職貢，而顧能從事遠略乎？息戰歸馬，謂不能用兵，而婉詞以譏之，意極明透。蓋反言以諷代宗之懦弱，除惡不絶，致失河北。辭若贊揚，實婉譏而深惜之也。不然，此乾坤何等時，而議息戰哉？

洛下舟車入，天中貢賦均。日聞紅粟腐，寒待翠華春。與『儉』字對照。莫取金湯固，長令宇宙新。不過行儉德，『儉德』二字，一篇之主。盜賊本王臣。陽元云：即撫我則后，虐我則讎之意。

此疑謂洛陽之可都也。錢箋主代宗用程元振之謀，將都洛陽，因郭子儀附章論奏而止。

詩正檃括汾陽大意。王道俊博議謂唐建東都本備巡幸。貢賦道均，倉粟不乏，只待翠華之臨，勿謂取金湯之固。二説不同，而王説於詩較順。按唐初雖都關中，車駕時幸洛，以就轉輸。安史之亂，始不東幸。此詩前半，言洛陽居天下之中，舟車貢賦如此，太倉之粟，陳陳相因，翠華臨幸，歲無饑寒，似望其復舊制以紓民力也。後半言不必恃關中金湯之固，只行儉德，自可宇宙長新。用『金湯』、『宇宙』二句，逼出儉德來，以見在德不在險。蓋行儉德則皆王臣，不行儉德則皆盜賊，本是一種人。所謂『寒待翠華春』以此。此三、四暗伏七、八，七、八逆應三、四也。諸注謂前半敘當時之盛，不知前半首二句，是交互語，美在其中；三、四是轉語，戒在其中。五、六又作一頓挫，然後七、八方歸正意。蓋公明於當世之務，而詩法變換又如此。

丹桂風霜急，青梧日夜彫。起二語交互句。『丹桂』、『青梧』，皆强幹也。强則風霜急，弱則日夜彫。由來强幹地，未有不臣朝。緊承一、二。受鉞親賢往，卑宫制詔遥。終依古封建，豈獨聽簫韶。

此刺時不分鎮討賊也。『强幹』二字，一篇之眼，是正説；『簫韶』是反説，諷寓於頌。

錢箋：初房琯建分鎮討賊之議。詔曰：令元子北略朔方，命諸王分守重鎮。禄山撫膺曰：吾不得天下矣。肅宗即位，惡琯貶之，用其諸子統師，然皆不出京師，遥制而已。宗藩削弱，藩鎮不臣。公蓋追歎不用琯言，失强幹弱枝之義，而有事則倉卒以親賢授鉞也。『終依古封建』，猶云終依琯議，豈至懦弱如此？言外之意，津津可想。

寇滅人還亂，兵殘將自疑。登壇名絶假，報主爾何遲。四句責武臣。領郡輒無色，之官皆有詞。二句責民牧。願聞哀痛詔，端拱問瘡痍。總收二段。

此言節鎮之權太重，而牧民之官無所施其力也。容園云：一、二以下句發明上句，言『寇滅人還亂』者，以兵殘殺而將疑猜也。如僕固懷恩以疑而叛，李光弼以疑自沮，皆是。三、四，謂諸道節度使并加實封，所謂『登壇名絶假』也，而報主何遲，則可怪歎矣。五、六，言仕者不樂外任，以武臣專有土地人民，而郡邑之長，無能效其撫字，故望哀痛之詔，問瘡痍也。曰『無色』，曰『有詞』，道盡鎮臣牽制州郡之態如畫。結尾二句，不獨要恤民牧，使盡文職，并欲斂戢方鎮，俾盡武職，而歸之於端拱之君，大振紀綱，爲五篇結穴。此公一生大抱負，爲作詩之大本領，當與小雅諸篇并傳，不可作詩人觀也。

巴西聞收京闕送班司馬入京二首 選一

羣盜至今日，提一筆起。先朝忝從臣。歎君能戀主，久客羨歸秦。黄閣常司諫，丹墀有故人。向來論社稷，爲話涕霑巾。八暗藏『今日』二字，正與首應。一起突兀，空中抽鋒。蓋言先朝忝爲從臣，今以久客不能歸秦，不能戀主，而徒歎君能戀主，能歸秦者，以『羣盜至今日』也。語意應在四句，逆提作起，含蓄無盡，與『紈袴不餓死』同一感憤。後半承『從臣』來，挽到不歸之意。『從臣』、『久客』對照，『今日』、『向來』映射。此篇純用逆提之法，一應在二、三、四之後，三應在四之後，七應在『爲話』二字之後，今俱倒提在前，使人不測其從何落筆，其奇不獨句法也。送人詩，不説送人，單説自己，只當與故人書，託司馬代柬耳。

放船

送客蒼溪縣，山寒雨不開。直愁騎馬滑，故作放船回。一見地。二善寫雨景。三、四流水句，點題。青惜峯巒過，黄知橘柚來。上一下四句法。江流大自在，坐穩興悠哉。白山云：『稍知花改岸，始驗鳥隨舟』，中流容與之景。『青惜峯巒過，黄知橘柚來』，輕舟徑渡之景。二詩皆以寫景足傳。

滕王亭子

寂寞春山路，君王不復行。古墻猶竹色，虛閣自松聲。鳥雀荒村暮，雲霞過客情。尚思歌吹入，千騎把霓旌。

詩有以對面相形而題位益顯者，如此詩之『過客』者，『君王』之對面也。『荒村』者，『春山』之對面也。『鳥雀』、『雲霞』者，『歌吹』、『霓旌』之對面也。不必言零落，而淒楚蚤已動人。『過客情』三字妙。此只道中經過而作，言此春山路，昔日君王歌吹來遊，今寂寞不復行，徒爲過客所經，一起直貫至末。三、四言初到墻邊，猶見竹色，細視之，直古墻耳。及到閣下，自聞松聲，靜聽之，一虛閣耳。松竹猶存，君王安在？二句是亭子正面。五、六以荒村過客陪襯，漠然徒見鳥雀、雲霞而已。淒涼已極，若再以衰颯語結，意興索然。今七、八用麗句，追溯盛時，翻身作結，力大思深，奇變不測。

雙燕

旅食驚雙燕，銜泥入此堂。應同避燥濕，且復過炎涼。養子風塵際，來時道路長。『來時』，春時也，緊渡『秋』字句，原當在『養子』之上，亦倒敘法。今秋天地在，吾亦離殊方。挽轉旅食。

白山云：起得『旅食』二字，以後即連人帶物，橫來竪去，總作一副説話，此詩家建瓴法也。六句翻説轉去，亦非閒筆，正爲起七、八之意爾。『吾亦離殊方』，言人見物。『鷄犬亦忘歸』，言物見人。一層語，兩層意，皆古文之法也。『天地在』三字，放言自遣之辭，若謂天地原自廣大，人何爲踼蹐自拘？殊方可寓，故土亦可歸，來去有時，吾何至不如燕哉？三字慎勿説『在天地』，一倒説，即意庸而句梗矣。詩唯起結見己，中六句皆就燕言，妙於二聯用『同』、『復』字，則與燕共此堂又一年矣，線脉極細密。

別房太尉墓

他鄉復行役，駐馬別孤墳。近淚無乾土，低空有斷雲。對棋陪謝傅，把劍覓徐君。白山云：五昔日，六今朝。各藏頭二字。唯見林花落，鶯啼送客聞。本謂別時不見送客之人，送客者唯落花啼鳥耳。亦套裝句。

唐仲言云：滴淚之多，土爲之濕；哀傷所感，雲爲之斷。白山謂：三實事，四形容，然四自然，三著力，必先有下句，後成上句耳。人只從眼中寫淚，此却從土上寫淚，使霑襟、濕衣等語一新，又出真情，非同矯飾，宜其性情與筆墨並存千古也。又云：三、四是來時痛哭，七、八是將去留連，情景無一不盡。

倦夜

竹涼侵臥内，野月滿庭隅。重露成涓滴，稀星乍有無。暗飛螢自照，水宿鳥相呼。六句實。萬事干戈裏，虚。空悲清夜徂。清夜是綫，綰前六句。

白山云：前六句，刻畫清夜之景，無字不工，末用二字點明，章法緊峭。然最妙是第七句。前實寫夜景清幽可愛，用「干戈」虚寫一語，宕開而後鎖住，覺清夜俱爲虚度，方見作者胸襟，方見作者力量。不然，前六句平平無奇也。漪堂云：此與「剩水滄江」作同一例。然鍊字最精，如「侵」字、「滿」字、「成」字、「乍」字、「暗」字、「呼」字，又各極體物之妙。

送舍弟頻赴齊州三首

岷嶺南蠻北，徐關東海西。二句，四地名，一己一彼，包南北東西，不著一傍字，句峭。此行何日到？送汝萬行啼。絶域惟高枕，清風獨杖藜。「絶域」，應一、二。「高枕」、「杖藜」，伏「衰白」，「唯」字、「獨」字，具見形影相弔之苦。時危暫相見，衰白意都迷。

一起有建瓴之勢，故三、四急承難别之情，已説不盡。後半見年老時危，骨肉分散，益難爲懷耳。

風塵暗不開，『暗不開』三字，與結句呼應。汝去幾時來？兄弟分離苦，形容老病催。二語不平對，言兄弟分離已苦，兼之老病又催，味一『催』字，喉哽聲咽矣。江通一柱觀，日落望鄉臺。五，弟所經。六，公望弟。一邊一句。客意長東北，齊州安在哉？修遠云：五字作結慘甚。黯然魂銷之際，不覺將齊州呼出，却又不知其安在。在公則自蜀而望，心意都迷；在弟則蒼茫而行，不暇致問。五字中兄弟分手，一時情緒惶惑錯亂之狀，盡爲寫出。若作别後相思之情，意便散緩。

諸姑今海畔，兩弟亦山東。去傍干戈覓，來看道路通。『傍』字，有且前且却意。『看』字，關未通既通二意。短衣防戰地，匹馬逐秋風。莫作俱流落，長瞻碣石鴻。骨肉分離，不嫌絮絮，故此首即以囑而又囑作章法。前半去覓姑弟，看道路一通，即來，是囑其來也。後半短衣匹馬，又恐其流落而不來，故惟長瞻碣石之鴻也。淮南子：遇歸鴻於碣石。碣石，在海東，正與海畔、山東相應。

過故斛斯校書莊二首 老儒艱難，時病於庸蜀，歎其殁後方授一官。

此老已云殁，鄰人嗟亦一作『未』。休。『亦』字妙，即古詩『親戚有餘哀，他人亦已歌』『亦』字。正於

『亦』字，見没者之零落，較『未』字深一層。竟無宣室召，徒有茂陵求。點出没後方授一官，借古事以寫怨。妻子寄他食，園林非昔游。空餘繐帷在，淅淅野風秋。

白山云：左傳：『民食于他。』觀五句，則知此特空莊，鄰人代爲守視而已。公與斛斯交厚，有『走覓南鄰愛酒伴』之句，又有聞斛斯六官未歸五律一首。蓋斛斯賣文爲活，得金帛即散與人，甚言素交都盡，而聽其妻子寄食於他。曰『鄰人嗟亦休』，非薄鄰人也，悲素交也。次章始痛切言之，哀音惻惻。

燕入非傍舍，鷗歸祇故池。斷橋無復板，臥柳自生枝。四句承上『園林非昔游』。遂有山陽作，多慚鮑叔知。二句承上『妻子寄他食』。素交零落盡，白首淚雙垂。

方舟云：此後章翻掉前章格。白山云：入門不見主人，似游他人池館。既而迴思燕入之舍，非旁舍也；鷗歸之池，秖故池也。但主人不在耳。再一周視，斷橋已無復板矣，臥柳則自生枝矣，主人在時，豈有此耶？步步咨嗟，處處傷感；字字寫景，字字迸淚。前半興，後半賦。因感舊之情，而抱知心之愧；傷素交之盡，而起垂老之悲。一『雙』字，將哭友之淚，與自哭之淚，攪做一團，何其情文之濃至也！

杜詩提要卷九

五言律

春日江村五首

農務村村急，春流岸岸深。乾坤萬里眼，時序百年心。眼看萬里之乾坤，心繫百年之時序，屬倒句。茅屋還堪賦，桃源自可尋。艱難昧生理，飄泊到如今。「春」、「日」、「江」、「村」，四字點明。

將辭幕府而歸江村，此其總冒也。開口説農務，便有不得濟時之感，而躬耕自給，又復不能，所謂『艱難昧生理』以此。三、四即『飄泊到如今』也。夫有萬里乾坤之眼，而繫百年時序之心者，豈堪退處茅屋，尋桃源而避世乎？然五、六是歸江村正意，故又以昧生理，繳轉農務去。抑揚頓挫，顛倒錯敍，於自怨自艾之中，寓舒和微婉之趣，其度量亦過人遠者。下三章及幕府。

羣盜哀王粲，中年召賈生。登樓初有作，前席竟爲榮。宅入先賢傳，才高處士名。異時懷二子，春日復含情。結出春日。

三百篇遺法，大率因物寄情，借人形己，而少直敘胸懷者也。春日江村前四首，言艱難飄泊，放廢江天，名玷薦賢，歸休扶病。然所以然之故，終未説明。到第五首，忽將王粲、賈生反覆詠歎，口中只憐二子，言外分明自憐。此五首總結法也。夫王粲、賈生，才高千古，有哀之者，有召之者，不可謂非遇矣。而登樓之初，已有思歸之作；前席一召，已竟一生之榮。則遇而終不遇也。身後之宅，空號『先賢』；生前之名，不過處士。我異時亦曾懷二子，猶未知其情之可悲如此也。至今春日，觸緒興懷，不覺復含無限之情如此。以二子起，以二子結，自己懷抱，終未説出。使人一唱三歎，有餘音焉。方舟云：七、八亦與『從來多古意』相同，但此明彼暗。

哭嚴僕射歸櫬

素幔隨流水，歸舟返舊京。十字句，從歸櫬直起。老親如宿昔，部曲異平生。『異』，無異也。詩經多此句法。上句言其母無恙，下句言部曲依然也。風逆一作『送』。蛟龍雨，天長驃騎營。公初贈嚴有『蛟龍得雲雨』句，今仍其語，而著一『逆』字，惜之也。『長』，長存愛之也。哀者在此，遺留者亦在此，喚起七、八。一哀三峽暮，遺後見君情。白山云：『三峽暮』，見地見時。

『一哀』字，用檀弓吾激『於一哀而出涕』語，是通章之眼。三哀在老親，四哀在部曲，五哀在君臣，六哀在天地，七、八總束。而尤哀在己與嚴之情，猶云在時尚不見君之情，遺後乃深見君之情，此放聲一大哭也。一死一生，乃見交情。至此盡將委身於嚴，知己感恩之雅，和盤托出。而世所傳武欲殺公等語，涣然冰解矣。此詩於公生平，煞有關係。

渝州候嚴六侍御不到先下峽

聞道乘驄發，沙邊待至今。『待』字，直貫下截。不知雲雨散，虚費短長吟。一截。方舟云：三、四串對中各對，又是虚實對。山帶烏蠻闊，江連白帝深。船過一柱觀，留眼共登臨。一截。

上截是渝州候侍御不到，下截是先下峽，然語語藏一『待』字，其針線正自次句生來。法律精細，隱而不露。七是牽上連下句。『烏蠻』、『白帝』、『一柱觀』，三地名也，皆下峽所經。五、六暗藏『船過』二字，而以七爲關紐，便覺離合不測。末言我船所經，留眼於峽中最勝之地，以待公眼之來，共與登臨。落想天外。唐人鍊句，非宋元以下所能及，而杜尤工巧。

禹廟

禹廟空山裏，秋風落日斜。荒庭垂橘柚，古屋畫龍蛇。近景。雲氣噓青壁，江聲走白沙。遠景。蚤知乘四載，疏鑿控三巴。一結歇後語。

首句實黏禹廟，接句虛景傳神，而荒庭古屋，已見秋風蕭瑟之狀，則又籠起三、四矣。白山云：五、六倒裝句。雖寫景，而山水險峻之意自見，故急接七、八云云。『控』，扼也。言此地扼三巴之險也。蜀中有險可據，故往往生亂。使禹蚤知如此，乘四載而疏鑿之，則三巴失控扼之勢，而盜賊無竊據之虞矣。二語若作『蚤知藏盜賊，疏鑿靖三巴』，意即了然。然此詩却入盜賊字不得，故隱約其辭，不比劍門詩極意洗發。此古體、近體之别也。方舟云：末句上藏『何不』二字，意始了然。昔日經過，意欲剷平疊嶂，是怪真宰之詞。今『疏鑿控三巴』，是怪大禹之詞。故曰杜詩奇險開天，當與三峽兩崖，萬古長留天地也。末二句，得解者少，由不知杜詩句法也。觀此豁如矣。

旅夜書懷

細草微風岸，興起。危檣獨夜舟。星垂平野闊，月湧大江流。名豈文章著，官應老病休。

飄飄何所似？天地一沙鷗。問答收，有懷莫訴，託爲自怪之詞。

興起比收。前半『旅夜』之景，後半『書懷』。然『獨夜舟』三字，直貫後半；『一沙鷗』三字，暗抱前半。不承而承，不挽而挽。

長江二首 選一

衆水會涪萬，瞿唐爭一門。朝宗人共挹，盜賊爾誰尊？『朝宗』二字，與下『歸心』二字緊對。以上三句激出第四句。孤石隱如馬，高蘿垂飲猿。二句狀瞿唐形勢之險，起下『波浪』。江中孤石，爲灧澦堆。樂府：『淫豫大如馬，瞿塘不可下。』水經注：巴東郡治白帝山城，西南臨大江。『益州刺史鮑陋鎮此，爲譙道福所圍，城裹無泉，乃南開水門，鑿石爲函道，上施木天公，直下至江中，有似猿臂相牽汲引。』歸心異波浪，何事即飛翻？因已歸心之異，而反怪波浪『何事即飛翻』，奇之又奇。

涪州，古巴國。萬州，蜀漢南浦。唐時皆屬夔州。瞿唐在夔州東一里，兩崖對峙，中貫一江，望之如門。首二句，謂衆水會於涪萬，下瞿塘而爭一門，寫江水形勢，已括盡水經無限語矣。三、四承下，言水猶知朝宗，聽人挹取，爾盜賊將誰尊而盤踞竊發乎？四句蟬連而下，若呼盜賊而告之以歸順，如水之朝宗也。水東下爲朝宗，公心急欲歸秦，有同然者。緣盜賊阻隔不得歸，故曰『歸心異波浪，何事即飛翻』。『朝宗』、『歸心』四字，針鋒緊對。奇在『盗賊』一句，硬插其間，使人滅盡針線迹耳。白山謂：衆水會於涪萬，有朝宗之勢。瞿唐阨險，徒生盗賊之心。則未審合上三句，爲激起下一句之法，而結尾對照之處，亦不分明矣。此篇惑人處，在『盗賊爾誰尊』一語。人不知公意所在，遂生别解。其實與劍門『鏟疊嶂』、禹廟『控三巴』不同。

承聞故房相公靈櫬自閬州啓殯歸葬東都有作二首

遠聞房太守，歸葬陸渾山。一德興王後，孤魂久客間。孔明多故事，安石竟崇班。崇班，是反面顯出太守法。他日嘉陵淚，仍霑楚水還。淚還身滯，大是奇語。二句串插。嘉陵，指閬州。楚水，謂夔州。言他日由嘉陵而經楚水，猶得撫棺一哭，是嘉陵淚仍於楚水霑也。『他日』字，與『遠聞』字對映。

『房太守』三字，具春秋書法，隱痛蓄恨，意在題前，易『太尉』即失立言之旨。『一德』對『孤魂』，『興王』對『久客』，意不待顯而言已明，言不煩多而意畢露，次律有知，亦應心死。詩貴含蓄，全在吞吐間見之。白山云：孔明、安石，歷身兩朝，引比房公亦切。晉世曾使陳壽定孔明故事二十四篇。此諷史臣日後書公事，當從實録。謝安薨，贈禮有異同之議。後用王獻之、徐邈言，始加安殊禮。此以一『竟』字發之，比公生前不獲申雪於肅宗之世，後雖崇班加贈，竟何益哉！

丹旐飛飛日，初傳發閬州。風塵終不解，江漢忽同流。劍動親身匣，書歸故國樓。盡哀知有處，爲客恐長休。

前首歎惜房之身後，此首則放聲大哭，乃見生死交情。三、四爲房解嘲，而客死荒州之慘，聲不忍聞。五、六寫房之清德，練一『動』字、一『歸』字，哀不可言，謂劍動而身不動，書歸而人不歸。上六句皆哭房也，七收住，八自哭，亦恐爲久客孤魂矣。情真語慘，無以復加。作詩須具胸襟性靈。無胸襟，則眼光短促，不能弔古論今；無性靈，雖詞駢句麗，於己終無關係。故凡送別、哀挽、遊山、弔古，須有己在，真詩乃出。此兩作論斷房相國處，是其胸襟；末將留滯之淚，與哭友之淚滴作一團，是其性靈。他作類然。

將曉

石城除擊柝，鐵鎖欲開關。鼓角悲荒塞，星河落曉山。巴人常小梗，蜀使動無還。垂老孤帆色，飄飄犯百蠻。

一頓，是將曉形情。一頓，是已曉景況。一頓，是推原難行之故。『犯』字奇矯。『垂老』、『孤帆』，正自楚楚可憐，乃偏去犯百蠻，自嘲自怨。口中説犯百蠻，意中是欲歸朝，含蓄不盡。起暗用『鷄鳴出關』之意。時公急欲下峽，觸景傷情，故言柝既除矣，關已開矣，孤帆便應乘此而去。乃聽鼓角而悲荒塞，見星河已落曉山，舟行覺不易何哉？蓋因巴蜀爲盜賊淵藪，人常小梗，使動無還。老年獨放孤舟，殊難爲懷，因自歎作結，言不意『垂老孤帆色』，長使『飄飄犯百蠻』也。八句中起伏頓挫，曲曲折折，大開大闔之文也。

又雪

南雪不到地，青崖霑未消。微微向日薄，脉脉去人遥。一截。冬熱鴛鴦病，峽深豺虎驕。愁邊有江水，焉得北之朝？一截。

公時羈旅南方，日日思歸北闕。雪而曰『南』，已具恨意；水欲其『北』，尤屬奇想。通首不露正意，只以『南』、『北』二字點睛，而去蜀歸朝，躍躍言外。前四句黏題，後四句脱題。前半已專詠雪，後半自應入事。妙在五、六全然不露，但寫景而已。五、六既不入事，結語自應點清。妙在七、八又寄託於水，不言自己歸朝，偏叫江水歸朝，只以『愁邊』二字，微貼自己。詩腸之曲，篇法之奇，非苦心不能作，非默會不能讀。于鼎云：『冬熱』二句，提筆而起，法從招魂篇化來，是心急歸朝不肯久留南方之意。寫景也，非比也。

子規

峽裏雲安縣，賓。江樓翼瓦齊。賓。兩邊山木合，賓。終日子規啼。主。截住。眇眇春風見，蕭蕭夜色淒。斷。客愁那聽此，故作傍人低。主。

詩文無異法，不外賓、主、斷、續四字。乃有以賓多而主少者，似乎主略而賓反詳。及至緊板入題之時，則儼然賓皆是主，而後知賓非賓也，正加倍爲主也。此篇唯『終日子規啼』五字是主，而前則有峽也，有雲安縣也，有江樓也，有瓦也，有山木也，無所謂子規也，則皆賓而已矣。及讀至『終日子規啼』句，頓覺峽裏、縣裏、江樓、樓瓦、山木，處處皆有子規聲，然後知賓之即爲主，而主之即從賓而出也。然四句既實貼子規矣，妙在著春風夜色景語，以離其羣，而後結歸本意。此之謂斷續。若無五、六，即不成章法矣。公常自謂文章『有神』，此其神也。『客愁』二字，一篇之眼，無一句不是客愁，却於末句點睛。

船下夔州郭宿雨濕不得上岸别王十二判官

依沙宿舸船，石瀨月娟娟。風起春燈亂，江鳴夜雨懸。白山云：因風起，故春燈亂。因夜雨懸，故江鳴。兩因句，又倒順句。晨鐘雲外濕，勝地石堂煙。白山云：『煙』字，點晨景，以見發舟之蚤。

俗作『偏』，一字千里。柔櫓輕鷗外，含悽覺汝賢。『汝』字，煞出王十二。『夜』字、『晨』字，是線，界限分清在此。前半追寫夜來乍雨之景，後半正寫晨興發舟之景，皆寓不得上岸別王之意。五、六言王十二所在。柔櫓已在輕鷗之外，則船行矣，點清不得上岸，故不覺喚出『汝賢』字來。詩有不必言情，而情寓景中者，此詩是也。『汝』字，屬人説，方有王十二在。白山、方舟引趙注指鷗，則好奇之過，而拋却題中所別之人，輕重失其倫矣。

上白帝城

城峻隨天壁，樓高更女墻。暗伏恃險。江流思夏后，風至憶襄王。老去聞悲角，人扶報夕陽。公孫初恃險，躍馬意何長。

主意在公孫恃險一句，其實亦不在此，言外總以巴蜀天險爲盜賊淵藪耳。因盜賊而引公孫，因公孫而引夏后、襄王。又不遽引夏后、襄王，而先言城峻樓高如此，即導江如夏，雄風如楚，亦成往事。區區公孫躍馬稱帝，意復何爲？曲曲折折，本意全然不露。知者以爲謂公孫賦耳，不知者以爲謂夏后、襄王賦耳。如此奇肆之筆，而法律極其森嚴。『老去』、『人扶』，亦具險意，乃寫題中之『上』字，正見作者登臨，傷今弔古之概。若無

五、六則『上』字可删，而詩人胸次眼光，俱描不出。此正詩律細處，未易爲人道也。『意何長』三字，吞吐得妙。不曰險不足恃，而曰『初恃險』，立言妙絶。從來萑苻僭竊，初意皆以天險可憑，事敗乃悟耳。

覽鏡呈柏中丞

渭水流關内，終南在日邊。膽銷豺虎窟，淚入犬羊天。交互句。下用轉筆。起晚堪從事，行遲更學仙。「更」、「堪」二字，亦交互成句。鏡中衰謝色，點題。萬一故人憐。

題曰『覽鏡』，起六句却全不是覽鏡，似脱題矣。不知其主意只在『衰謝』二字，純用逆筆倒捲而上，於是八句全是覽鏡。言我本關内之人，日邊之人，無端而膽銷淚入於豺虎窟、犬羊天，遂至衰謝如此，因故作一轉云：若論出仕，耐勞方可，今起晚更堪從事乎？若論學仙，神健方能，今行遲更堪學仙乎？覽鏡窺之，盡衰謝色，乃爲自決之詞曰：仕既不可，仙又不能，豺虎、犬羊，終日相對，關内、日邊，永難復見，更復誰人憐我？所賴者故人爲萬中之一耳，歸到柏中丞。此種筆力，如逆風使篷，波翻浪捲，奇險驚人，而舟子把舵在手，神色不動，得不叫絶？

歷歷

歷歷開元事，分明在眼前。冒。無端盜賊起，忽已歲時遷。一截。巫峽西江外，秦城北斗邊。爲郎從白首，貼秦城。臥病數秋天。貼巫峽。

白山云：此八首總冒。因臥病峽中，閒憶開元之事，而歎其自盜起至今，歲時已經屢易也。章法則層層倒捲。前半虛冒開元遺事，後半自述孤臣客況，微分兩截，而以『歲時』、『秋天』遥相綰合也。不以盜賊歸過於君，全妙在『無端』二字。

能畫

能畫毛延壽，投壺郭舍人。平敘起。每蒙天一笑，復似物皆春。雙承。政化平如水，皇恩斷若神。時時用抵戲，亦未雜風塵。後半頓挫。

此借古喻今，慨優賤承恩，足以妨治。五、六翻出波瀾，言假使政平如水，皇斷若神，雖復時時抵戲，無損於治。是懸想語，故作波瀾，而言外深慨政事不理，以致召亂也。時解謂後四是頌開元天子政治清明，使克善所終，則不至有天寶風塵之亂。失詩人離合之筆、頓挫之神矣。

宿昔

宿昔青門裏，『宿昔』二字，直貫至末，與能畫、鬬鷄格法不同。蓬萊仗數移。花嬌迎雜樹，龍喜出平池。落日留王母，微風倚少兒。宮中行樂秘，少有外人知。

此追昔興慶池之遊，太真諸姨之從幸也。微帶諷刺，故中四句全用比體，詞意極微而婉。曰『秘』、曰『少人知』，反言見意，吞吐入神。

鬬鷄

鬬鷄初賜錦，舞馬既登牀。平敘。簾下宮人出，承鬬鷄。樓前御曲長。承舞馬。仙遊終一閟，女樂久無香。寂寞驪山道，清秋草木黄。

前敘華清之盛，後感驪山之衰。白山云：五句，是通盤一大關節。蓋不以荒宴直接播遷，徑及駕崩之感，則有傷痛而無刺譏，是温柔敦厚之遺教也。

驪山

驪山絶望幸，花萼罷登臨。地下無朝燭，人間有賜金。鼎湖龍去遠，銀海雁飛深。萬歲蓬萊日，長懸舊羽林。

此詳言晏駕之事，一結尤極淒楚。『羽林』上應星文，故與『日』字相貼。萬歲不在蓬萊，所長懸者惟日耳。天子當陽，如日當空，今所照臨者，惟守陵衛士而已。語不哀激，實含至痛。

洞房

洞房環珮冷，玉殿起秋風。秦地應新月，龍池滿舊宮。汪子玉云：『滿』字，指月言。方舟云：言秦地應多新月。『滿龍池』，並滿舊宮也，名曰上下相關字。繫舟今夜遠，清漏往時同。著『繫舟』二字，點出萬里孤臣。清漏，即更鼓也。言今夜繫舟，已與長安隔遠；今夜清漏，不與往時相同。亦套裝句。萬里黄山北，園陵白露中。『白露』應『秋風』。

此承上章晏駕，而及園陵也。『洞房』、『玉殿』，追想之詞。一、二正面説淒凉，三、四側面説淒凉，既『應』字、『滿』字，便見故宮環珮，盡已淪亡，只餘得月與池水在耳。五、六自傷已在峽中，不聞舊君謦欬，但以『繫舟』兩字，括盡萬里孤臣心事。七、八點出園陵，喚醒洞房。通首靈動。

洛　陽

洛陽昔陷没，胡馬犯潼關。天子初愁思，都人慘别顔。清笳去宫闕，翠蓋出關山。故老仍流涕，龍髯幸再攀。

白山云：此章始更端陳及播遷之事，與荒宴話分兩頭，正公慘澹經營處。漪堂云：前四句敘幸蜀之事，後四句寫還京之情。『清笳去』，言賊退；『翠蓋出』，言駕還。『都人』、『故老』暗相呼應，見明皇雖遭播遷，而民心猶繫屬也。

提　封

提封漢天下，萬國尚同心。借問懸軍守，何如儉德臨？時徵俊乂入，莫慮犬羊侵。願戒兵猶火，恩加四海深。

此總結也。『提封漢天下』五字，最爲鄭重，下面許多規畫，皆藏此句内。三、四謂在德不在險。五、六用賢人以息外患，而終之弗戢自焚之戒，以加四海之恩。一片老成經國，訏謨忠藎之意，不惜丁寧告誡，其所以籌策者深矣。前七首，皆寫故宫禾黍，滿目淒凉。故此作極力挽回，頌禱之中，隱藏規諫。此真三百篇之遺響也。豈吟風弄月之徒，標新字句，可得而托耶？

此八首，猶七言之秋興八首也。單本以洞庭、宿昔、能畫、鬭鷄、歷歷、洛陽、驪山、提封爲次，諸本因之。錢箋又夾入鸚鵡一首，尤失考。白山謂：前人編次無序，以意正之，覺脉絡相承，詞旨一貫。今從之。

贈高式顔

昔别是何處？相逢皆老夫。起調高絶。故人還寂寞，削迹共艱虞。一截贈高。自失論文友，空知賣酒壚。二句想高適也。平生飛動意，見爾不能無。挽至本題。

吾宗 衛倉曹崇簡。

吾宗老孫子，質樸古人風。耕鑿安時論，衣冠與世同。安時論，與世同，與古人反對。在家常早起，憂國願年豐。語及君臣際，經書滿腹中。經書滿腹，正映古人。

白山云：次句一篇之骨，以下並申此意。結云『詩書滿腹』〔一〕，正見其言動必遵古人耳。趙注謂：先著此句，包中二聯。結處謂其通經術，知君臣大義，則又不但質樸而已。此説大誤。觀此人言動，乃一不合時宜者，故時俗以質樸目之，在杜公則深歎其有古人之風。語及時事，動引詩書，以古君臣爲律，則其於君臣可知矣。如此人自非朱紫行中物，故時論不復齒及之。彼亦耕鑿自安，不求榮進，此其所以爲古人也。五、六隨舉二事以見意，而用『衣冠與世同』句概之，言其但服今人之衣冠而已，其餘起居言動，皆不與世同，宜乎時人目之以質樸。而公則曰：此古人也，吾嘗與語及君臣之際矣，彼不知所答，但稱引詩書中聖主賢臣以對，則其謂之質樸也亦宜。此詩妙在四句，深在結句。四句包括許多，所以妙；結處渾涵不露，所以深。此真以古詩爲律者。

第五弟豐獨在江左近三四載寂無消息覓使寄此二首

亂後嗟吾在，羈棲見汝難。草黄騏驥病，沙晚鶺鴒寒。應一、二，興也。楚設關城險，吳吞水府寬。十年朝夕淚，衣袖不曾乾。

首二句互裝，言亂後汝嗟吾在，羈棲吾見汝難，寫出兩地相思、骨肉纏綿之狀。若直説作自嗟吾在、見弟之難，只説得一邊，語意便淺。草黄、沙晚，亦屬分裝，只當作一『秋』字讀耳。關城險，水府寬，自有吳楚以來，便如此，今隔絶無消息，若特地爲我二人而設，怪得無賴。曰『險』，見己不得去；曰『寬』，見弟無處求。

聞汝依山寺，杭州定越州。雙關句，言未定是杭州是越州也。風塵淹別日，江漢失清秋。影著啼猿樹，魂飄結蜃樓。明年下春水，東盡白雲求。『春』、『秋』二字，遥遥關鎖。

漪堂云：一、二莫定其地，摹寫『寂無消息』四字。三、四言久别，五、六言懷思。『啼猿樹』，指峽中；『結蜃樓』，謂江左。一邊一句。身有所繫，故曰『影著』；心無所主，故曰『魂飄』。總是無消息也。七、八於無定之處，必欲求其定在何方。曰杭越，猶限方隅；曰『東盡』，則偏求江左矣。『盡』字，正應『定』字。『白雲』二字，硬裝尤妙。不曰『東盡江左』，而曰『東盡白雲』，見白雲縹緲無定，正欲於地盡處求之也。情真意遠，線藏法密，俱人夢想不到。詩至此，豈易言乎？

悶

瘴癘浮三蜀，風雲暗百蠻。卷簾惟白水，隱几亦青山。猿捷長難見，鷗輕故不還。無錢從滯客，有鏡巧催顔。

悲滯客也。八句全對，蟬聯而下。首聯悶在風土，爲滯客安脚。次聯白水青山，本可遣悶，而在瘴癘風雲之地，卷簾隱几，無非此物，覺山水亦可憎，隱承一、二也，則已暗伏七、八矣。五、六想像之詞，故作開筆。言至捷者猿，山宜有之而長難見；至輕者鷗，水宜有之而故不還。曰『捷』曰『輕』，反形『滯』字，是欲遣悶。曰『長難見』，曰『故不還』，正寫『滯』字，是悶無可遣。故七、八緊接『滯客』二字，通章之意俱醒。客久滯，則顏自摧，於鏡何與？今不曰『摧顏』，而曰『巧催顏』，怪得極無聊。錢宜有而偏無，鏡宜無而偏有。無錢任從滯客，易遣；有鏡偏巧催顏，難遣。二句法又相因，總寫得滯客七顛八倒，方完得題中一『悶』字。句中藏句，意外藏意，極工整，極跌宕，此杜律之神髓也。

猿

裊裊啼虛壁，蕭蕭挂冷枝。艱難人不免，隱見爾如知。白山云：三、四交互句，言艱難不獨爾不免，人亦不免；隱見不獨人所知，爾亦如知。曰『如』者，未盡許之詞。慣習元從衆，全生或用奇。前林騰每及，父子莫相離。末二句，作戒詞。白山云：七即用奇，八即全生也。猿之超騰，每傳枝而過，其子或不相及，故戒之。

通首詠猿。說物見人，是正筆。三句忽開一步，說人見物，是奇筆。正筆是主，奇筆是賓。究竟詠猿，不專爲猿，主固是賓也。詠猿帶說人，意原屬人，賓固是主也。賓主奇正，不獨文爲然，詩亦然。此詩全妙在第三句，非老手不能下。白山謂：通篇皆以人事字，用之於物，極迂極趣，又儼然待物如人矣。此賓主合而爲一者也。

白小

白小羣分命，天然二寸魚。細微霑水族，風俗當園蔬。入肆銀花亂，傾箱雪片虛。生成猶拾卵，盡取義何如？

白山云：三、四形容其「小」，五、六形容其「白」。「虛」猶「輕」也。「義」、「命」二字，首尾對照。「羣分命」，何等鄭重？「當園蔬」，何等輕微？題有正面說不透者，須用反攻旁擊。「風俗當園蔬」，即反擊也。「入肆」、「傾箱」，頂風俗來，已含盡取意。七、八故作詰問語，頓挫以挽「羣分命」三字。「義」、「命」字入詩易腐，看其用得超秀如此。

麂

永與清溪別，蒙將玉饌俱。無才逐仙隱，不敢恨庖廚。亂世輕全物，微聲及禍樞。衣冠兼盜賊，饕餮用斯須。八句全對。

白山云：通首皆代麂陳詞。前四起伏頓挫，已極摇曳，五、六故宕開，然後收轉，所謂放寬一步，而筆力愈緊者也。極小題目，每每發出絕大議論。試問古來嬰禍之士，有一不自微聲而得者乎？可以興，可以觀矣。此物頗難入詠。看其前半寫得如許風致，妙在以

『清溪』字陪對『玉饌』，以『仙隱』字陪對『庖廚』，遂覺煙火之氣淨盡。後半語不離詠物，意全不是詠物，此之謂大手筆。至其遣調又甚靈動，前代麅自謙，結忽大聲罵世，何其前恭而後倨耶？讀之失笑。

鸚鵡

鸚鵡含愁思，聰明憶別離。翠衿渾短盡，紅嘴漫多知。二句頂『聰明』。未有開籠日，空殘舊宿枝。二句頂『別離』。世人憐復損，何用羽毛奇？

虛冒二句。

一、二分裝句。鸚鵡本聰明之鳥，今憶別離，故含愁思。唯其聰明，故束縛籠中，至於翠衿短盡，問其由來，實紅嘴多知之害。然三由於四，非平列句。三、四只完得『聰明』二字，留『別離』意爲五、六地步。章法斷續離奇。白山謂：六虛拖一筆，更饒餘味。公詩『秋草偏山長』，亦此法。結言憐而愛之，實損而傷之，羽毛之奇，曾何用哉？又以『羽毛奇』字，挽上『聰明』。章法迴環反覆，殆才人失路自傷之作歟！聰明、翠衿、丹嘴、雕籠，皆明用正平賦中語。『舊宿枝』，暗用『思鄧林之扶疎』意。七、八暗用『顧六翮之殘毀，雖奮迅其焉如』意。或明用，或暗用，少陵之善引古事如此。

鷄

紀德名標五，初鳴度必三。殊方聽有異，失次曉無慚。問俗人情似，充庖爾輩堪。氣交亭育際，巫峽漏司南。巫峽，紀地。司南，猶司晨也。方舟云：月令：季冬之月，雉雊鷄乳。亭育際，鷄乳之際也。言但聽司南漏刻，不用此鷄。故曰縮脉藏鋒，故曰沉鬱頓挫。

白山云：此以峽鷄之失次，喻臣之失職也。一、二道其常。三、四紀其變，謂當鳴不鳴也。『曉無慚』，謂不自以失德爲慚也。後半謂其鳴有異，初謂方俗或有不同，及問之本俗，亦以失次則殺。人情相似，雖亭育氣交，宜順生成之令，然物之失職者，必殺無赦，況司南有漏，惡用是喈喈者爲哉？七見時在冬春之交，八見地與『殊方』相應。寫至六句，意已盡矣，何圖復有此結？又云：『曉無慚』，寫出當時壞事之輩，偃然在位不自愧恥情形，一語道盡。一、二莊重是正筆，七、八頓跌是奇筆，中四句俯仰開闔，排偶之痕俱化矣。此詩自陽元、須溪以來，無有得其解者。白山能闢千古未白之疑。『匡說詩，解人頤』，信哉！

校記

〔一〕黄生杜詩説録吾宗此句作『詩書滿腹中』。正文作『經書滿腹中』。

杜詩提要卷十

五言律

朝

清旭楚宮南，霜空萬嶺含。一截。寫景超絶。野人時獨往，雲木曉相參。俊鶻無聲過，饑烏下食貪。一截。病身終不動，搖落任江潭。『動』字，一篇眼目。

此秋曉覩霜旭起興，而悲病身之不動也。以清朝百物流動，反形身之不動，召客陪主，渾然無迹。三人動，四雲動，五高者亦動，六卑者亦動。曩見江潭搖落，猶望身動還家；今終不動，亦任之而已。較尋常驚秋羈旅之悲，又進一解。前六句，極力形容朝景。曰『獨往』，見市囂尚静；曰『相參』，見宿靄將收；曰『無聲過』，見霜曉寒寂；曰『下食貪』，見乘朝謀食。各得物情。末二句，方出本意。

西閣夜

恍惚寒山暮，逶迤白霧昏。山虛風落石，樓静月侵門。四句閣夜之景。擊柝可憐子，無衣何處村？二句閣夜之情，本是『擊柝之村何處，無衣之子可憐』。白山所謂博换句法。時危關百慮，盜賊爾猶存。七、八承擊柝之子可憐，故呼盜賊之名而詰之曰『盜賊』，又曰『爾猶存』，深悲隱恨，聲口宛然。

白山云：夕陽漸隱，故曰『恍惚』；白霧横拖，故曰『逶迤』。人言畫是無聲詩，此景恐畫亦難繪，惟詩能傳之耳。前六句皆黏『閣夜』，後二句推開，乃見詩人胸次。

中宵

西閣百尋餘，中宵步綺疏。一『步』字直貫至末。飛星過水白，落月動沙虛。『過』字『動』字，是句中眼。『白』字『虛』字，亦是句中眼。鍊此四字，寫景入微。擇木知幽鳥，潛波想巨魚。親朋滿天地，兵甲少來書。『兵甲』二字，一篇之骨。

白山云：五、六即『水深魚極樂，林茂鳥知歸』意，係夜景，故以『知』字、『想』字鉤畫之，言外以物之得所，反形人之不得所。七、八亦博换法，言兵甲滿天地，親朋少來書也。此中宵不寐，感兵甲之不休，起而獨步，因以所見之星月言之，以所知所想者言之。至末乃大聲疾呼，發出『步』時所感之意，只爲兵甲多而親朋隔也。一篇結構，藏其線於『步』字之中，倒其緒於『兵甲』、『親朋』之上。此之謂沈深，此之謂含蓄。思親朋，即思故園也。白山謂慨交遊之不得力，淺看末二句矣。

不離西閣二首

江柳非時發，江花冷色頻。地偏應有瘴，臘近已含春。失學從愚子，無家任老身。不知西閣意，肯别定留人。

前四，寫西閣不可不離。復四，寫不可即離。而忽作問西閣之詞，言西閣肯令人别乎？抑定留人乎？西閣於人何意？乃己不能作主，肯别肯留，一聽西閣。寫盡窮途景況，滿紙淚痕。

西閣從人别，人今亦故亭。江雲飄素練，石壁斷空青。上三下二句法。滄海先迎日，銀河倒列星。平生耽勝事，吁駭始初經。勝事，結中二聯。

前結尚在疑詞，此起忽作决詞，言閣已不留人矣，但人自故亭耳。『故』字妙，寫出一段窮途無賴氣色。『亭』同『亭午』之『亭』，作『停』用。中二聯忽變出如許佳景，以疏出不離之故。踟躕顧盼，借景舒懷，正所謂『人今亦故亭』也。首章望閣留人，次章人不離閣，反覆回互，故曰『不離西閣』。此以兩篇問答爲章法者也。

灧澦堆

巨石水中央，江寒出水長。堆在蜀江中心，瞿唐峽口。方舟云：『出水長』，水落也。沈牛答雲雨，如馬戒舟航。天意存傾覆，神功接混茫。干戈連解纜，行止憶垂堂。對收。

『如馬』句，承上一、二。『沈牛』句，起下五、六。章法之變者。祭法：山川能出雲雨謂之神。『神功』，即天意。沈牛以祭，所以答之也。巨石出水，所謂『灧澦如馬，瞿唐莫下』者，故舟航宜戒也。六句滚作一團，方寫出天險非人力所及，何等力量！末句『垂堂』之憶以此，却不直接，而偏增出『干戈』一件，則又天險時事，兩無所處，具見行止不得自由。如此結構，亦可稱『神功接混茫』矣。

瞿塘懷古

西南萬壑注，勍敵兩崖開。對起，寫盡瞿塘天險。地與山根裂，江從月窟來。『裂』字由『開』字生下，『來』字由『注』字生下，而峽路之隘，峽水之高，俱見。削成當白帝，空曲隱陽臺。五申言崖壁之峭，六申言崖水之深。疏鑿功雖美，陶鈞力大哉！

張容園云：瞿塘懷古，懷瞿塘之古迹也。白帝、陽臺、禹功，皆瞿塘後起之迹，而其最先，則自陶鈞始。以見此峽之爲天造地設也。前言『控三巴』，猶帶恨詞，言『罪真宰』，猶有激詞。至此親歷兩崖，然後知陶鈞之力，有非禹所能爲功者。平心靜氣，詠歎悠揚，此爲神來之筆。五、七律章法，較古詩隘而且密。而句法尤在鑄字，如此詩『注』字、『開』字、『裂』字、『來』字、『當』字、『隱』字，皆百鍊精金。

瞿塘兩崖

三峽傳何處？雙崖壯此門。入天猶石色，穿水忽雲根。一截，實景。猱玃鬚髯古，蛟龍窟宅尊。曰『古』，見盤踞日久意。曰『尊』，有夜郎自大意。羲和冬馭近，愁畏日車翻。一截，虛形。字法奇妙。

起手虛喝一句。次實貼兩崖。三狀兩崖之高，石與天同一色也。四狀兩崖之險，水與石相騰激也，所謂『雙崖壯此門』者以此。五、六則因山高水險，而寓竊據之有人。七、八又因竊據者多，而傷控馭之無術。一層申出一層，出人意表。前半實狀兩崖，詩人不難爲此險語。後半虛狀兩崖，詩人不能有此胸襟也。虛實實虛，詩其神乎？

江月

江月光於水，高樓思殺人。天邊長作客，老去一霑巾。三、四應次句，『作客』是主腦。玉露團清影，銀河没半輪。二句實寫一『光』字，而『思殺人』之意，自在言外。容園云：『團』屬玉露，『没』屬銀河，言露結而光影益清，河没而半輪尚明也。誰家挑錦字，滅燭翠眉嚬。『滅燭』爲月光也，暗綰一、二。起調極高，乃逼得結處極緊。容園云：因久客對月思家，却不說自己思家，而曰『高樓思殺人』，又曰『誰家翠眉嚬』，並將自己家人亦撇在一邊，而思更苦，意更深，法亦更靈。此公之獨有其妙也。五、六言月之明，以起七、八思婦滅燭嚬眉之意，所謂『高樓思殺人』也。上明作客爲主，而結故不說自己，偏說『誰家』，此借客形主法，層次轉多，意思轉濃。

熟食日示宗文宗武

消渴遊江漢，羈棲尚甲兵。幾年逢熟食，萬里逼清明。松柏邙山路，風花白帝城。紀地。汝曹催我老，回首淚縱横。

逢寒食而思先塋，已字字是淚。更說到『汝曹催我老』，正恐後之視今，亦猶今之視昔也。低徊綿至，令人不忍多讀。

又示兩兒

令節成吾老，他時見汝心。浮生看物變，爲恨與年深。長葛書難得，江州涕不禁。長葛、江州，弟妹所在。團圓思弟妹，行坐白頭吟。

此承前首爲章法者。前首『汝曹催我老』，緊逼入來；此首『令節成吾老』，又推出去。皆骨肉至情語，故爲跌宕如此。

暮春題瀼西新賃草屋五首 選一

綵雲陰復白，錦樹曉來青。以時物變遷起興。身世雙蓬鬢，乾坤一草亭。哀歌時自短，醉舞爲誰醒？細雨荷鋤立，江猿吟翠屏。『翠屏』與『綵雲』、『錦樹』遥相映發。

時人謂此詩首尾實而中間虚，然却是首尾興而中間賦也。一結悠然，昔賢謂情景適會，與造物同其妙，信然。白山云：『陰復白』，雨無時也；『曉來青』，花已落也；『雙蓬鬢』，老無成也；『一草亭』，窮已極也；『時自短』，不成曲也；『爲誰醒』，無可語也；『荷鋤立』，傷隻影也；『江猿吟』，助霑裳也。又云：『江猿吟翠屏』，即『白鷗元水宿，何事有餘哀』意，而含蓄較深永。

喜觀即到復題短篇二首

巫峽千山暗，悲。終南萬里春。喜。病中吾見弟，悲。書到汝爲人。喜。意答兒童問，喜。來經戰伐新。悲。泊船悲喜後，雙綰。款款話歸秦。『泊船』，應巫峽。『歸秦』，應終南。

前有得觀舍弟書一作，此相承而下。前六句，得觀書，作一截。七、八觀到，又作一截。『悲喜』二字，一篇之線。出峽歸秦，固公本懷。著『千山』、『萬里』字，便有『消息苦難真』之感，是書未到情形。『病中吾見弟』，正是書問杳然，深恐不能見弟，悲從中來，及從盼望不可解之時，忽然書到，不勝狂喜，方知其起三句，全爲『書到汝爲人』一語著力。五則以書中之意答兒童，貼喜一邊。六亦書中之言，謂冒險而來，戰伐方新，貼悲一邊，即答兒童之語也。七方説觀到。八以『歸秦』二字，繳轉一、二，將歸故鄉之概，與兄弟之情，攬作一團，極真極樸，極深極細。『書到汝爲人』，與『妻孥怪我在』同一苦語，然彼是直敘妻孥意，此是向弟追述悲喜情況，更深永。

待爾嗔烏鵲，拋書示鶺鴒。『待』字一篇之眼。枝間喜不去，原上急曾經。江閣嫌津柳，風帆數驛亭。又設二難，妙。六句用四事作比興，是一截。五順句，六倒句。應論十年事，愁絶始惺惺。

二句正賦弟到，是一截。

上六，亦是未到之語。七、八，亦是已到之語。然前章賦體，此用比興。前明寫悲喜，此暗寫悲喜，用意不同。開口著一『待』字，全篇皆寫『待』字之神。嗔烏鵲，待不至而嗔之也；抛書，待不至而棄之也。直是無可告訴，尋鶺鴒而示以書，是待人無聊之極思，貼悲一邊。三、四承一、二，寬一步説。曰『喜不去』『急曾經』，謂終久可待也，貼喜一邊。五、六又緊一步説。待不至而登江閣，偏不見弟而見津柳，遮我望眼，翻覺可嫌。既又待之於驛亭，所見風帆，偏非弟之風帆，著一『數』字，模擬望人光景，形神逼現。貼悲一邊。七是待觀已到，悲喜俱有。八『愁絶』是悲，『始惺惺』是喜，二語收轉，字字皆從性靈中流出，不假一毫色澤也。

夜　雨

小雨夜復密，迴風吹畨秋。野凉侵閉户，江滿帶維舟。白山云：『春星帶草堂』，形星之密。『江滿帶維舟』，形舟之孤。皆工在『帶』字。通籍恨多病，爲郎忝薄遊。白山云：六指以京秩佐幕之事，謂朝廷原非棄己，己何事浪遊不歸？天寒出巫峽，巫峽，紀地。『天寒』，應『畨秋』。醉别仲宣樓。

開口一句先將題寫盡。次句紀時，只補完題意耳。下六句，皆於虚處寫情，不沾夜雨，却句句是夜雨之神。詩有正寫不出，須用反擊始透者。秋水時至，百川灌河，行人宜及時行矣。乃野涼而户始閉，江滿而舟且維，反擊出峽之無從也。時解只賞『侵』字、『帶』字，不知苦景真情，全在『閉』字、『維』字。五托多病，六托浪遊，反擊朝廷非棄己也。七以『天寒』挽一、二，出峽挽三、四，是預期之詞。未出巫峽，便思别荆楚，似謂去之之速，其實反擊出之之難也。

更題

只應踏初雪，騎馬發荆州。直怕巫山雨，真傷白帝秋。一截。羣公蒼玉佩，天子翠雲裘。同舍晨趨侍，一截。胡爲淹此留？一句挽住。此，指荆州也。硬插『此』字有力，而句法亦健。

此承上章『天寒出巫峽』之意而申言之也，亦預期之詞。白山云：前半兩聯倒敘，言我思天寒出峽，豈直因風物堪悲，欲離此地而已哉？只應騎馬踏初雪，并發荆州耳。後半承『發荆州』，便欲歸朝，與同舍共覲至尊，不分獨淹留此地也。一腔寥落之感，而裝點濃艷如此。可悟古文對照之法。方舟云：『羣公』、『天子』、『同舍』，一連三排，與李白『越王句踐破吴歸，義士還朝盡錦衣。宫女如花滿春殿』一絶相似，律詩得未曾有。

暝

日下四山陰，山庭嵐氣侵。修遠云：『山庭』二字貫通首。下四句，皆庭前所有之物也。杜老把握，每在第二句。牛羊歸徑險，鳥雀聚林深。正枕當星劍，收書動玉琴。半扉開燭影，欲掩見清砧。于鼎云：『欲』字，少陵慣作『未』字用。『半扉開燭影』，因未掩而見清砧。分裝句。此直就暝色而賦之也。于鼎云：首二句，寫將暝；末二句，寫既暝；中二聯，寫暝正面，却不直寫。三、四即物形暝，是遥想虚詞。五、六即已形暝，是親歷實際。頃刻間寫來如許次第，如許曲折。白山云：公筆能鉅能細，鉅則函蓋乾坤，細乃析分絲理。觀此瑣屑敘事，開晚唐人心胸，却不是晚唐人蹊徑。

雨四首 選二

微雨不滑道，斷雲疎復行。紫崖奔處黑，白鳥去邊明。『微雨』二字，是眼，直貫至末。二、三、四皆承『雲』説，曰『奔』曰『去』，分寫雲行。方舟云：紫崖奔處是黑底，白鳥去邊是明底。秋日新霑影，寒江舊落聲。二句摹寫微雨入化。柴扉臨野碓，半濕擣香杭。上六句寫景，二句即事結。白山云：自起句外，止『霑』、『濕』字著雨，其餘俱是襯説。此避實擊虚法也。又云：

雪詩中偏寫月，雨詩中偏寫日，皆以反攻逆擊見奇，筆端不可方物。

楚雨石苔滋，句斷，『楚雨』見地。京華消息遲。接句奇。山寒青兕叫，江晚白鷗饑。神女花鈿落，鮫人織杼悲。四句暗承一。繁憂不自整，終日灑如絲。二句暗承二。

雨雖微，而已久，則石苔滋，故通章俱怨雨之詞。妙在起一句即斷，而接『京華消息遲』，大是不測。方舟謂：寫景不測者，『秋風落日斜』是也；用意不測者，『京華消息遲』是也。意景雖殊而法不殊，悟此知次句之有開法，筆路縱横跌宕矣。中二聯皆比體，見久雨之繁憂。『繁』字正與『如絲』字對照。

反照

反照開巫峽，紀地。寒空半有無。中二聯分承。已低魚復暗，無。不盡白鹽孤。有。荻岸如秋水，無。松門似畫圖。有。牛羊識童僕，既夕應傳呼。收合一篇之意。

杜公有以一字爲一篇之領要者，『胡馬大宛名』是也。有以一句爲一篇之領要者，『寒空半有無』是也。『半有無』分承，『寒空』雙綰，不可不明此格。

向夕

畎畝孤城外，江村亂水中。深山催短景，喬木易高風。六句皆寫向夕之景。白山云：「近」，近人。「同」，同人。即麋鹿共爲羣意。亦上四下一句法。琴書散明燭，長夜始堪終。二句寫既夕之事。「散」字妙。修遠云：有破除磈磊、消磨岑寂二意。

此詩全不出意，姑即景以寫意也。於「孤」字、「亂」字、「催」字、「易」字中，見地之荒寂；於「近」字、「同」字中，見人之寥落。羈人對此景，那堪終夜乎？幸有琴書，可散懷抱，始能終夕耳。一結以敘事挽轉全章，通身是力。句句練字，唯練始通神。

秋峽

江濤萬古峽，突兀。肺氣久衰翁。不寐防巴虎，全生狎楚童。衣裳垂素髮，門巷落丹楓。常怪商山老，兼存翊贊功。

對起，不倫不類，一似峽勢欲與衰翁作敵。防虎狎童，甚言其衰也。結尾無端怪及四皓，乃以翻案寫其懷抱。語雖拓開，而收束衰翁更緊。蓋「久衰翁」三字，是一篇主腦。

聞惠二過東溪特一送

惠子白駒瘦，歸溪唯病身。皇天無老眼，空谷滯斯人。一截。崖蜜松花白，山杯竹葉新。一作春。柴門了生事，黄綺未稱臣。一截。

白山云：前惜其不遇，後美其高尚，結構緊密，老到之中，不乏風韻。又云：一『瘦』字，已見罄身而歸，既窮且病，五字思之翻可笑。漪堂云：前半用白駒『空谷』詩意，而硬插『皇天無老眼』一句，歸咎時賢，婉而憤。後半以崖蜜、山杯爲生事，而拖『黄綺未稱臣』一句，高擡身分，潤而風。

日暮

牛羊下來久，客已閉柴門。風月自清夜，江山非故園。石泉流暗壁，草露滴秋根。頭白燈明裏，何須花燼繁？

漪堂云：思故園，本意也。故篇中以第四句作主，前後七句，精神皆注於此。牛羊非故園，物與我不相涉；柴門非故園，人與我不相涉；風月江山非故園，時地與我不相涉。五、六又承三、四而申之，石泉草露非故園，聽其流，聽其滴，更與我不相涉也。只此燈花，偏若與我有情，怨得極無聊賴。蓋俗以燈花占驗，今頭白無歸日，何用此虚兆耶？乃極力寫『非故園』三字。一結翻轉全首，愈澹愈遠，愈淺愈深。前後若無承挽，而按其針線，則極細密也。

季秋蘇五弟纓江樓夜宴崔十三評事韋少府姪三首 選一

峽險江驚急，樓高月迥明。一時今夕會，萬里故鄉情。暗照七、八。星落黄姑渚，秋辭白帝城。五、六，紀地，却與星、秋有自然關合之巧。老人因酒病，堅坐看君傾。

白山云：一、二寫江樓，五、六寫季秋，三、四渾敘賓主，七、八專敘自己。作客遇鄉人情事，千載如見。又云：『漫看年少樂，忍淚已霑衣』，令人刻不可耐；『老人因酒病，堅坐看君傾』，令人戀不忍捨。『匡説詩，解人頤』，予於杜公亦云。

耳　聾

生年鶡冠子，陪。隱士鶡冠，取勇退意。歎世鹿皮翁。歎世，一篇之主。眼復幾時暗，陪。耳從前月聾。主。猿鳴秋淚缺，雀噪晚愁空。黄落驚山樹，呼兒問朔風。四句正寫耳聾。

通首俱是歎世，而借耳聾以發之。前三句未出題，而横插『眼暗』一句，意謂眼復再暗，則不但於世無聞，且無見矣。其語甚憤。既又復作欣幸之詞，謂猿鳴宜淚，雀噪必愁，今因耳聾，而淚缺，而愁空矣，實寫耳聾正面。結以遊戲出之，描寫出有見無聞之狀，并『眼暗』句亦關照如畫。八句詩，前後幾番層折，幾番頓挫，絶似一篇大文章，不得以小題目限之也。

夜二首

白夜月休弦，燈花半委眠。二句寫夜之景，『眠』字、『起』字對照。號山無定鹿，落樹有驚蟬。比也，即物見人。曰『無定』、曰『驚』，不得其所也。暫憶江東鱠，兼懷雪下船。四句寫夜之情。蠻歌犯星起，重覺在天邊。二、七兩句是關鎖，本因夜而眠，眠而不得安枕，故又見星而起也。中二聯，言鹿之無定，蟬之有驚，因而思江東之鱠、雪下之船，直是竟夜不眠景狀。及聽蠻歌，犯星而起，乃覺仍滯天邊也。不説己不眠而起，説蠻歌起，蓄恨在此。然究竟非『蠻歌犯星起』也，乃公聞蠻歌而犯星起。挽轉『眠』字，何等氣力！錬一『犯』字，有不應起而起之意。

城郭悲笳暮，村墟過翼稀。甲兵年數久，賦斂夜深歸。暗樹依巖落，明河繞塞微。斗斜人更望，月細鵲休飛。八句全對。

上截，城郭、村墟、甲兵、賦斂，立論甚大，下截忽作景語，全不出意，若兩兩開説。不知詩之妙處，全在若離若合之中，具有深情至理。蓋上四句，是苦兵重賦，居人無所棲息。故下四句，即化魏武詩，以見己無枝可依。乃上截起下截法，八句原是一氣，只妙在不説破耳。

秋野五首 選三

秋野日疏蕪，寒江動碧虛。繫舟蠻井絡，卜宅楚村墟。棗熟從人打，葵荒欲自鋤。棗、葵，暗應『秋』字，起下『盤飧』。盤飧老夫食，分減及溪魚。

一、二寫題。三、四以『蠻』字、『楚』字紀地，見卜宅瀼西，非其志也。五言公味於人。六言任力於己。七、八言人欲飧，物亦欲食，寫出人情物理，正是與人無競、與物無爭意。

易識浮生理，難教一物違。違，謂違其性也，起下二句。水深魚極樂，林茂鳥知歸。以物興人。吾老甘貧病，榮華有是非。二句正寫不違。秋風吹几杖，不厭北山薇。『几杖』應『老』字。

起聯、中聯，是一副説話，若依次而下，近於説理，其言腐矣。妙在正説浮生物理，而接以

『水深』二語，正説貧老榮華，而結以『秋風』二語，臭腐變爲神奇。可見説詩談理，亦無不可，只在黏脱之間，主賓之勢，比興之情，用得活潑耳。滴堂云：魚樂鳥歸，正寫物性活潑處，人貪慕榮華，動嬰世患，因此勘破世情，三、四正擊動五、六也。唯甘貧老，故任『秋風吹几杖』，唯不慕榮華，故北山薇在所不厭，五、六又所以安七、八也。不獨意深，更兼法勝。

禮樂攻吾短，一句斷。下皆承『山林引興長』。**山林引興長。掉頭紗帽側，曝背竹書光。風落收松子，天寒割蜜房。稀疏小紅翠，駐屐近微香。**

起句陡然而下，隨即撇開，人賞其句之奇，不知其用意全在題前，乃得有此發端。掉頭曝背，正與禮樂反射。後四句平列，所謂不挽之挽，不承之承。收松、割蜜、踐紅、拾翠，皆隨其興之所之，有因物付物之樂。此章大是翫世。白山云：『禮樂』猶言世法，世法已之所短，時俗苦以相繩，若相攻然，是以愈動山林之興。意本老莊，句則自造，似正似諧，此杜公真本事，使矯僞者無所措手。按公一肚皮社稷君民，不甘老病自廢，至此忽作達生語，將熱腸盡情放下，而曲體人情物理，爲逍遥自適之計。非易己志也，正是無可如何，聊作寬解耳。前三章，欲適其性。後二章，乃微露本懷，細詠便知是激昂慷慨之人。

作一轉解，未可以莊生、阮籍輩衡之也。

泊松滋江亭

紗帽隨鷗鳥，扁舟繫此亭。江湖深更白，松竹遠還青。一柱全應近，高唐莫再經。今宵南極外，甘作老人星。

此志出峽之喜也。首二句猶云終年『紗帽隨鷗鳥』，今日『扁舟繫此亭』。三句乃承次句而下，寫江亭之景，已與峽中迥别。五、六有瞻前顧後之狀，摹寫羈人途次如畫。七、八反言見意，平時不安於老，今以出峽爲幸，雖老亦甘之矣。起語突兀，意蓄題前，自歎不整冠於朝端，而隨鷗鳥以終老，甚不甘心。末句乃遥應之，强作自慰耳。一呼一應，如燈取影，妙在不覺。

歸　夢

道路時通塞，江山日寂寥。二句總冒。偷生惟一老，伐叛已三朝。應首句。白山云：歇後句。伐叛三朝，尚無寧宇；偷生一老，豈敢安居？只因道路有梗，故歸朝無日也。雨急青楓暮，雲深黑水遥。應次句。禹貢：黑水屬雍州。夢歸歸未得，不用楚辭招。夢歸，歸秦也。

前半不得歸之由，是推原語。後半夢歸亦不可得，是題之正面。白山所謂一層語兩層意也。白山云：五、六以夢中所歷，暗應次句，直喚七、八。夢境陰慘，令人毛豎，語意與『魂來楓林青，魂反關塞黑』相似。此首不出『魂』字，命意尤深。七、八即『老魂招不得，歸路恐長迷』意。然彼作疑詞，此作決詞，言愈切而意愈悲也。

江　漢

江漢思歸客，乾坤一腐儒。對起，以『思歸客』喚起『一腐儒』，不平對。片雲天共遠，永夜月同孤。承首句。白山云：本謂『共片雲在遠天，與孤月同永夜』，對法欹斜，使人不覺。落日心猶壯，秋風病欲蘇。承次句。古來存老馬，不必取長途。翻用古事，見腐儒不可棄。

周西生云：『落日』，興遲暮也，而不知其『心猶壯』也。『秋風』，興摇落也，而不知其『病欲蘇』也。十字中自爲起伏頓挫，故接以『老馬』、『長途』之語。末句精神，全從此二句生出。一結，分明不甘爲『腐儒』，合用管仲、田子方二意，以示『老馬』可用，而反言之，自爲跌宕，其收束更緊矣。

公安縣懷古

野曠呂蒙營，江深劉備城。寒天催日短，風浪與雲平。灑落君臣契，飛騰戰伐名。維舟倚前浦，長嘯一含情。

起聯排二古人，中二聯分應，夫人而知之。又謂上六句是古迹，末二句是懷，不知作者别有胸襟，特借古人抒己意耳。曰『野曠』、曰『江深』，則呂蒙之營、劉備之城，已杳然無存矣。又申之以『寒天』、『風浪』，一片凄凉，而因追想其君臣之契，戰伐之名，此懷古本色語也。言外見劉有君臣之契，而已之遭際如此；呂有戰伐之名，而已之轗軻如此。故七、八以『維舟』『前浦』綰前半，以『長嘯』『含情』收後半，作者胸襟，於是盡露。若不如此收場，則古人自古耳，於已何與哉？不知者乃以爲句率而意懈，可慨也。

登岳陽樓

昔聞洞庭水，今上岳陽樓。互文。吳楚東南坼，乾坤日夜浮。親朋無一字，老病有孤舟。戎馬關山北，提筆。憑軒涕泗流。

前四句登樓，寫景闊大，有吞雲夢之勢。五、六拓開，轉落自己，悲凉横放，若自有洞庭以來，唯我一人獨當之。此是何等胸次！第七句再如何收挽？看其提筆而起，造出『戎馬關山北』五字，使全體爲之一振，然後以『憑軒』二字綰合登樓，此誠有辟易萬夫之力，後人不能敵也。孟襄陽『氣蒸雲夢澤，波撼岳陽城』同一氣概，『欲濟無舟楫，端居恥聖明』同一胸襟，而結句偃筆順下，便似不如公之提筆勁瘦通神也。元初方虛谷登岳陽樓，見左壁書孟句，右壁書杜句，古今勁敵，後人擱筆矣。

陪裴使君登岳陽樓

湖闊兼雲霧，樓孤屬晚晴。一、二登樓。禮加徐孺子，詩接謝宣城。三、四陪裴使君。雪岸叢梅發，春泥百草生。二句有物不違節序意。敢違漁父問，從此更南征。方舟云：結翻用屈原語，一『問』字，括漁父一篇。屈原沉水，爲違漁父；我今從此更南征，敢學原孤僻耶？語愈謙而情愈傲。

起二句，倏忽陰晴，湖光萬頃，唯兼而有之，始能描出一幅岳陽樓圖，而用之發端尤難。『闊』字、『孤』字、『兼』字、『屬』字，皆鍊得工峭，非此亦描不出。後半全以比興發其意。白山謂：格局莊整，句法精練，詞旨深渾。從來人止膾炙前作耳，彼詩之妙易見，此詩之蘊難窺。知言哉！

宿青草湖

洞庭猶在目，青草續爲名。宿之之地。宿槳依農事，郵籤報水程。宿之之時。三點明『宿』字。寒冰爭倚薄，雲月遞微明。宿之之景。湖雁雙雙起，人來故北征。宿之之情。

通首俱寫『宿』字，兩句一意。其地其時其景其情，有不甘宿此之感。『農事』，田家春作也。『郵籤』，驛舍傳遞也，湖與白沙驛相近。『薄』，迫也。春寒冰解，或倚或迫，猶『爭』然。雲中之月，或微或明，猶『遞』然。寫景工妙，四句强生別解而意反晦。一結以『起』字翻醒『宿』字，怨及無情，妙在插『人來』二字在句中，便似雁有心與人相反。

宿白沙驛 初過湖南五里。

水宿仍餘照，人煙復此亭。開手點明『宿』字。曰『仍』、曰『復』，水程非止一日也。『照』字、『亭』字對發。驛邊沙舊白，湖外草新青。四句，宿驛之景。萬象皆春氣，孤槎自客星。隨波無限月，的的近南溟。四句，宿驛之情。

漪堂云：此寫水宿之景，而歸重在『孤槎自客星』一句。一、二對起，『此』字指驛也，『亭』即『人今亦故亭』之『亭』。三、四見地，拆兩地名爲句，而鍊以『新』、『舊』字，點染極工巧。六是主筆，以春風陪襯出之，益見乘槎者之孤。庾子山哀江南賦：『舟楫路窮，星漢非乘槎可上。』公用其語，即景寫意，有枯槎不被春氣之感。一『皆』字、一『自』字對看分明。七、八故作幸詞，謂乘槎泛月，即夕可近南溟，則又反言以結之，正與前半日復一日，對面寫照，法奇而變。

湘夫人祠

肅肅湘妃廟，一句破題。空墻碧水春。蟲書玉佩蘚，燕舞翠帷塵。承次句。晚泊登汀樹，微馨借渚蘋。寓肅肅意。蒼梧恨不淺，染淚在叢筠。恨在蒼梧，淚在湘，亦是一開一闔法。

『禹廟空山裏，秋風落日斜』，接句拓開，湘夫人祠亦然。而劈空著『肅肅』兩字，凜然令人起敬。『玉佩』、『翠幃』硬裝四字，寫荒凉景象。言無所謂玉佩也，只蟲書之蘚而已；無所謂翠幃也，只燕舞之塵而已。前半寫廟已畢，五、六自敘晚泊薦馨，與上文截住。七、八更從廟中詠歎，得斷續承應之妙。方舟云：前序祠廟本身，後敘到來情事。若無五、六，則但是湘夫人祠，全無作者胸襟。可知懷古詩，不可徒論斷古人也。白山云：此近體中之九歌也。結用本色作收，而作者自喻之旨已見。

祠南夕望

百丈牽江色，孤舟泛日斜。興來猶杖屨，目斷更雲沙。山鬼迷春竹，湘娥倚暮花。湖南清絶地，萬古一長嗟。

前首祠中所詠，此云『百丈牽江色』則已解纜，詠祠南之所見也。四點題中『望』字。五、六方是『夕望』，寫出蒼茫落照中，雲沙杳渺。望春竹，疑來山鬼；望暮花，如似湘娥。曰『迷』，我真恍惚；曰『倚』，魂如活現。十字總寫『孤舟泛日斜』一語。此等句，疑有神鬼在腕，千載讀之，猶覺竦然。白山云：此近體中弔屈原賦也。日夕空祠，髣髴湘娥、山鬼，如見靈均所賦者，因歎地雖清絶，而俯仰興懷，萬古共一長嗟。此借酒杯澆塊磊，并屈原字亦不露。然山鬼、湘娥，即屈原也；屈原即己也。其自寓也微矣。

歸雁

聞道今春雁，南歸自廣州。見花辭漲海，避雪到羅浮。一截，寫歸雁。四應在三之前，以倒敘見曲折。是物關兵氣，何時免客愁？一截，關『兵氣』三字，一篇關捩。年年霜露隔，不過五湖秋。一截。『今春』、『年年』對照，『歸』、『辭』、『到』、『不過』對照。

紀異也，并以誚諛也。何以異？五嶺之外，朔雁不至，而大曆二年陽雁來懷集縣，是可異也。何以諛？嶺南節度徐浩奏：雁隨陽，臣歸君之象。公斷之以是物關兵氣，誚其以災爲祥，諛莫大焉，『聞道』二字已具書法。首二句，書其歸，書其歸自嶺南也，春秋之筆也。末書其不過五湖，逆筆倒捲，從今時之異，追溯其前此之不異，用筆最曲折。而中間横插入『兵氣』、『客愁』，正與春秋之書『鸜鵒來巢』同一卓識，不徒詩法擅長。

野望

納納乾坤大，行行郡國遥。二句統言『野望』。雲山兼五嶺，風壤帶三苗。二句遠望。野樹侵江闊，春蒲長雪消。二句近望。白山云：『江闊』直侵『野樹』，『雪消』始長春蒲，倒壓成句。扁舟空老去，無補聖明朝。結出『野望』之情。

入喬口，起言舊京，是倒敘法。野望，結言無補聖明，是順敘法。各臻其妙。漪堂云：納而又納，方知乾坤之大；行而又行，方知郡國之遥。三、四又因郡國之遥，而益見乾坤之大，空老扁舟，意已活現。江闊則慮舟行之險，收前一半。雪消則又復一年，行行且老，收後一半。總見入南漸近，望北日遥，不覺輕輕逗出『無補聖明朝』五字來。意沉而聲咽，法密而情長，百思不能及也。

入喬口 在長沙北界。

漠漠舊京遠，突起一句。遲遲歸路賒。點出歸路是眼。殘年傍水國，紀地。落日對春華。紀時。樹蜜早蜂亂，江泥輕燕斜。二句春華之景，『對』者正對此也。賈生骨已朽，悽惻近長沙。意餘言外。

白山謂：一、二步步入南，心心懷北，妙矣。然余謂其妙在懸空下一句是懷『舊京』，覺突兀之至，然後徐接以『歸路賒』，亦一呼一應法也。第三句方入題，而四即從三抽出，五、六即從四抽出，對仗生動，承接變換，簇簇出新。煞句入長沙之情，憑弔賈生，則不復返舊京，反言見意。而又以蜂亂燕斜，有欣欣向榮之樂，興己之悽惻喬口，亦反言見意。真所謂沈鬱頓挫也。此篇句句跳脱，起結尤超。

舟中夜雪有懷盧十四侍御弟

朔風吹桂水，大雪夜紛紛。暗度南樓月，寒深北渚雲。燭斜初近見，舟重竟無聞。不識山陰道，聽鷄更憶君。

起二句高亮，五律絶調。桂水在長沙。以己地之雪起，三、四寫彼地之雪，五、六又寫己地之雪，七、八因己地之雪，而懷彼地之雪，彼此綰住，又以翻案見長。白山云：三、四不寫雪之貌，而寫雪之神。如初月則曰『河漢不改色，關山空自寒』，喜雨則曰『野徑雲俱黑，江船火獨明』，皆傳神之筆也。

江閣對雨有懷行營裴二端公

南紀風濤壯，陰晴屢不分。南紀，見地。時裴虬刺道州，同討臧玠之亂。首句莊重，具見大意，而『江』、『雨』字，蚤已逗露。野流行地日，江入度山雲。漪堂云：句法極曲折。言日本行地上，而影落水中，有若流之於野然，雨過而晴也；雲本度山中，而映射水底，忽若入之於江然，晴而又雨也。所謂陰晴不分以此。層閣憑雷殷，長空面水文。二句纔寫『江閣』。漪堂謂：憑層閣、面長空，而聞雷殷之聲，見水文之色，爲套裝句。較白山語爲勝。雨來銅柱北，應洗伏波軍。白山云：結『銅柱』字應轉『南紀』。『雨』字點醒全章，振出對雨有懷之意。

凡句法不明，即不知章法所在。何也？詞不達，則意不出也。唐賢最講句法，唯老杜法無不備，而多變化，自宋以下無譏焉。故余於此集中，論句法亦不惜覼縷。

樓上

天地空搔首，頻抽白玉簪。皇輿三極北，身事五湖南。戀闕勞肝肺，論材愧杞柟。亂離難自救，終是老湘潭。

白山云：「天地」二字，硬裝，三、四猶云天之南，地之北，起正突喚此二句，突喚得奇，硬裝得更奇。二字之下却押一極細之事，讀之失笑。然其辭愈緩，其意愈悲矣。修遠謂：次聯言皇輿向北，我身則在南。三聯言我身在南，而心則向北。蓋戀闕，北也。杞柟，南材也。一明一暗，無非「空搔首」之意。八以「老」字應起聯，湘潭，南也；「老湘潭」，則不復北矣。通首寫「南」、「北」二字，如常山率然，首尾相顧。

杜詩提要卷十一

七言律

題張氏隱居

春山無伴獨相求，『無伴』、『對君』，首尾遥連。伐木丁丁山更幽。澗道餘寒歷冰雪，石門斜日到林邱。四句一截，寫其地。白山云：歷澗道冰雪，尚有餘寒；到石門林邱，已見斜日。琢句以混裝見巧。不貪夜識金銀氣，遠害朝看麋鹿遊。二句一截，寫其人。乘興杳然迷出處，對君疑是泛虚舟。七收前四句，八收後二句。

起本詩求友意，用『丁丁』字以寫其幽，是反面寫法。三曰『歷』，尚在途間；四曰『到』，方至其居。是流水寫法。前後皆寫訪者之高，愈以形隱居之僻，是對面寫法。白山云：五、六，言唯不貪，故非分之金無所取；唯遠害，故在野之物可同遊。利害兩無心，是虚己以遊於世者也。七、八彼已皆見，收束最緊。王鳳洲云：七律貴有照應，有開闔，有關鍵，有頓挫，其意主比興，其法有正插，有倒插，此詩已略具其概。

送鄭十八虔貶台州司户傷其臨老陷賊之故闕爲面别情見於詩

鄭公樗散鬢成絲，酒後常稱老畫師。萬里傷心嚴譴日，百年垂死中興時。一截，貶台州，臨老陷賊。蒼惶已就長途往，邂逅無端出餞遲。便與先生應永訣，九重泉路盡交期。一截，闕爲面别。

樗散，不材木也。未有以不材贊人者。今曰『樗散』，又曰『鬢成絲』，則鄭之辱僞命，竟以不材而得，非其罪矣。開口一句，已痛楚不可言。次云『老畫師』，加以『酒後常稱』四字，則其平日所言如此，不材可知。故篇中以『樗散』二字爲眼，正所以出脱鄭公也。『萬里』二句，貶謫正面，『垂死中興時』，人榮己枯，傷心在此。四句是加倍寫法，鄭之品已見，而已之交情亦見，正不待下四句，始知『泉路盡交期』也。

宣政殿退朝晚出左掖

天門日射黄金牓，春殿晴曛赤羽旗。宫草霏霏承委珮，爐煙細細駐遊絲。雲近蓬萊常五色，雪殘鳷鵲亦多時。六句，寫宣政殿實景。『射』字、『曛』字、『承』字、『駐』字，鍊四實字。『常』字、

『亦』字，鍊二虛字。各臻其妙。侍臣緩步歸青瑣，退食從容出每遲。二句退朝晚出。

白山謂：寓意尾聯，有退食自公，不得其職之意。『出每遲』，多少醞蓄。

紫宸殿退朝口號

户外昭容紫袖垂，雙瞻御座引朝儀。香飄合殿春風轉，花覆千官淑景移。晝漏稀聞高閣報，天顔有喜近臣知。宫中每出歸東省，會送夔龍集鳳池。

漪堂云：前六句寫紫宸殿，後二句寫退朝，與前詩同格。『晝漏稀聞』，謂殿下諸臣也；『天顔有喜』，謂殿上諸臣也。拾遺諫官，得隨宰相上殿，親覩天顔，蓋幸之也。起結見開元以前典故。

曲江陪鄭八丈南史飲

雀啄江頭黄柳花，鵁鶄鸂鶒滿晴沙。曲江。自知白髮非春事，且盡芳尊戀物華。陪飲。近侍即今難浪迹，此身那得更無家？自敘。丈人才力猶强健，豈傍青門學種瓜？鄭八丈。八句作四層敘。

白山云：一、二寫物類飲啄自如，爲得時，以與己之遲暮潦倒，與時相背，故三、四云云。

五言職事拘束，六言妻孥旅寄，因起邵平之思。七、八言人見已，乃上下映帶法。一、二即挈起春事物華。三、四承明，而以摇曳出之。五、六有拂衣之意。七、八以『種瓜』映花鳥，『青門』映『曲江』，『强健』映『白髮』，『丈人』映自己，層層繳轉，筆力雄健。

曲江二首

一片花飛減却春，風飄萬點正愁人。且看欲盡花經眼，莫厭傷多酒入脣。江上小堂巢翡翠，苑邊高冢卧麒麟。細推物理須行樂，何用浮名絆此身？

『一片』、『萬點』、『欲盡』三句，一氣注到第四句，縱筆爲之，本謂花飛春盡可傷，今反云『莫厭傷多』，意激而詞寬。以酒結花，爲上一截。五言身前，六言身後，故須及時行樂。而以『此身』二字束住，爲下一截。『細推物理』，又雙綰上下意。花飛春盡，一時之物理也；空堂荒冢，一身之物理也。可見浮名全不足恃，唯有及時行樂而已。七字是一篇關鍵。此傷曲江也，而以春花起興。寫曲江，只空堂、荒冢兩事，若注意在及時行樂上，並無一字道及朝事。往往極大關目，全不出意，而以傍見側出取之。蓋天寶亂後，有非臣子所宜言者，故説得婉曲深至如此。

朝回日日典春衣，每日江頭盡醉歸。酒債尋常行處有，人生七十古來稀。對句流動，開後人無限法門。穿花蛺蝶深深見，點水蜻蜓款款飛。傳語風光共流轉，暫時相賞莫相違。

此承上章及時行樂，而託意於酒，以賞風光也。三、四正達生者之言，看得世事雪澹。五、六即所謂風光也，不語人而語風光，又曰『共流轉』，又曰『暫時相賞』，語若淒然，意實脱灑。首句點『朝回』二字，意餘言外。

曲江對酒

苑外江頭坐不歸，水晶春殿轉霏微。桃花細逐楊花落，黄鳥時兼白鳥飛。白山云：疊用『花』、『鳥』字，爲掉字句，宋人皆祖述諸此。縱飲久拚人共棄，懶朝真與世相違。吏情更覺滄洲遠，老大徒悲未拂衣。

前半曲江之景，後半借酒述懷，『坐不歸』三字，已暗與後半爲針線。三、四曰『細逐』、曰『時兼』，亦非久坐不知。『對酒』唯第五句一點，然唯『縱飲』，故『懶朝』，故『與世相違』、『拚人共棄』，乃引其過於酒也。結又進一層，言不惟懶而已，兼之又老，益起拂衣滄海之興，愈憤愈和，其不忍懟君如此。蓋公前論房琯，有不安其位之意，而不可斥言，故托爲『曲江對酒』云。

曲江對雨

城上春雲覆苑墻，江亭晚色静年芳。一『静』字，便見寂寥。下二句，正『静年芳』也。林花著雨燕支落，水荇牽風翠帶長。方舟云：上賦下比句法。龍武新軍深駐輦，芙蓉別殿謾焚香。流水對。何時詔此金錢會，暫醉佳人錦瑟傍？

前半對雨之景，後半對雨之懷，蓋感上皇知遇而作也。白山云：龍武軍，出則扈從，入則宿衛，此借以言乘輿所在。時上皇迴鑾，深居南内不出，故曰『深駐輦』。當時遊幸芙蓉園，別殿宫人焚香以待。今無復此事，故曰『謾焚香』。感慨詩最忌衰颯，而以綺藻出之。意全不露，一結翻身作進步法。又於冷處想到熱處，不惟不落衰颯一邊，且將臣子思復昇平景象，溢於言外。白山謂：本詩人之忠厚，法宣聖之微詞，豈古今抽黄媲白之士所敢望哉？

題鄭縣亭子

鄭縣亭子澗之濱，户牖憑高發興新。雲斷嶽蓮臨大路，天晴宫柳暗長春。一截。巢邊野雀羣欺燕，花底山蜂遠趁人。更欲題詩滿青竹，晚來幽獨恐傷神。一截。

『雲斷』二句，大景，賦也。雲在山腰，益顯嶽蓮之高，故曰『臨大路』。『斷』字、『臨』字，皆百鍊而後精者，難寫之景，出之若不經意。『巢邊』二句，小景，比也。起言發興，以三、四也；結言傷神，以五、六也。不肯道出本懷，故不欲再題，而但以『幽獨』兩字醒之，意厚而法則清矣。白山云：二句喻小人衆多。小人衆，則君子孤，故以『幽獨』二字承其意。拗體詩必如此鍊句，方老方秀。

望嶽

西嶽崚嶒竦處尊，諸峯羅立似兒孫。安得仙人九節杖，拄到玉女洗頭盆？車箱入谷無歸路，箭筈通天有一門。稍待秋風凉冷後，高尋白帝問真源。猶真訣。

通首在『望』字描寫。曰『安得』、『拄到』、『稍待』、『高尋』，皆望而未登也。『車箱』句，形容徑之曲。『箭筈』句，形容洞之直，而有路有門，則皆可望矣。白山云：『玉女洗頭盆』五字本俗，因用『仙人九節杖』五字作對，遂變俗爲姸，句法更覺森挺。此誠擲米丹砂之巧矣。又云：徒説登峯亦何味？以『尋白帝問真源』爲辭，嚴滄浪所謂『趣不關理』者也。

九日藍田崔氏莊

老去悲秋强自寬，興來今日盡君歡。對起。羞將短髮還吹帽，笑倩傍人爲正冠。藍水遠從千澗落，玉山高並兩峯寒。二句，寫崔氏莊，即帶九日。明年此會知誰健，醉把茱萸仔細看。白山云：七、八意悲而語帶謔，謂人言佩茱萸宜壽，仔細看汝，不知果宜人壽否？

纔『悲秋』，忽又『自寬』，『自寬』即興來，興來即盡歡，語雖直下，而意甚曲折，寫出老態如畫。故三、四翻案，露出『短髮』二字，『悲』者以此，『强自寬』亦以此，此三、四透一、二法也。五、六寫九日登高之景。楊誠齋謂：詩人至此，筆力多衰，今方且雄傑挺拔，喚起一篇精神，非筆力拔山，不能至此。七、八以『健』字反應『老』字，妙於立言。仔細看，即元遺山『重來未必春風在，更爲梨花住少時』意。篇中從不寬處寫到寬，又從寬處寫到不能寬，乃所謂『强自寬』也。低徊宛轉，極力描寫。首一句蓋蓄意在未發端之前，而措詞在吞吐之外，故自耐人涵泳。

恨別

洛城一別四千里，胡騎長驅五六年。草木變衰行劍外，兵戈阻絶老江邊。思家步月清宵立，憶弟看雲白日眠。聞道河陽近乘勝，司徒急爲破幽燕。翻身作結。

通首俱是『恨别』，一遠别可恨，二久别可恨。然久且遠，皆由於『騎長驅』。句法上因下，三應二，四應一，愈見遠久之可恨。五、六則或步或立，或看或眠，晝夜失常，無一是處，其恨更不可勝言。六句皆正面寫恨别也。結忽提筆反振而下，言河陽乘勝逐北，直破幽燕，則洛城可歸，庶可消吾之恨。是從極恨處，思一避恨之法。然著『聞道』字，仍屬懸望，則依然恨不可除。言外之意，曲折之筆，收挽之力，如天馬行空，忽然迴轡，豈尋常控馭之法能及哉！

蜀相

丞相祠堂何處尋，錦官城外柏森森。映階碧草自春色，隔葉黄鸝空好音。一截，祠堂正面。

三顧頻繁天下計，兩朝開濟老臣心。出師未捷身先死，長使英雄淚滿襟。一截，感懷蜀相。

實黏『祠堂』二字起，言蜀相無處尋，即祠堂亦無處尋，是加倍寫法，有意外意。悟此知鑄題之妙。白山云：起聯設爲問答，三、四點祠堂之景，五、六敘孔明出處大略，七、八寓憑弔意。弔古詩須具真性情，乃能發真議論。三、四，是入祠堂低徊歎息之神。唯五、六二句，始就孔明發論。結仍歸自己，直將夔州血淚，滴向五丈原鞠躬盡瘁之時，此詩人之性情也。不得其性情，而貪發議論，則古人自古耳，於詩人何與？

野老

野老籬前江岸迴，柴門不正逐江開。漁人網集澄潭下，估客船隨返照來。長路關心悲劍閣，片雲何意傍琴臺？王師未報收東郡，城闕秋生畫角哀。

『長路』，賦也。『片雲』，比也，比此身如片雲，何意亦傍琴臺耶？作問雲語自別。白山云：劍閣乃由蜀入京之道，阻於盜賊，故作歇後句云：長路關心，悲劍閣之難越；片雲何意，傍琴臺而不歸？二句實寫不歸之由。乃五、六呼七、八，七、八應五、六之法。

白山謂：前半賦景，後半寫懷。對此景，抱此懷，捉筆一直寫就，詩成乃拈二字爲題。余謂不然。『野老』，即杜陵野老也，平生欲爲國家建大功抒大難，今日干戈擾攘，徒以『野老』自廢，觸景興嗟，一篇著意在此二字，非能畫、歷歷等篇之比也。『漁人』、『估客』，全爲『野老』作陪。網集澄潭，船隨返照，絶不關心理亂。獨此『野老』，刻刻關心王師耳。但關心而無濟於時，則亦終爲『野老』而已。鑄題鍊意，高邁等倫，可知前半正深於言情，看作景語便淺。『野老』、『關心』四字，是大眼目，拆見使人不覺，結尾『野老』、『王師』、『柴門』、『城闕』，針鋒相向，正其慘澹經營處。

南鄰

錦里先生烏角巾，園收芋栗未全貧。慣看賓客兒童喜，得食階除鳥雀馴。一截。以兒童鳥雀，陪襯主人，正是加倍寫主人也。秋水纔深四五尺，野航恰受兩三人。白山云：『受』字明換却『載』字，二字工拙天淵。白沙翠竹江村暮，相送柴門月色新。一截。

白山云：前半敘事，語簡而意深；後半寫景，語妙而意淺。前將山人之品、之行、之逸韻高情，一一寫出，却只是四句。後不過寫一『別』字，却亦是四句。淺深繁簡之間，便是一篇極有章法古文也。

和裴迪登蜀州東亭送客逢蚤梅相憶見寄

東閣官梅動詩興，還如何遜在揚州。此時對雪遥相憶，送客逢春可自由？幸不折來傷歲暮，若爲看去亂鄉愁。江邊一樹垂垂發，朝夕催人自白頭。

前四是裴登東亭送客逢蚤梅相憶見寄，一字不遺。後四説自己，方是和，而用意曲折，飛舞流動，直是生龍活虎，不受排偶之束者。陳後山最得其法。然宋人門庭，公亦開之矣。

客至 喜崔明府相過。

舍南舍北皆春水，但見羣鷗日日來。興起。花徑不曾緣客掃，柴門今始爲君開。交互成對。盤餐市遠無兼味，尊酒家貧只舊醅。肯與鄰翁相對飲，隔籬呼取盡餘杯。

前半有空谷足音之喜，後半見貧家真率之情，而以第四句爲關捩。結生一『鄰翁』，與起處『羣鷗』暗照，乃兩路夾寫『爲君開』三字。此召客陪主之法也。

送韓十四江東省覲

兵戈不見老萊衣，歎惜人間萬事非。客。我已無家尋弟妹，客。君今何處訪庭闈？主。『無家』、『何處』，承『兵戈』，又起五、六。黄牛峽静灘聲轉，白馬江寒樹影稀。正面寫江東路。唯『峽静』，始知灘轉。唯『影稀』，益見江寒。二句可稱善狀，亦由鍊字響耳。二句窮途寂寞之況，即景寓情。此別應須各努力，故鄉猶恐未同歸。縮三、四雙收。

起二句，從空發端。送人詩，不從其人説起，亦不從自己説起，而借人間不得事親提唱而入，則韓之省覲，更十分淒慘。而又以『無家尋弟妹』陪襯一句，倍加悱惻。此以對面寫而正面愈透者也。

所思 崔吏部漪。

苦憶荊州醉司馬，謫官尊酒定常開。九江月落醒何處，一柱觀頭眠幾回？九江、一柱觀、荊州，崔所居。可憐懷抱向人盡，欲問平安無使來。故憑錦水將雙淚，好過瞿塘灩澦堆。錦水，己所居。瞿塘灩澦，下荊州所經。

『苦憶』二字，一篇之線。前半憶崔，或醉或眠，寫謫官疎放之態，爲『醉司馬』三字傳神。後半自憐，寄興到憑水將淚，奇想天開，中間又以地名爲線。

又送辛員外

雙峯寂寂對春臺，萬竹青青送客杯。細草留連侵座軟，殘花悵望近人開。一截。送客點題。『春臺』紀地紀時，三、四承『春』字來。白山云：『留連』、『悵望』，本屬人情。因其侵座軟，而覺細草亦爲流連；因其近人開，而覺殘花亦如悵望。屬横插法。同舟昨日何由得？並馬今朝未擬回。直到綿州始分手，江頭樹裏有誰來？一截。

前半景中見情，後半情中有景。一、二以物無别離，形出人有别離。三、四又以物解留人，形出人不自留。字字深情，字字苦景。前半説别，於吞吐間見之。後半則放聲疾呼，惻惻喚奈何矣。却不一筆寫，而作四筆寫。昨日一層，是猶未別；今朝一層，是別而不忍別；綿州一層，是預擬必別之情；尾句又一層，是預擬既別之情，而以江頭樹裏，暗與前半相應射。語樸而真，法縱而緊。

野人送朱櫻

西蜀櫻桃也自紅，伏後半意。野人相贈滿筠籠。數回細寫愁仍破，萬顆勻圓訝許同。三句正面寫題。憶昨賜霑門下省，退朝擎出大明宮。五、六突轉。金盤玉筯無消息，此日嘗新任轉蓬。

前後針鋒緊對，『西蜀』、『野人』，對照『門下省』、『大明宮』；『筠籠』，對照『金盤玉筯』。『也自』二字，已擊動後半。『愁仍破』、『訝許同』，則並『賜霑』、『擎出』意象，已儼然活現矣。五、六轉換，而言中之意，題外之神，始得顯露。八扣還本位，而趨朝之想，自在句中。穿插映帶，擊此動彼，非神龍變化，不能有此筆力也。白山云：『金盤玉筯』四字，實接甚佳，以『賜霑』、『擎出』並屬虛影，補四字以暗足其氣。『任轉蓬』三字，挽住有力，包盡許多說話。『此日嘗新任轉蓬』，以還朝之事無消息也。不說還朝，但點『金盤玉筯』四字，兼與『筠籠』二字反映，傷心自在言外。

江上值水如海勢聊短述

爲人性癖耽佳句，語不驚人死不休。老去詩篇渾漫興，春來花鳥莫深愁。短述。新添水檻供垂釣，故著浮槎替入舟。二句點水勢。焉得思如陶謝手，令渠述作與同遊。短述。

一篇全是短述之詞，自負其爲人有驚人句，而傷老耄也。借題發揮，蓄意在未落筆之前，故起二句突如其來，次聯分疏出老不求工，只渾漫興而已。奇在呼『花鳥莫深愁』，不説不能驚人，而説不愁花鳥，見平日刻畫物情之句，不過付之漫興，復何驚耶？四句曲折以述其悲憤之情。五、六始點題，謂值此水勢，無復佳句，而因有陶謝之想。思陶謝者，思佳句也。此以下半截醒上半截之意，而於題中『江上值水如海勢』全不做，故通謂之『聊短述』。公詩有『晚年詩法窺陶謝』句，蓋詩臻自然，方歸神品，風水相遭，自具變化，原不在驚人。然公此篇波瀾奇肆，亦殊不在尋常規矩之中者也。

嚴中丞枉駕見過

嚴自東川除西川，敕令兩川都節制。

元戎小隊出郊坰，問柳尋花到野亭。二句屬嚴，已盡題中『枉駕見過』七字，而鎮帥簡從風流具見。川合東西瞻使節，地分南北任流萍。川合東西、地分南北，即自注『兩川都節制』意。然『瞻使節』，屬嚴；『任流萍』屬己。句若分裝，而『瞻使節』即不應『任流萍』，意又串合，琢對絕不猶人。扁舟不獨如張翰，承『瞻使節』，用張翰入賀循船同載入洛事。皁帽還應似管寧。承『任流萍』。寂寞江天雲霧裏，何人道有少微星？白山云：自敘作結，而幸嚴公之知己，意在言外。『道』字作『知』字看，又是反言見意。

此公與嚴初款洽之時，故立言之抑揚如此。而承接之錯落，屬對之開合，敘事之雅澹，命意之淵永，無不備至。然世人悮會者多矣。

嚴公仲夏枉駕草堂兼攜酒饌得寒字

竹裏行廚洗玉盤，攜酒饌，一語先道盡。花邊立馬簇金鞍。枉駕。非關使者徵求急，自識將軍禮數寬。引古美嚴公，而語有開闔，自占身分。百年地僻柴門迥，五月江深草閣寒。草堂，兼點仲夏。看弄漁舟移白日，老農何有罄交懽。反客爲主，結得如此雅澹。

聞官軍收河南河北

劍外忽傳收薊北，初聞涕淚滿衣裳。却看妻子愁何在，漫卷詩書喜欲狂。白日放歌須縱酒，青春作伴好還鄉。白山云：『青春作伴』四字尤妙，言一路花明柳媚，更不寂寞也。即從巴峽穿巫峽，便下襄陽向洛陽。予田園在東京。

此因雍王适、僕固懷恩討史朝義，官軍至洛陽，克復東京而作也。『傳』、『聞』二字，直貫到底。句句皆藏一『喜』字，『涕淚』亦是喜也。曰『忽傳』、曰『初聞』、曰『却看』、曰『漫卷』、曰『即從』、曰『便下』，皆倉卒驚喜，信筆直書，語不暇停，使人如聞其聲，如見其狀。此全以氣勝，非徒以虚字取巧也。起『劍外』，結『洛陽』，直是即日可到之詞。口中雖説還鄉，意中深幸恢復，忠君愛國之情，溢於言表。千載讀之，如長江大河之文，非可以摘句尋章較優劣也。此意中欣幸之詞，非敘事體。白山注誤。

送路六侍御入朝

童稚情親四十年，中間消息兩茫然。更爲後會知何地，忽漫相逢是別筵。一截。不分桃花紅似錦，生憎柳絮白於綿。劍南春色還無賴，觸忤愁人到酒邊。一截。劍南紀地，反映入朝。

懸空起一句，隨手撇開，下七句皆別緒也。一、二追已往，三想將來，四傷現在。妙在三倒敘在四之前，倍覺情景難堪。此兵家以亂易整之法也。後半承別筵下，却不敘筵中事，衹以花柳起興，而怪劍南春色之忤人。以送人入朝，已獨留滯，正加倍寫離筵也。『酒邊』二字，略一繳，而『童稚情親』，益覺黯然。此又以不照應爲照應法。

玉臺觀 滕王造。

中天積翠玉臺遥，上帝高居絳節朝。遂有馮夷來擊鼓，始知嬴女善吹簫。江光隱見黿鼉窟，石勢參差烏鵲橋。更有紅顔生羽翰，便應黄髮老漁樵。

前四句，寫神仙縹緲，已若蜃樓，而又益以『江光』、『石勢』爲臺之所指目者，則疑有真仙呼之欲出矣。其實絳節朝何曾見？擊鼓吹簫何曾聞？黿鼉之窟穴安在？織女之鵲橋又安在也？使昔日曾有此事，而今更有長生不死之紅顔，果生一舉翀天之羽翰，則吾雖齒危髮秃，亦應老於漁樵之中，冀其一遇矣。孰知其語原屬荒唐哉？一結語若相承，却是反言見意，乃上六句趨到七、八之法。此七律中之最使氣者，而首尾皆對，又泯其痕，蒼老流動，非掣鯨之手不能。

將赴成都草堂途中有作先寄嚴鄭公五首 選二

得歸茅屋赴成都，直爲文翁再剖符。但使閭閻還揖讓，敢論松竹久荒蕪？截住。魚知丙穴由來美，酒憶郫筒不用酤。二句就成都言，以起下酬酢往還之舊。五馬舊曾諳小徑，幾回書札待潛夫。

嚴鄭公還朝後，公去成都入梓州，又往閬州。鄭公再鎮，乃由閬州歸成都。故前半俱欣幸之詞，言得見文翁禮樂之化，雖松竹荒蕪，亦所不論。則不特以得歸茅屋爲幸，而以得歸嚴公爲幸。然『待潛夫』三字，具有書法。公之倚嚴，不甘以潛夫老也。而知己暌隔，度嚴亦必有音問相遺，故有『幾回書札』之句。而曰『待潛夫』者，其品題甚高，其望嚴之薦剡不薄矣。『時聞有餘論，未怪老夫潛』，亦即此意。

竹寒沙碧浣花溪，橘刺藤梢咫尺迷。過客徑須愁出入，居人不自解東西。書籤藥裹封蛛網，野店山橋送馬蹄。馬蹄，指嚴鄭公。肯藉荒庭春草色，先拚一飲醉如泥。

單陽元云：首聯言成都之幽僻。次聯接次句『咫尺迷』。三聯承首句『浣花溪』，言雖書籤藥裹，爲蛛網所封，然野店山橋可通車馬，嚴公肯來草堂，藉春而一醉乎？按五、六一開一闔，單説爲是。白山謂：六點途中有作意。失上下相承語脉矣。

題桃樹

小徑升堂舊不斜，五株桃樹亦從遮。高秋總饋貧人食，來歲還舒滿眼花。簾户每宜通乳燕，兒童莫信打慈鴉。寡妻羣盜非今日，天下車書正一家。

此杜公一首道學詩，平生經濟，皆具於此，可作張子厚西銘讀，然却無理學氣。曰『題桃樹』，乃借桃樹以起興，非詠桃樹也。前半尚黏題，後半則全推開矣。陽元云：高秋以實饋人，來歲開花滿眼，惠而不費也。又云：二聯有仁民愛物之心。極得公之詩旨。蓋施仁行政，觸目而存。乳燕慈鴉，一隨其性；寡妻羣盜，原本一家。無限經濟，皆於題桃樹時見之。此方可謂詩人之性情，方可謂詩人之學問。近世博雅君子，稱一代詩家，而於此等詩大筆肆抹。然則三百篇中，唯吟風弄月者可存，而物則民彝皆可删也。宜乎義理之銷亡，而人心之陷溺也久矣。此極小之題目，極大之文章，一黏在桃樹上講，即不可與言詩。

登　樓

花近高樓傷客心，『傷客心』三字，一篇之骨。萬方多難此登臨。錦江春色來天地，玉壘浮雲變古今。北極朝廷終不改，西山寇盜莫相侵。可憐後主還祠廟，日暮聊爲梁父吟。

善書者貴提得筆起，始能八面用鋒，作詩亦貴提筆。本言萬方多難，故對花亦傷心，先有下，始有上，而造語反以花提在先，便覺斗聳驚人，其蓄意蓋在未落腕之前也。三、四承上起下之詞，一開一闔，見古今遞變如浮雲，治亂相尋不已也。因作一轉筆云：玉壘雖變，朝廷終不改，小醜亦安能爲患？若呼寇盗而告之者。語警寇盗，意諷代宗，故終以後主托喻。抑後主，正所以揚朝廷也。曰『可憐』、曰『還』、曰『聊爲』、曰『日暮』，傷心之處，皆在吞吐中流出。此詩驟看若直捷，細按之極曲，蓋句句皆作轉筆也。漪堂云：八方舟謂七歇後句[一]，八含糊句。妙。蓋七暗指代宗還京，寇盗不得而侵，是效忠語。八明己有匡復漢鼎之才，而徒抱膝草廬，有自任自傷兩意。

院中晚晴懷西郭茅舍

幕府秋風日夜清，只一句拈幕府，下五句皆寫茅舍之景。澹雲疎雨過高城。葉心朱實看時落，石面青苔元自生。復有樓臺銜暮景，不勞鐘鼓報新晴。『不勞』二字，影射院中，而語帶譏。浣花溪裏花饒笑，肯信吾兼吏隱名。

此不樂幕職而云然也。白山云：五、六似向晚晴致怨，七、八似對溪花分疏，極盡欲歸之情。興象玲瓏，意言委折。吏不似吏，隱不似隱，而吾兼之，花豈肯信耶？但饒笑耳。描寫幕職，以自嘲爲憤語，意極可悲。

宿府

清秋幕府井梧寒，獨宿江城蠟炬殘。永夜角聲悲自語，中天月色好誰看？前半獨宿之景，『自語』、『誰看』，皆描寫『獨』字。風塵荏苒音書絶，關塞蕭條行路難。已忍伶俜十年事，强移棲息一枝安。後半獨宿之情。

八句全對。公一生欲致君堯舜，豈忍終於幕職？『音書絶』三字，一篇主腦，托言以慨朝命之無聞。七、八抑揚其詞作結，七已明明道出本懷，八又故爲寬解，正獨宿無聊中，自語誰憐之至情也。收筆完密。

白帝城最高樓

城尖徑仄旌旆愁，『旌旆愁』三字，與末二句呼應。獨立縹緲之高樓。峽坼雲埋龍虎睡，江清日抱黿鼉遊。近景。扶桑西枝封斷石，弱水東影隨長流。遠景。杖藜歎世者誰子？泣血迸空回白頭。杖藜，縮獨立。迸空，亦映帶『高』字。

此登高望遠，而起危亂之歎也。旌旆無知之物，不應愁而愁，便寓世亂戒嚴之象，爲末二句伏筆。中二聯皆承次句『高』字。『龍虎睡』，狀峽勢之昂藏；『黿鼉遊』，狀江波之澎湃。其樓上近景之可見者如此。扶桑極東，而如見西枝；弱水極西，而如見東影。極力描寫遠景，偏於不可見處形容，乃加倍寫最高樓也。刻畫山川，一瞬萬里，亦不嫌其雕琢之奇矣。因歎此天險之國，宜多竊踞也，然却不顯露，只以『歎世』二字見意，含蓄無窮。此拗律中之歌行也，橫絶一世。

愁 强戲爲吴體。

江草日日唤愁生，巫峽泠泠非世情。盤渦鷺浴底心性，獨樹花發自分明。十年戎馬暗南國，異域賓客老孤城。渭水秦山得見否？人今罷病虎縱横。

白山云：本因不得歸秦，沈憂莫寫，無端對物生憎，皆是愁人實歷之境。當春之時，萬物自得，亦何與人事？然而不知人愁，是即其所以唤人愁也。草之生，花之發，水之流，鷺之浴，皆唤愁之具。以下三句，特變文言之耳。『底心性』，偏能自得，怪之之辭。『自分明』，人誰賞爾，誚之之辭。『非世情』，不解人意，恨之之辭。後四句，指言其實，愁從中來，微物之故，則亦强戲言之而已矣。

黄草峽

黄草峽西船不歸，赤甲山下人行稀。秦中驛使無消息，蜀道兵戈有是非。萬里秋風吹錦水，誰家別淚濕羅衣。白山云：六省一「不」字，言誰家別淚不濕羅衣也。「萬里」、「誰家」、「秋風」、「別淚」、「錦水」、「羅衣」，虚實對，不工而工。蘇長公善用此法。莫愁劍閣終堪據，聞道松州已被圍。

八句詩，七紀地，不嫌堆砌，蓋「秦中」、「蜀道」一篇關鍵也。廣德元年十月，吐蕃逼長安，代宗出幸陝州。其十二月，吐蕃陷松、維、保三州。此蓋實指其事而言。首二句，夾寫水陸梗塞，故有三、四之傳疑。「驛使」即指秦中之驛使也。萬里思家，公在蜀而思秦，故淚濕羅衣，正點出「無消息」、「有是非」之意。七、八一開一闔，謂内亂不足憂，而外寇深足患也。則松州被圍，其係於成都豈小哉？先是段子璋、徐知道反畔不常，繼即有崔旰等之變，皆不旋踵而平復。可知公非特以詩豪，其邊畫亦過人遠矣。八句全對，只一、二正對，三、四與七、八皆俯仰對，五、六又虚實對，開後人無限法門。人謂公七言詩板重，吾謂公七言詩最空靈。少陵有知，應以余爲知己。

校記

〔一〕句　據洪方舟杜詩評律校補。

杜詩提要卷十二

七言律

諸將五首

漢朝陵墓對南山，胡騎千秋尚入關。昨日玉魚蒙葬地，早時金碗出人間。見愁汗馬西戎逼，曾閃朱旗北斗殷。多少材官守涇渭，將軍且莫破愁顔。長安號『北斗城』。

單注：此詩所以激諸將，謂漢朝陵墓，自以對南山有千秋之固，及胡騎入關，不無發掘者。今河隴繼有吐蕃之難，而諸將曾不知速來長安爲禦戎之圖。殆指廣德元年冬，吐蕃入長安，六軍逃散，或有不以王室爲憂如程元振者，故公作詩以譏之歟？愚按此詩單注極確。雖借漢朝言，而其意則已該唐朝，所謂殷鑒不遠也。上四句一截，是興。下四句一截，是賦。然是上截擊下截法。故以『莫破愁顔』結之，寓責備於警戒之中，而立意在吞吐之外。有此一結，通首雪亮，此文家善於蓄勢者。觀此一詩，可當太常博士柳伉一疏。明年吐蕃復入寇，賴汾陽有備得免。結二句不爲無見矣。

韓公張仁願。本意築三城，擬絶天驕拔漢旌。豈謂盡煩回紇馬，翻然遠救朔方兵。胡來不覺潼關隘，龍起猶聞晉水清。獨使至尊憂社稷，諸君何以答昇平？

唐以借回紇兵而得，亦以借回紇兵而失。故借張韓公之築城拒守，以愧諸將之不能禦戎也。陽元云：深責當時諸將，爲肅宗回護。

洛陽宫殿化爲烽，休道秦關百二重。滄海未全歸禹貢，薊門何處覓堯封？朝廷衮職誰爭補，天下軍儲不自供。稍喜臨邊王相國，肯銷金甲事春農。

此詩以天下軍儲爲主腦。蓋唐時府兵之制，有事徵爲兵，無事散爲農。今烽塵四起，版圖未歸，諸將無有爲國家固根本計者，以至軍儲不能自供，此衮職之有闕也。曰『禹貢』，曰『軍儲』，曰『春農』，皆一串事，故知詩人歸重於此。陽元云：喜王縉之能屯田自給也。曰『稍喜』，未盡善之詞也。得其旨矣。

回首扶桑銅柱標，冥冥氛祲未全銷。越裳翡翠無消息，南海明珠久寂寥。殊錫曾爲大司馬，總戎皆插侍中貂。炎風朔雪天王地，只在忠良翊聖朝。

前三首，責北方諸將。此二首，責南方諸將也。陽元云：東南蠻夷有叛逆不入貢者，而諸將蒙恩，錫總戎之恩寵，能無愧乎？一語透亮。錢箋謂指李輔國、魚朝恩。此不過因『侍中貂』三字，爲指宦官耳。按唐百官志，門下省侍中二人，謂之左貂，中人則無侍中之號，其非宦官也決矣。且上下文氣，皆指當時攝兵柄者，故有『忠良翊聖朝』之望。魚李何嘗典兵嶺南耶？試將上下文三復諷詠，斯得之矣。

錦江春色逐人來，巫峽清秋萬壑哀。正憶往時嚴僕射，共迎中使望鄉臺。臺在成都北。主恩前後三持節，軍令分明數舉杯。西蜀地形天下險，安危須仗出羣材。

五首卒章，專詠嚴武。蓋公一生以嚴爲知己，而又重其能繫西蜀之安危也。一起不遽入嚴公，先寫秋峽之哀；又不遽寫秋峽之哀也，先寫錦江春色。儼然公之死生如春秋然，其繫屬天下之安危爲已至矣。一、四急點出憶嚴，而以共迎中使陪寫幕職，筆路何等曲折。五言寵命，六言軍令，而深惜後此西蜀之無人也。其蓄勢全在起二句，此以興起爲扼要者。

五詩敘事之體，而間以議論，如讀小雅十月之交，呼皇父、家伯而告以一老之不憖遺焉。其紓謀籌國之忱，敦厚温柔之旨，豈有唐詩人所能齊其項背？

吹笛

吹笛秋山風月清，誰家巧作斷腸聲？風飄律吕相和切，月傍關山幾處明？風、月分頂。笛聲原起人愁，加以風、月，更覺凄楚，倍斷人腸。胡騎中宵堪北走，武陵一曲想南征。故園楊柳今摇落，何得愁中却盡生。五、六正寫斷腸，七、八翻寫斷腸，亦是加倍點染。

夜

露下天高秋氣清，空山獨夜旅魂驚。疎燈自照孤帆宿，新月猶懸雙杵鳴。南菊再逢人卧病，北書不至雁無情。步檐倚杖看牛斗，銀漢遥應接鳳城。通篇以次句作骨，三、四獨夜之景，後半獨夜之情。人卧病，雁無情，立言深婉。不咎無援引，而自咎卧病；不責人之薄，而責雁無情。此之謂温柔敦厚也。七、八比興結，即『每依北斗望京華』意，然彼明説，此暗説，較含蓄。

秋興八首

玉露凋傷楓樹林，巫山巫峽氣蕭森。江間波浪兼天涌，塞上風雲接地陰。修遠云：波浪在地而曰『兼天』，風雲在天而曰『接地』，極寫『氣蕭森』三字。叢菊兩開他日淚，孤舟一繫故園心。白山云：花如他日，淚亦如他日，非開花也，開淚而已。身在孤舟，心在故園，非繫舟也，繫心而已。寒衣處處催刀尺，一開。白帝城高急暮砧。一闔。

此爲八章總冒，故祇虚點秋興，後乃一章緊一章。巫山、巫峽、白帝城，紀地，見其爲夔州之秋興也。『一繫故園心』，思故園，即思長安也。此句點睛。

夔府孤城落日斜，每依南一作北。斗望京華。聽猿實下三聲淚，承夔府。奉使虚隨八月槎。承京華。畫省香爐違伏枕，再頂京華。山樓粉堞隱悲笳。再頂夔府。請看石上藤蘿月，已映洲前蘆荻花。

此寫夔州之晚景也，點出京華，是主腦。錢箋云：『每依南斗』，無夕不然也。石上之月，已映洲前，又是依斗望京之候。『請看』二字，喚起有力，緊映『每』字。無限淒斷，見於言外，如云又過却一日矣，不知何日得見京華也。又云：『每依南斗望京華』，皎然所謂截斷衆流句也。孤城砧斷，日薄虞淵，萬里孤臣，翹首京國，雖復八表昏黃，絶塞慘澹，唯此望闕寸心，與南斗共芒色耳。此句爲八首之綱骨。寫秋景作結，筆極流動，然長歌當哭，繫乎此矣。每夕如此，則日日可知，又以起下章也。

千家山郭靜朝暉，日日江樓坐翠微。信宿漁人還汎汎，清秋燕子故飛飛。一截。匡衡抗疏功名薄，劉向傳經心事違。同學少年多不賤，五陵衣馬自輕肥。一截。

此寫夔州之朝景也。一『靜』字，一『坐』字，已寫得山郭淒凉，羈人兀坐，不克終日光景，況日日如此乎？漁人汎汎，有自適意；秋燕飛飛，有自悲意。偏來日日與我相對，正見坐不可耐也。錢箋云：公抗疏不減匡衡，而近侍移官，一斥不復，故曰『功名薄』。劉向雖數奏封事不用，而猶居近侍，典校五經，公則白頭幕府，有愧平生，故曰『心事違』。又云：『七歌』曰『長安卿相多少年』〔一〕，旋視同學少年，五陵衣馬，亦漁人、燕子之儔耳，故以『輕肥』薄之，下一『自』字，與『還汎汎』、『故飛飛』翻倒相應。李夢沙云：一結極意夷落語，却只如歎羡，乃知立言藴藉之妙。此與『每依南斗望京華』，把柄俱在第二句。前篇練一『望』字，此篇練一『坐』字，全首振動。前半是坐時所見之景，後半是坐時所寓之情，把握有力。

聞道長安似弈棋，百年世事不勝悲。王侯第宅皆新主，文武衣冠異昔時。直北關山金鼓振，征西車馬羽書遲。截住。魚龍寂寞秋江冷，故國平居有所思。

修遠云：前三章皆就夔州言，此以下及長安事，故以『聞道』二字發之。起句，用左傳

『弈者舉棋不定，不勝其偶』意，見謀國者無成算，故百年世事不勝悲也。中二聯，皆世事可悲處。曰『振』，見寇亂之多；曰『遲』，見將士之怠。字法雅練，遂見立言藴藉。向來聚訟『魚龍』二字。按水經注：秦州天水縣有魚龍水。秦州詩云：『水落魚龍夜』，蓋秦州地名也。魚龍在秦，江在蜀，一彼一此，與『瞿塘峽口曲江頭』同一句法，身繫夔州心思故國也。故緊接末句，並上『長安』、『直北』、『征西』六句，一齊挽住，筆力萬鈞。

蓬萊宮闕對南山，承露金莖霄漢間。西望瑶池降王母，東來紫氣滿函關。雲移雉尾開宮扇，日繞龍鱗識聖顔。一截。一卧滄江驚歲晚，幾回青瑣點朝班。一截。如此對結，力大於身。此思在長安獻賦蓬萊宮及拾遺赴闕之時也。上六句叠寫宮廷壯麗，朝會森嚴，七、八翻身挽轉，無限淒凉，着眼只在『一卧滄江』四字。陳澤州注：前六句，明皇時事；『一卧滄江』，代宗時事；青瑣朝班，肅宗時事。前言天寶之盛，陡然截住，陡接末聯，他人爲此，中間當有幾許繁絮矣。

瞿塘峽口曲江頭，萬里風煙接素秋。花萼夾城通御氣，芙蓉小苑入邊愁。珠簾綉柱圍黄鵠，錦纜牙檣起白鷗。黄鵠聚羣以居，故曰『圍』。白鷗飛翔而出，故曰『起』。語極淒凉，舊注非是。回首可憐歌舞地，秦中自古帝王州。

此思長安曲江之游而傷亂也。首句兩地名，中間不着一字，以次句七字入夾縫中，覺瞿唐、曲江相隔萬里，直是一片風煙相接耳。此兩句串一句法也。三、四交互句，言盛時花萼城、芙蓉苑皆通御氣，衰時芙蓉苑、花萼城皆入邊愁。五、六兩截句，上四字紀其盛，下三字紀其衰。謂昔日之珠簾綉柱，今但圍黃鵠而已；昔日之錦纜牙檣，今但起白鷗而已。平時歌舞之地，化爲戎馬之場，故曰『回首』，故曰『可憐』，一句迴抱上文，十分警策。八又作用力語，因此日之衰，而復思自古之盛，見忠君愛國之懷，而詩境亦不寂寞。若將次聯解作一盛一衰，三聯解作全盛，則穠艷癡肥，無異嚼蠟，而上下文俱成兩橛矣。公詩句法，開有唐一代之門，宋元以來，其法遂絶。如此一詩，不會其句法，如何解得？此所以有『黃鵠爲圍刺繡紋』之誤也。

昆明池水漢時功，武帝旌旗在眼中。織女機絲虚夜月，石鯨鱗甲動秋風。波漂菰米沉雲黑，露冷蓮房墜粉紅。六句皆寫昆明池古迹。關塞極天唯鳥道，江湖滿地一漁翁。對結有力，二句傷今。

此思長安昆明之游，而借漢武以起興也。漢武鑿昆明池，有何功而曰『漢時功』者？濬池原以習戰也，而池中有戈船樓船，船上建戈矛，四角悉垂幡旄旍葆麾蓋之類，所謂『旌旗在眼中』也。又有『織女』、『石鯨』、『菰米』、『蓮房』點綴池上，並在眼中，月上如見織女之機絲，風來若有石鯨之鱗甲，波中菰米則如雲之黑，露下蓮房則若粉之紅，鋪張穠麗，盛已極矣。而全以練字取勝。首練一『功』字，無功也；次練一『在』字，不在也。三、四、五、六練『虛』字、『動』字、『漂』字、『沈』字、『冷』字、『墜』字，則荒煙蔓草，一片荒涼，可見昆明舊迹，與今何異。一結及自己，所以傷之也。練『極天』字、『滿地』字、『唯』字、『一』字，儼然天地甚窄，無處可容身也，迴抱上六句，一線穿成。其用意沉鬱，良由練字響亮也；唯其練字響亮，故用意愈沉鬱。白山云：三、四倒押句，順之猶『夜月虛織女機絲，秋風動石鯨鱗甲』也。五、六比賦句，『菰米』、『蓮房』，賦也；『雲』、『粉』，比也。又雙眼句。

昆吾御宿自逶迤，紫閣峯陰入渼陂。一截。香稻啄餘鸚鵡粒，碧梧棲老鳳凰枝。一截。倒剔句。言鸚鵡啄餘之粒，香稻也；鳳凰棲老之枝，碧梧也。以興盛時食飲棲息之不同如此。佳人拾翠春相問，仙侣同舟晚更移。一截。綵筆昔游干氣象，白頭今望苦低垂。總束。

此思長安渼陂之游，爲八章總結。昆吾、御宿、紫閣峯三地名，皆近渼陂。一、二昔游所歷之山川，三、四昔游所遭之食息，五、六昔游所與之伴侶，而以七句總之，具見盛時氣象，故常筆之於詩賦也，而今安在哉？頭白低垂，徒付之一望而已。八句收得嚴密，一絲不漏，且『昔游』、『今望』四字，不唯收盡一篇之意，而八篇之大旨，無不統攝於斯矣。若俗本『今』作『吟』，一字謬以千里。

昔人謂秋興八首，其題原於盧子諒，其氣取之劉太尉，其文詞縱横一絲不亂，法本於左太沖。此特論其『熟精文選理』也。然少陵一腔忠憤，沉鬱頓挫，實得之屈子之九歌、宋玉之九辨而變化之。至其慘澹經營，安章頓句，血脉相承，蛛絲馬迹，則又八篇如一首，其序次不可紊焉。一章紀夔州之秋興，爲總冒。次章承『急暮砧』，而及夔州之晚景。三章又及夔州之朝景。四章承『五陵衣馬』而憶長安，因有『王侯第宅』、『文武衣冠』之語，遂結云『故國平居有所思』，故下皆思長安游歷之地。五章思蓬萊宫之朝班，六章思曲江之游，七章思昆明池之游，八章思渼陂之游。寫得長安之盛衰，歷歷如見，而乃以『昔游』『今望』，爲一大結，仍不脱夔州之秋興。迴環映帶，首尾相應，公詩所云『美人細意熨貼平，裁縫滅盡針線迹』，此其是也。苟不得少陵悲秋之故，與夫長篇之法，動擬秋興，以爲善學柳下惠，吾不敢也，吾不能也。

詠懷古迹五首

支離東北風塵際，飄泊西南天地間。三峽樓臺淹日月，五溪衣服共雲山。羯胡事主終無賴，詞客哀時且未還。「哀時」二字，一篇之眼。庾信平生最蕭瑟，暮年詩賦動江關。

前五句，皆是自己哀時，見天寶喪亂，釁由羯胡，正與哀江南賦相類。蓋通篇以第六句爲關鍵也。『哀時』屬之『詞客』，時事可知，亦見蕭瑟無所短長，但於詩賦中激昂慷慨，哀動江關而已。上六句，何嘗一字涉庾信？至第六句，始以『詞客』字引出庾信，翻似借古人作證佐，是之謂詠懷。若捃摭故實，則成傳體；貪發實議，又類史論。失含蓄醖藉之妙矣。知此方是『詠懷古迹』。

摇落深知宋玉悲，風流儒雅亦吾師。悵望千秋一灑淚，蕭條異代不同時。四句全是自己寫照。江山故宅空文藻，雲雨荒臺豈夢思？五、六相因句，是下醒上法。修遠云：高唐、神女兩賦，正其文藻也。『豈』字尤妙。何曾實有是夢，但是文藻耳。最是楚宮俱泯滅，舟人指點到今疑。

白山云：全在起句見詠懷之意。玉之九辨，爲其師而作也，故古迹雖屬宋玉，詠懷實着屈原。蓋公論文，固嘗祖風騷而攀屈宋，況其以忠見斥，心事又與略同？此詩所爲寄意也。前半懷宋玉，所以悼屈原；悼屈原者，所以自悼也。後半抑楚王，所以揚宋玉；揚宋玉者，亦所以自揚也。是謂『詠懷古迹』也。李義山詩：『襄王枕上原無夢，莫枉陽臺一片雲。』此只以『豈夢思』三字概之，何等簡妙！蓋唯無夢，益見文藻。結二句一開一闔，以跌宕之神，描其文藻之久。至於楚宫已滅，而舟人猶疑神女之爲真也，豈非『風流儒雅亦吾師』耶？此曲筆爲宋玉傳神，而公之文藻，亦於是異代有同調矣，故曰『詠懷』。

羣山萬壑赴荆門，生長明妃尚有村。一去紫臺連朔漠，白山云：承上，敘及入宫，又敘及出塞，只七字説盡。獨留青塚向黄昏。畫圖省識春風面，環珮空歸夜月魂。千載琵琶作胡語，分明怨恨曲中論。

發端突兀，是七律中第一等起句，謂山水逶迤，鍾靈毓秀，始産一明妃。説得窈窕紅顏，驚天動地，宜其重邀主眷，寵冠後宫。何期『一去紫臺連朔漠，獨留青塚向黄昏』耶？四句一氣貫下。五、六言當明妃之世，無有知明妃者，而設言之曰：假使畫圖省識春風面，何至空歸夜月魂乎？正寫明妃怨恨處。七、八乃進一步，言千載下頗有知明妃者。明妃彈琵琶無考，作曲亦無考，止因琵琶是塞外樂，故後人詠明妃，多及琵琶，晉魏以來，乃有明妃怨、明妃曲。是當日無窮怨恨，明妃不能自陳，直至千載而下，詞人賡歌辨論，方歷歷分明。六句反覆跌宕，纔是詠懷之意。若但就明妃一直説下，二語便收拾不住。白山云：寓意在『畫圖省識』句。女入宫而主不見知，與士懷忠而上不見察，一也。公之詠古迹而及昭君也，其所以自詠歟？上章言宋玉，下章即及孔明，其感憤不平自見。

蜀主窺吳幸三峽，崩年亦在永安宫。翠華想像空山裏，玉殿虚無野寺中。山有臥龍寺，先主祠在焉。古廟杉松巢水鶴，歲時伏臘走村翁。武侯祠屋嘗鄰近，一體君臣祭祀同。

此篇以『君臣一體』四字爲扼要。首二句，括盡昭烈心事。中二聯，寫先主廟。七寫武侯廟，八雙綰，以昭烈爲主。盧注：曰『幸』，曰『崩』，曰『翠華』，曰『玉殿』，尊昭烈爲正統，若春秋之筆；首稱蜀主仍舊號耳。後篇又稱漢祚，其帝蜀可見矣。

諸葛大名垂宇宙，宗臣遺像肅清高。三分割據紆籌策，萬古雲霄一羽毛。二句一篇之骨，下分應。伯仲之間見伊吕，指麾若定失蕭曹。二句頂一『羽毛』。運移漢祚終難復，志決身殲軍務勞。二句頂『紆籌策』。

陽元云：此詩筆力議論，妙絶今古。然必先曉『紆』字、『一羽毛』字之義，乃可尋其意。

紆，卷也，猶屈也。孔明籌策，豈止於三分割據？然不免止於此者，有此屈也，歎息之詞也。『一羽毛』，非謂輕如一羽毛也。一，獨也，特異之謂也。孔明之於人世，猶鸞鳳鷙鷟高翔雲霄之上，萬古之所共仰望者，贊美之詞也。三聯，解『一羽毛』之實。孔明人品上比伊吕，使其指揮魏吴，悉底平定，蕭曹何足擬倫哉？末解『紆籌策』之由。孔明止於三分割據者，非屈於魏吴也，唯屈於天不祚漢，故志雖決於恢復，而身則殲於軍務之勞矣。如此説詩，平坦正大，不唯少陵知己，亦使武侯心死。近人罕見單注，多生别解，録此可廢一切。至其篇法、句法、對法，亦空前絶後。五首皆蜀中事。題不曰『詠古迹』，而曰『詠懷古迹』，特借古人以寫懷耳，鑄題煞有意。次庾信避難，由建康至江陵，雖非蜀地，然曾居宋玉之宅，公之飄泊類是，故以信發端。次詠宋玉，以屈平自方也。三詠明妃，見時無知己。四詠蜀主，以惜其君。五詠諸葛，以惜其臣。所謂君臣一體，其大者也。公一生抑鬱不平之氣，盡露於句裏行間，而若爲不自鳴者，故借古人陳迹，以自寫其懷，作者之性情也。不得其性情，而曰少陵懷古之作，能道得古人心事，則猶然皮相而已。

閣夜

歲暮陰陽催短景，天涯霜雪霽寒宵。五更鼓角聲悲壯，三峽星河影動摇。寫景勁峭，難得如此自然。野哭幾家聞戰伐，夷歌是處起漁樵。亦是對結。卧龍躍馬終黄土，人事音書漫寂寥。『卧龍』、『躍馬』，因夔州各有祠廟而言。

前半寫閣夜之景，後半寫閣夜之情。然『歲暮』紀時，即關七、八；『寒宵』紀夜，已起三、四。而『鼓角』二句，寓兵未息民未安意，又引出五、六。結以『人事』繳『戰伐』、『夷歌』，『音書』繳『三峽』、『天涯』，關鎖之細，如無縫天衣。即此可見前後分解之非也。翻身作結，妙在七句極力一提，謂古來賢惡同歸於盡，則今之人事音書，漫付之寂寥而已。語若寬而實緊，如此始當得『沉鬱頓挫』四字。

將赴荆南寄别李劍州弟

使君高義驅今古，寥落三年坐劍州。白山云：驅，即並驅爭先之驅。句法挺健，在此一字。寥落，言其不得遷官，亦非『坐』字不顯。但見文翁能化蜀，焉知李廣未封侯？路經灩澦雙蓬鬢，天入滄浪一釣舟。白山云：『雙蓬鬢』、『一釣舟』，分裝成對。戎馬相逢更何日，春風回首仲宣樓。

鍊句之難，全由鍊字。如首二句，非『驅』字、『坐』字沈雄顯亮，一庸句耳，何以爲萬夫之特哉？然亦有全句鍊者，則『天入滄浪一釣舟』也。前説使君寥落，已暗寓自己；後説自己寥落，又迴抱使君。『回首仲宣樓』，是預期之詞，猶五言之『醉別仲宣樓』也。

返照

楚王宮北正黄昏，白帝城西過雨痕。返照入江翻石壁，歸雲擁樹失山村。衰年肺病惟高枕，絶塞愁時早閉門。不可久留豺虎亂，南方實有未招魂。南方，暗應一、二地名。

説者謂詩成而後命題，如歷歷、洞房之類。非也。此首專詠返照，唯第三句是正面。首二句在返照前寫一層，第四句是倍襯返照一層，貼雨後説。後半皆因返照而起閉門高枕之情，且思歸也。若謂詩成而後命題，則主意不屬返照，前後語脉皆窒矣。故論詩者，須會通其詩意，然後可得詩法；亦必審清其詩法，然後可領詩意。杜詩之難讀，正在此毫釐間，不可不辨也。

見螢火

巫山秋夜螢火飛，巫山秋夜，紀地紀時，與『滄江白髮』呼應。簾疎巧入坐人衣。忽驚屋裏琴書冷，復亂檐前星宿稀。却繞井欄添箇箇，偶經花蕊弄輝輝。滄江白髮愁看汝，來歲如今歸未歸？以歸期問螢火，憤筆帶趣。

前六句細微曲折，詠螢火，非詠螢火也，詠『見螢火』『見』字也。然六句平敘亦猶人，賴『滄江白髮』句，提筆而起，通體俱靈。此杜公家法，所以壓倒唐人也。白山云：起作巫山秋夜，筆法已具。初時衣上止見一箇，後來屋裏、檐前、繞井、經花，旋見添數箇，去來聚散，高下遠近，一一寫出，其體物之精細又如此。結處道出本懷，乃知全然不是詠物，與朱櫻作同一筆仗，皆極神龍變化之妙。

九日五首 選二。吳若本缺一首。單復本末一首，即諸家之登高作。

重陽獨酌杯中酒，抱病起登江上臺。竹葉於人既無分，菊花從此不須開。殊方日落玄猿哭，故國霜前白雁來。弟妹蕭條各何在？干戈衰謝兩相催。

『獨酌』二字是眼，『獨酌』即憶弟妹，通首皆寫『獨』字。『玄猿哭』、『雁來』愈形其獨，所以呼出弟妹來也。

風急天高猿嘯哀，渚清沙白鳥飛迴。無邊落木蕭蕭下，不盡長江滾滾來。萬里悲秋常作客，百年多病獨登臺。艱難苦恨繁霜鬢，潦倒新停濁酒杯。

句必練字，則庸句皆奇，鈍句皆秀。如『落木蕭蕭下』、『長江滾滾來』，亦平平耳，着『無邊』字、『不盡』字，則蕭蕭之聲、滾滾之勢，遂精神十倍。起聯、三聯，并三折句，然起聯不過寫景雄壯耳，三聯逆溯而上，每句有四層意。『作客』一層，『常作客』一層，『悲秋常作客』一層，『萬里悲秋常作客』又一層；『登臺』一層，『獨登臺』一層，『多病獨登臺』一層，『百年多病獨登臺』又一層。亦在『萬里』、『百年』四字鍊得深厚也。末聯，或譏其卑弱，或惜其板對，皆有苛求古人之意。吾謂此聯欠鍊，若第八句定是此章煞尾，酒可消憂，今恨新停，故不能消遣，上六句之情，非此亦收不住。只『繁霜鬢』複上『百年』，實贅句也。

暮歸

霜黄碧梧白鶴棲，城上擊柝復烏啼。客子入門月皎皎，誰家搗練風淒淒？南度桂水闕舟楫，北歸秦川多鼓鞞。年過半百不稱意，明日看雲還杖藜。陶停雲詩，爲思親友作。『看雲』猶是也。

此客子投宿而作也。前半寫暮歸之景以起興，而情在景中，寫得旅人見月聞風，聲聲唤

『奈何』也。後半是入門之後，自訴己情，猶言南渡不可，北歸不能，終日奔馳，不克如棲鳥之得所，不免明日又杖藜而去也。玩一『復』字、一『還』字，有日復一日之象。意極淒楚，而法極細密。

奉寄別馬巴州

勳業終歸馬伏波，功曹非復漢蕭何。扁舟繫纜沙邊久，南國浮雲水上多。獨把魚竿終遠去，難隨鳥翼一相過。知君未愛春湖色，興在驪駒白玉珂。

此以馬伏波之勳業，期望巴州，而遂以漢蕭何自況，不覺道出『功曹』二字耳。不必泥舊注。一、二彼已對起，三己四彼，五己六彼，七、八彼此雙收。然三、四流水對，乃從沙邊繫纜之久，而見浮雲水上之多，非平對也。五、六承上起下。五言己在扁舟，而有春湖之愛，故曰『終遠去』；六言馬居南國，而有鳴珂之興，故不克隨鳥翼相過。點明『寄別』，又暗應『勳業』。曰君之驪駒在道，珂馬輝煌，豈如我之寥落，獨愛春湖哉？觀結尾之瀟灑，而益知發端之鄭重。如此一篇，句句流走，句句蓄意，句句變换，豈凡夫排偶者所能捉摸？白山謂：『興在驪駒』，知馬亦行客，非守官者。良是。余按：此詩當在洞庭時作，而馬亦將赴闕，寄此爲別，故以春湖紀地。

舍弟觀赴藍田取妻子到江陵喜寄三首 選二

馬度秦關雪正深，北來肌骨苦寒侵。他鄉就我生春色，故國移居見客心。歡劇提攜如意舞，喜多行坐白頭吟。中二聯皆帶『喜』字。巡檐索共梅花笑，冷蕊疎枝半不禁。白山云：『索』字，乃『須得』二字急口語，猶『須索』、『只索』之『索』，俗作『求』字解。多襲用『索笑』二字，非。

通篇俱喜極之詞，一結乃得此神來之句。白山云：起舞行吟，忻喜之至，無可告語，只索對花而笑，覺冷蕊疎枝，亦解人意，不禁唇綻而頰動矣。『半不禁』，蒙上『笑』字而言。

庾信羅含俱有宅，春來秋去作誰家？二句一截。對起，以虛對實法。庾信、羅含，皆寓居江陵之人。短牆若在從殘草，喬木如存可假花。卜築應同蔣詡徑，爲園須似邵平瓜。蔣詡、邵平，俱長安人。比年病酒開涓滴，弟勸兄酬何怨嗟？六句一截。

公志欲歸秦，寓居江陵，非公志也。觀『故國移居見客心』一句，知特客中之喜耳。故此作以庾信、羅含兩江陵寓公，與蔣詡、邵平兩長安人對照，而意自見。起手懸空下一句曰『庾信羅含俱有宅』，而即接之曰『春來秋去作誰家』，見去來無定，如燕之巢，則庾信、羅含之宅，屬誰家耶？二句聲口俱咽矣。中二聯皆就秦中舊宅言，曰『若在』，曰『如存』，曰『應同』，曰『須似』，用數虚字剔醒，乃見弟兄酬勸之樂，其用意隱而極顯，徵之虞山爲信。錢箋云：庾信、羅含有宅，謂江陵之寓居也。春來秋去，以燕自況也。短牆喬木，指秦中故居。蔣詡、邵平，一居杜陵，一居東陵，皆老於長安者也。『弟勸兄酬』，言歸秦之樂也。

覃山人隱居

南極老人自有星，一句斷清。北山移文誰勒銘？徵君已去獨松竹，哀壑無光留户庭。予見亂離不得已，子知出處必須經。高車駟馬帶傾覆，悵望秋天虚翠屏。

此經山人隱居而傷逝之作。起句初不得其解，及玩『哀壑無光』與結句，然後知山人已化而爲星矣。公詩起句突兀，往往有此。次句『誰勒銘』，翻用北山無移文者，美之也。舊解皆謂譏覃，失之矣。細味前後詩意，山人是知出處之經者，通體皆贊語，且放倒自己，儘力擡高山人，何有絲毫譏誚意？『高車駟馬』，又用四皓語以揚之，而歎其識見之高，不可及也。後四句波瀾層出，正爲前四句作註脚。『悵望秋天』，繳南極星；『虚翠屏』，繳二、三、四句。收束之工，莫密於此。

燕子來舟中作

湖南爲客動經春，一句中，紀地紀時與作客皆具。燕子銜泥兩度新。舊入故園嘗識主，如今社日遠看人。『故園』是主腦，與『爲客』應。可憐處處巢君室，何異飄飄託此身？暫語船檣還起去，穿花帖水益霑巾。

只起手一語屬己，後七句皆屬燕。中二聯作燕子語，唯『益霑巾』三字屬己，回抱轉去，通身是力。此與小寒食，皆舟居時所見之作，總寓故園之想。乃『故園』字不從己口説，偏從燕子口中説出，言外見相憐相識者，唯燕而已。此爲客之所以『益霑巾』也。琢語楚楚動人，而篇法却工巧，却自然。

小寒食舟中作

佳辰强飲食猶寒，點小寒食。隱几蕭條戴鶡冠。春水船如天上坐，老年花似霧中看。涓涓戲蝶過開幔，片片輕鷗下急湍。二聯點舟中。五暗承四，六暗承三，而語兼比興，借物形人。雲白山青萬餘里，愁看直北是長安。

雲山，長安之雲山也。妙在前六句平敍，忽接『雲白山青』一句，突起波瀾，使人不測。

贈韋七贊善

鄉里衣冠不乏賢，杜陵韋曲未央前。韋杜雙起。爾家最近魁三象，韋。時論同歸尺五天。杜。北走關山開雨雪，韋。南游花柳塞雲煙。杜。洞庭春色悲公子，蝦菜忘歸范蠡船。韋杜雙收。洞庭，紀地，與杜陵、韋曲對照。忘歸，不歸也，反言見意。

與韋同鄉里，又值歸朝，故起手四句，一片鬧熱。五、六一開一塞，方有彼歸此滯之感。結乃痛切言之，而渲染色澤，風韻嫣然，又與起調相稱。

崔氏東山草堂

愛汝玉山草堂靜，紀地。高秋爽氣相鮮新。紀時。有時自發鐘磬響，落日更見漁樵人。二句，合寫『静』字入微。白山云：三即『踈松隔水奏笙簧』意，與八句『松筠』字映發。盤剥白鴉谷口栗，飯煮青泥坊底芹。句峭字雅，點綴入妙。何謂西莊王給事，柴門空閉鎖松筠。

白山云：前敘草堂之景，後敘款客之事，結借西莊相形，詩家抑彼揚此法。又云：拗體如古木蒼藤，屈鐵交錯，不以枝葉爲妍。又云：拗律有拗律之音節，律雖拗而節自諧。

校記

〔一〕七歌　指乾元中寓居同谷縣作歌七首之七。

杜詩提要卷十三

五言排律

冬日洛城北謁玄元皇帝廟 廟有吴道子畫五聖圖。

配極玄都閟，憑高禁籞長。守祧嚴具禮，掌節鎮非常。一層寫廟。碧瓦初寒外，金莖一氣旁。山河扶繡户，日月近雕梁。兩層寫廟。仙李盤根大，猗蘭奕葉光。世家遺舊史，道德付今王。一層始寫玄元皇帝。頓住，下單寫畫壁。畫手推前輩，吴生遠擅場。森羅移地軸，妙絶動宫墻。五聖聯龍衮，千官列雁行。冕旒俱秀發，旌旆盡飛揚。又頓住，下寫景。翠柏深留景，紅梨迥得霜。風箏吹玉柱，露井凍銀牀。四句寫冬日之景。身退卑周室，經傳拱漢皇。遥接。谷神如不死，養拙更何鄉？

玄元皇帝廟，不經之甚，妙在字字贊揚，絶無一語諷刺。蓋老子之學，以自隱無名爲務，不期千載下，尊之爲帝，奉之爲祖也。且廟中繪高祖、太宗、高宗、中宗、睿宗五聖於壁間，若老子儼爲五聖所自出之帝，故極口贊揚，多微詞焉。起八句憑空先寫一廟，輝煌壯麗，却不露出玄元皇帝，使人掩卷而思，直是唐朝宗廟相似。史記：始皇爲廟象天極。蓋天子廟也。今極而曰『配』，又曰『玄都閟』，則居然縹緲神仙矣，五字包括無限。禁籞、守祧、掌節，天子廟也；碧瓦、金莖、山河、日月，天子廟也。兩層夾發出天子氣象制度，始於『仙李』句露出，使讀者恍然悟爲李老君廟也。盤旋蓄勢，以揚爲抑，使人索之而莫得其端。惟盤根大，故奕葉光，是流水對，而加『仙李』字，一似聖祖頗藉仙靈矣。『世家』二句，一抑一揚，上句謂史公已不列世家，豈唐宗猶存譜牒乎？下句謂明皇雖尊其教，亦未必深知道德之意，『付』字委婉得妙。『畫手』八句，描寫畫壁，平列五聖千官，冕旒旌旆，不置低昂，若不知五聖之爲何如人者。序列無次如此，寫得全無畫理。及觀『移』字、『動』字、『聯』字、『列』字、『俱秀發』字、『盡飛揚』字，筆筆飛動，則又妙畫通神如此。乃知非無畫理也，爲其在玄元皇帝廟，故五聖亦屈之也。贊畫到十分，規諷亦到十分，此反面旁擊之法。『翠柏』四句，因題中有『冬日』字，陪襯點染，乃於極忙中作極閑筆，方有斷續。又借周室、漢皇陪映今王，蓋老子之學歸於谷神不死，原非名位可動其心者。『身退卑周室』，無意於榮位也。『經傳拱漢皇』，亦自漢皇尊之，無意於榮名也。所謂自隱無名，老子一生本領如此。末二句，又進一層，謂假令老子長生，亦養拙於無何有之鄉，豈其憑兹廟貌以博無端之奉乎？深見踰制之不經也。一篇主意，至尾煞出，而又不正説，只於呑吐間遇之，渢渢乎大而婉矣。

投贈哥舒開府翰二十韻

今代麒麟閣，何人第一功？呼起。君王自神武，駕馭必英雄。立意莊嚴，對仗流動。四句冒。開府當朝傑，論兵邁古風。先鋒百戰在，略地兩隅空。青海無傳箭，天山早挂弓。廉頗仍走敵，魏絳已和戎。四韻隴右戰功。兩隅，謂河西、隴右。舊注：翰年已老，素有風疾，故以廉頗爲比。十二載，賜翰音樂田園，故引魏絳事。每惜河湟棄，新兼節制通。智謀垂睿想，出入冠諸公。日月低秦樹，乾坤繞漢宮。胡人愁逐北，宛馬又從東。四韻收復河西。仇滄柱云：『日月』句，喻帝業之光昌。『乾坤』句，比皇輿之光大。蓋以比興意鋪張開府之功，爲加一倍寫法。受命邊沙遠，歸來御席同。軒墀曾寵鶴，畋獵舊非熊。茅土加名數，山河誓始終。策行遺戰伐，契合動昭融。四韻歸朝册封。舊唐書：翰與禄山不協，上命結爲兄弟。十一載冬，並來朝，設宴以和解之。故云『御席同』。『寵鶴』『非熊』，語有次第。勳業青冥上，交親氣槩中。二句束上起下。未爲珠履客，已見白頭翁。壯節初題柱，生涯獨轉蓬。幾年春草歇，今日暮途窮。軍事留孫楚，行間識吕蒙。防身一長劍，將欲倚崆峒。一段自敘，有欲參翰軍之想。

胡應麟云：杜大篇鉅什，闔闢馳驟，如飛龍行雲，鱗鬣爪甲，自中矩度。又如淮陰用兵，百萬掌握，變化無方。一起突然而來，一結悠然而逝。中分四段，各有結搆，而線脉隱伏其間，一絲不亂。此堂堂之陳，正正之旗也。

敬贈鄭諫議十韻

諫官非不達，寫諫議只一筆，下俱贊詩。高絶。詩義蚤知名。破的由來事，先鋒孰與爭？思飄雲物外，律中鬼神驚。毫髮無遺恨，波瀾獨老成。四韻美鄭詩。野人寧得所，天意薄浮生。多病休儒服，冥搜信客旌。築居仙縹緲，旅食歲峥嶸。使者求顔闔，諸公厭禰衡。四韻自敘。『仙縹緲』、『歲峥嶸』，鍊實字於句中，與『聖圖天廣大』二句法同。『使者』二句，即『執政方持法，明君無此心』意，妙於立言，又以啓下二韻。將期一諾重，欻使寸心傾。君見窮途哭，宜憂阮步兵。四句望鄭汲引。

題是贈鄭諫議，若入庸手，必累紙青蒲折檻，剌剌不休。兹只發端一點，以下一字不及，此神芝腐菌之所以異也。公排律線索最密，又善藏鋒，如此章『諸公厭禰衡』反起下『一諾』四句，汝陽章『忘形向友朋』暗起下『招邀』一段是也。餘可類推。

贈特進汝陽王二十二韻 汝陽王璡，宋王成器長子，封郡王。終父喪，加特進。

特進羣公表，天人夙德升。二句總冒。德、學二字，是一篇綱領。霜蹄千里駿，風翮九霄鵬。以比意承。服禮求毫髮，推忠忘寢興。一段言德協天人，可爲羣公表帥。『服禮』二句立柱，下分承。聖情常有眷，朝退若無憑。仙醴來浮蟻，奇毛或賜鷹。清關塵不雜，中使日相乘。此忠德也，承『推忠忘寢興』句，帶出聖眷。王原叔云：『若無憑』，不挾貴也。盧世㴶云：果王濞〔二〕、梁孝王以有所憑而致禍，河間獻王、東平王蒼以無所憑而得令名。只『若無憑』三字，可爲千古藩王法矣。晚節嬉遊簡，平居孝義稱。自多親棣萼，誰敢問山陵？此孝德也，承『服禮求毫髮』句。親棣萼、問山陵，皆應上『禮』字。按唐書：明皇造花萼相輝之樓，與宋王等共之，璡亦與諸弟善。宋王薨，謚讓皇帝，號惠陵，璡表辭不許。故二句云然，何等蘊藉。學業醇儒富，辭華哲匠能。筆飛鸞聳立，章罷鳳騫騰。學藝。精理通談笑，忘形向友朋。寸長堪繾綣，一諾豈驕矜？友誼。已忝歸曹植，何如對李膺？招邀恩屢至，崇重力難勝。披霧初懽夕，高秋爽氣澄。尊罍臨極浦，鳧雁宿張燈。花月窮游宴，炎天避鬱蒸。硯寒金井水，檐動玉壺冰。一段自敘遇知於王，而盛陳游宴，四時皆備。瓢飲惟三徑，巖棲在百層。二句提筆，一俯一仰，謂瓢飲之人，惟宜三徑是處，今巖棲之子，反在百層之樓也。謬持蠡測海，況挹酒如澠。上句謂己，下句謂王。鴻寶寧全秘，丹梯庶可陵。上句謂王，下句謂己。鴻寶，用漢淮南王事。丹梯，言王殿角之高，己可陵也。淮王門有客，終不愧孫登。彼己雙綰。孫登，晉高士，自寓有品。

胡應麟云：杜排律五十百韻，極意鋪陳，頗傷蕪碎。惟贈汝陽諸作，格調精嚴，體骨匀稱，每論其人履歷，咸若指掌，形神意氣，踴躍毫楮，如周昉寫生、太史序傳，逼奪化工。

排律最難發端，起二句籠蓋一篇氣象，下乃逐段分應。忠、孝是二大支，學藝、友誼是二小支。『已忝』一段，又承友誼而自敘知遇，便夾寫王之遊宴。『瓢飲』一段，雙綰作收，妙在『瓢飲』二句一提，是排敘中波瀾，便化去平敘畦町，筆極跳脱矣。而又句句用俯仰，生龍活虎，若不見有排偶之迹者，此全以法勝也。

臨邑舍弟書至苦雨黄河泛溢堤防之患簿領所憂因寄此詩用寬其意

二儀積風雨，百谷漏波濤。『積』字、『漏』字，有怨二儀意，見災沴非關人事也，已伏有寬其意在。聞道洪河坼，遥連滄海高。職司憂悄悄，郡國訴嗷嗷。舍弟卑棲邑，防川領簿曹。已上六句皆傳聞。尺書前日至，版築不時操。難假黿鼉力，空瞻烏鵲毛。燕南吹畎畝，濟上没蓬蒿。螺蚌滿近郭，蛟螭乘九皋。徐關深水府，碣石小秋毫。白屋留孤樹，青天失萬艘。一段舍弟書至，皆述書中語也。吾衰同泛梗，利涉想蟠桃。倚賴天涯釣，猶能掣巨鼇。一段寄詩寬慰。

排律之法，在段落起伏，曲折變換，如山之有巒有坂，水之有平有波，或行或止，若斷若續，乃能蓄長篇之勢。觀此起二句突兀，將黃河水勢、領官憂患及寄詩寬慰，許多議論，均伏其中，全局已爲之一振。且此詩因舍弟書至，而知苦雨黃河泛溢，乃偏於書未到時，先寫六句在傳聞中，設想便自高人幾等矣。傳聞河泛，只一『高』字，甚略。尺書中寫河泛淵浒之狀，甚詳。自燕而濟，而徐關，而碣石，不獨一邑爲然，總爲『用寬其意』四字之地也。『職司』四句，是公憂弟；『尺書』十二句，是弟自憂。末四語忽將『憂』字擱起，變換一副擔當利濟語，而又冠以『吾衰』二字，若爲自誇其詞。殊不知愛弟深衷，正欲以釣鼇望之於弟而激厲之，乃所謂『用寬其意』也。不然，公豈徒爲寬牛之憂者哉？

遣興

驥子好男兒，前年學語時。問知人客姓，誦得老夫詩。世亂憐渠小，家貧仰母慈。六句思驥子。仰母慈，省文也，父遠出不待言。鹿門攜不遂，雁足繫難期。天地軍旌滿，山河戰角悲。倘歸免相失，見日敢辭遲？須溪云：語少意多，善自寬。

微分兩截。開手四句，言好男兒，可遣興也，經世亂家貧而不可遣矣。『鹿門』四句，家書隔而喪亂生，興不可遣矣。又故爲自寬之詞曰：得歸而不至相失，亦不怨見日之遲。

是於無可遣之中，强作自遣語也。一緊一寬，語短而情長。

奉送郭中丞兼太僕卿充隴右節度使三十韻 中丞名英乂，隴右節度郭知運之子。

詔發西山將，秋屯隴右兵。從隴右起，扼題。淒涼餘部曲，燀赫舊家聲。雕鶚乘時去，驊騮顧主鳴。艱難須上策，容易即前程。六句贊郭宿將才勇方略。斜日當軒蓋，高風卷旆旌。松悲天水冷，沙亂雪山清。二韻寫途中之景。和虜猶懷惠，防邊詎敢驚。古來於異域，靜鎮示專征。第一段是主筆。此爲一大支。燕薊奔封豕，周秦觸駭鯨。中原何慘黷，遺孽尚縱横。箭入昭陽殿，笳吹細柳營。内人紅袖泣，王子白衣行。宸極妖星動，園陵殺氣平。空餘金碗出，無復繐帷輕。毁廟天飛雨，焚宫火徹明。罘罳朝共落，棆桷夜同傾。第二段，是客筆，此爲一大支。上『慘』下『黷』，出陸機漢功臣贊，作『慘』非。唐妓女入宜春院，謂之内人。白衣行，言微服也。三月師全整，羣兇勢就烹。瘡痍親接見，勇決冠垂成。四句提筆，追美昔日郭之才勇。妙譽期元宰，殊恩且列卿。二句言今日，以中丞兼卿。幾時迴節鉞，戮力掃欃槍？圭竇三千士，雲梯七十城。四句預期將來。第三段，客主兼有。看『迴節鉞』三字，知爲此篇立言主宰。恥非齊説客，甘似魯諸生。通籍微班忝，周行獨坐榮。隨肩趨漏刻，短髮寄簪纓。徑欲依劉表，還疑厭禰衡。漸衰那此别，忍淚獨含情。第四段自敘，兼志别。『齊説客』，承『七十城』來。『魯諸生』，承『三千士』來。蟬連而下，借作過渡也。通籍，謂己。周行，謂郭。廢邑狐狸語，空村虎豹爭。人頻墜塗炭，公豈忘精誠？　元帥調新律，前軍壓舊京。安邊仍扈從，莫作後功名。第五段，又申第三、第四段之意，而以『安邊』、『扈從』雙收。末句，言莫使功名居人後，蓋深期望之也。

送人赴隴右，自應以防邊爲主。既以防邊爲主，則恢復中原，便是客矣。然詩人之意，却以恢復爲主，不憚言之又言。而『燕薊』一段，十分沉痛；『廢邑』一段，十分期望。又以『迴節鉞』、『掃欃槍』、蓄士攻城，諄諄付託，若全不是客筆。其於第一段，只『懷惠』、『静鎮』數語，其意不過安邊而止，原在所輕，至中原塗炭，蛇豕未除，實在所重。故篇中處處激厲中丞，此客之所以爲主，而主之所以爲客也。張上若云：『安邊仍扈從』一句内，上二字總前一段，下三字綰後一段，何等周匝！

重經昭陵

草昧英雄起，謳歌曆數歸。　風塵三尺劍，社稷一戎衣。　翼亮貞文德，丕承戢武威。　聖圖天廣大，結上。宗祀日光輝。起下。『天』字『日』字，句中眼，鍊在中央，響而有力。　陵寢盤空曲，熊羆守翠微。　再窺松柏路，還見五雲飛。

起六句莊重典麗，與後篇同。『聖圖』二句，上下過渡。『陵寢』二句，説昭陵。『松柏路』，結住陵上。『再窺』，點明重經。『五雲飛』，繳前八句。格整而闊大，句簡而該括，具見開國氣象，足以繼雅頌而壓三唐。掃風塵但提三尺劍，定社稷惟事一戎衣，句中藏字。歐公説詩於本文只添一二字，而語意豁然，即此法也。

行次昭陵

單陽元編重經昭陵於天寶九載。編此詩於至德二載，謂公自賊中竄歸時，經此而作也。

舊俗疲庸主，羣雄問獨夫。讖歸龍鳳質，威定虎狼都。四句冒。天屬尊堯典，神功協禹謨。風雲隨絶足，日月繼高衢。文物多師古，朝廷半老儒。直詞寧戮辱，賢路不崎嶇。一段開國。往者災猶降，蒼生喘未蘇。『往者』二字，提筆，猶史漢之『先是』字，左氏之『初』字也。又禄山之亂未遠，而曰『往者』，不忍斥言播遷也，微詞也。指揮安率土，盪滌撫洪鑪。一段中興。壯士悲陵邑，幽人拜鼎湖。玉衣晨自舉，鐵一作石。馬汗常趨。四句寫昭陵。松柏瞻虚殿，塵沙立暝途。寂寥開國日，流恨滿山隅。曰『瞻』、曰『立』，並『行次』二字俱見。

起二句突兀，兩路夾出太宗龍鳳之姿，與衆不同。曰『歸』、曰『定』，見帝王自有真也。『天屬』謂高祖，『神功』謂太宗，『風雲』謂從龍之彦，『日月』言繼禪之明，『文物』四句見偃武修文，儒臣濟濟。白山謂：昭陵、武功、文德只六韻述盡，可謂鉅筆如扛。『往者』

二句，妙用提筆，蓋詩惡直敘，而排律尤尚波瀾，此處用力一提，便是兩副敘法，既免太直之弊，而又陡起文瀾。此以作文之法，用之於詩者也。『指揮』二句，徑接肅宗中興，文簡意達，絶不辭費。『壯士』、『幽人』二句，陪出『玉衣』、『鐵馬』來，見太宗千載下凜然有生氣，是寫昭陵正面處。錢虞山引黄旗助戰、石馬汗流二事以證之，良然。結尾從行次寂寥中，追思太宗開國景象，流恨山隅，正與起處反射。

鄭駙馬池臺喜遇鄭廣文同飲

不謂生戎馬，何知共酒杯。『生』即『我生不辰』『生』字，猶云不謂生於戎馬也。二句自相縈拂，爲意想所不及處，無限層折。然臍鄗塢敗，握節漢臣回。轉筆。上句謂禄山死，下句謂廣文回，善於爲鄭出脱。白髮千莖雪，丹心一寸灰。別離經死地，披寫忽登臺。重對秦簫發，俱過阮宅來。醉留春夜舞，淚落强徘徊。秦簫，點駙馬。阮宅，點駙馬爲廣文之姪。煞句點同飲。全在用虚字生動。篇中『忽』字、『重』字、『强徘徊』字，皆是再生時語，正從『不謂』、『何知』四字中體勘出來。蓋死別之餘，思前想後，不覺喜極悲來，故其詞哀婉如此。『生』、『死』二字，一篇關捩。舊注謂戎馬生於郊，則失之矣。末二句，與『喜心翻倒極，嗚咽淚沾巾』同法。然彼明出『喜』字，此暗藏『喜』字，更爲深渾。

建都十二韻

蒼生未蘇息，胡馬半乾坤。議在雲臺上，誰扶黃屋尊？『議』字是眼。建都分魏闕，下詔闢荆門。恐失東人望，其如西極存。時危當雪恥，計大豈輕論？雖倚三階正，終愁萬國翻。一段建都。斷。牽裾恨不死，漏網辱殊恩。永負漢庭哭，遥憐湘水魂。窮冬客江劍，紀時紀地。隨事有田園。風斷青蒲節，霜埋翠竹根。一段自序。斷，下又遥接前文。衣冠空穰穰，關輔久昏昏。願枉長安日，光輝照北原。此『日』字，與『萬歲蓬萊日，長懸舊羽林』『日』字，同一妙諦。

此篇可作賈誼陳政事書讀。建都，南都也。時罷蜀之南京，而以荆州爲南都。篇中以『時危當雪恥』句爲主。一起無限蓄忿，謂此時不掃清中原，以圖雪恥，而乃汲汲議建都耶？議在雲臺，即議此也，謂議建都則有人，而扶黃屋者其誰哉？未出建都，先横插『議在雲臺上』五字，使人不測，是意在筆先法，又是山半拖嵐法。曰『恐失東人望，其如西極存』，又曰『雖倚三階正，終愁萬國翻』，總是建都非計。『東人』，指長安。『西極』，指『蜀』。蓋蜀爲長安犄角，固屏藩之重地。今以荆州爲南都，則退避之謀成，尅復之計左，人望自兹坐失矣。『計大豈輕論』，回顧『議』字，以言建議者輕於大計也。前段十二句，憂時碩畫，而以顛倒錯綜見章法。『牽裾恨不死』，陡接自己，極突兀，極牢騷，蓋公昔日上書不用，牽裾引退，所欠者一死耳。而遠謫邊鄙，如漏網然，則永不能如賈生之陳時事，是正辱殊恩處。暗承議者非策，而已不得與議也。深悲隱痛，忠憤難伸，故句中藏句，委婉沉著如此。賈生、屈子，皆上書被放者，引以爲比，不言自露矣。『青蒲』、『翠竹』，亦比興語，不徒寫窮冬之景，實寫自己節概。而『風斷』、『霜埋』，則有職其咎者。與『漢庭哭』、『湘水魂』，同是一副説話，妙以比興發之，便渾然不覺，而咀之有味。此以寫景爲敘事法也。『誰扶黄屋尊』，語氣猶隱。『衣冠』二句，則斥言之矣。遥接前段，是藕斷絲聯法。關輔、長安、北原，點綴地名，與南都反射。蓋關中根本之地，黄屋至尊所都，而久聽其昏昏戎馬，乃反議建南都，何爲哉？結以比意透之，正欲慰東人之望也。前後聯貫如環，又是尾擊首應法。

奉和嚴中丞西城晚眺十韻

汲黯匡君切，廉頗出將頻。直詞才不世，雄略動如神。政簡移風速，詩清立意新。引古起，三、四順承，五點中丞，六點詩。一截。層城臨媚景，絶域望餘春。旗尾蛟龍會，樓頭燕雀馴。地平江動蜀，天闊樹浮秦。『西城晚眺』一截。白山謂：『動』字，寫洶湧之狀。『浮』字，寫縹緲之意。得之。人有以二字相若而『動』爲勝者。愚謂『動』字易下，『浮』字難下。蓋蜀在眼底，其動易知；秦是目力不到處，非『浮』不顯。又『動』字由地平而見，『浮』字因天闊而生。如此鍊句，真有神工。帝念深分閫，提筆。軍須遠筭緡。花羅封蛺蝶，瑞錦送麒麟。一截。遠，猶却也。『筭緡』且曰『遠』，何有於羅錦之充貢？乃以『遠』字順文帶下耳。舊注皆非是。辭第輸高義，觀圖憶古人。引古結。征南多興緒，事業闇相親。『征南』，又一古人。

排律發端，即須有籠罩一篇之勢。引汲黯、廉頗二古人起，隨點出中丞之政，而詩即順帶一筆寫去，簡捷至矣。次寫西城晚眺，却不平鋪。『旗尾』二句，是流水對。蛟龍，旗也。蛟龍會集，而樓上之燕雀馴習，則中丞之安静和輯可知，美之也。『地平』、『天闊』二句，寫眺望遠景，包盡全蜀形勢，見非嚴公撫綏不可，是加倍贊嚴也。故提出『帝念』一段，明公之鎮蜀，以分閫爲重，不以筭緡爲急，故羅錦却貢，所以誇之也。因復引霍去病、裴秀、杜預三古人結之，與起手二古人爲章法，而束以匡君事業爲重，以吟眺興緒爲工，則一篇之大旨了然矣。如此十韻，氣力何等深厚！而節驟之安閑，綫脉之起伏，從來論詩者皆未嘗及也。

奉送嚴公入朝十韻

鼎湖瞻望遠，象闕憲章新。對起，側重『憲章新』。四海猶多難，中原憶舊臣。與時安反側，自昔有經綸。感激張天步，從容靜塞塵。南圖回羽翮，北極捧星辰。漏鼓還思晝，宫鶯罷囀春。一束。空留玉帳術，愁殺錦城人。起下。閣道通丹地，江潭隱白蘋。二句一彼一己。此身那老蜀，不死會歸秦。一束。公若登台輔，臨危莫愛身。

此肅宗晏駕，代宗新即位，而望嚴公之贊畫也。起二句渾淪莊重，蓄一篇意，而以新政望之舊臣。『四海』一段，皆屬望之詞，句句流水，以化爲開闔之筆。『南圖』『北極』，比也。『思晝』『囀春』，賦也。暗對憲章新氣象，爲一束。『玉帳』二句，惜嚴去蜀，以起下瞻戀之情。『此生』二句，跌宕之筆，乃甫哭罷自己，忽轉出一副告戒語，勖勵嚴公，真誠悱惻。始知其爲己哭者，不過老死而已，而爲嚴公哭者，台輔臨危之事，正回顧中原舊臣，而發端之蓄意乃伸矣。此排律中沉鬱頓挫之章，非公無此性情，非公無此筆力。

送嚴侍郎到綿州同登杜使君江樓宴得心字

野興每難盡，『難盡』二字貫通篇。江樓延賞心。歸朝送使節，落景惜登臨。稍稍煙集渚，微微風動襟。重船依淺瀨，輕鳥度層陰。檻峻背幽谷，窗虛交茂林。燈光散遠近，月彩靜高深。讀至此，已夜久將別矣。下四句，又從朝提起，重敘一翻，只是情深難盡。城擁朝來客，天橫醉後參。窮途衰謝意，苦調短長吟。『城擁』二語，以倒插成硬裝句。謂朝來而城擁客，傾城出送也；醉後而天橫參，將曉欲别也。長吟短吟，確是重敍口吻。合四句觀之，直寫出從朝而夜，夜而朝，一片攀轅臥轍情狀，黯然銷魂矣。此會共能幾，一句總上。諸孫賢至今。不勞朱户閉，自待白河沉。白河，天河也。

此章以落景、開筵、煙集、鳥歸、燈光、月彩、朝來、醉後、户閉、河沈爲節奏，具見纏綿難盡之意。然待至天曉，終當别耳，落語凄然。篇法以重敍一層見波瀾，詩意以重敍一層見苦調，非細心體認，未有不以爲複者也。

陪章留後侍御宴南樓得風字

絶域長夏晚，兹樓清宴同。截住，題意已畢。朝廷燒棧北，鼓角漏天東。接法奇。屢食將軍第，仍騎御史驄。補寫官名。本無丹竈術，那免白頭翁。寇盗狂歌外，形骸痛飲中。八句登樓之懷。野雲低渡水，檐雨細隨風。二句登樓之景。出號江城黑，題詩蠟炬紅。二句應上『晚』字。出號，出號令也，繳留後。題詩，自序。一邊一句。此身醒復醉，不擬哭途窮。

起十字紀時、紀地、紀南樓、紀陪宴，一筆寫盡。下忽提出朝廷鼓角許大心事，接續無端。宴集詩中，能具如此懷抱否？能作如此脉絡否？掩卷沉思，不能下手，然後知其用筆之神也。『屢食』二句，從上脱下，以明亂後清宴之不易得。故下文一腔心事，俱付之酒。丹竈、白頭，不過歎老哀窮，此獨用翻案法，意愈激而辭愈寬，結法亦然。寇盜雖多，姑置之狂歌之外，承『朝廷』二句。形骸雖老，拚老於痛飲之中，承『丹竈』二句。八句皆登樓心事，乃於酒闌歌放時發之，寫出『烈士暮年，壯心不已』之態，豈止爛醉生涯而已哉？『野雲』二句，借南樓之景以離其勢也。『行到水窮處，坐看雲起時』，可悟其法。魏武詩：『對酒當歌，人生幾何。』又曰：『何以解憂，惟有杜康。』阿瞞心事，隱隱寄情於酒。此詩歎老則曰『形骸痛飲中』，哀窮則曰『此身醒復醉』。雖寄託不同，而英雄懷抱，千古如生。

九日

故里樊川菊，登高素滻源。他時一笑後，今日幾人存。此三句套裝法。謂他時故里登高，賞樊川之菊，探素滻之源，一笑後，至今無復幾人存也。巫峽蟠江路，終南對國門。繫舟身萬里，伏枕淚雙痕。爲客裁烏帽，從兒具緑尊。佳辰對羣盜，愁絶更堪論！巫峽，紀今日所居之地，屬裝頭句。但見『巫峽蟠江路』，遥想『終南對國門』，一句今日，一句他時，自爲暗綫。『爲客』『爲』字去聲，翻孟嘉事。裁烏帽，特以爲客，平時不巾可知矣。『佳辰對羣盜』，不勝他日今時之感，寄恨在此，正與起手反照。

送陵州路使君之任

王室比多難，高官皆武臣。武臣是賓。幽燕通使者，岳牧用辭臣。辭臣是主。國待賢良急，君當拔擢新。佩刀成氣象，行蓋出風塵。四句完題。戰伐乾坤破，瘡痍府庫貧。衆寮宜潔白，萬役但平均。四句是文臣撫綏弭亂之道，丁寧告誡如此，真交情，真厚道，正與上武臣相應。霄漢瞻佳士，泥途任此身。秋天正搖落，回首大江濱。四句找完送行，兼紀時紀地。

天寶以後，多以武臣兼領刺史，法度廢弛，侵牟百姓。首二句無限感慨，懸空發端，乃以賓陪主法，而實寓主於賓，且又見文臣得膺民牧之可喜也。曰『賢良急』、『拔擢新』、『成氣象』、『出風塵』，皆寓欣幸意。

贈裴南部聞袁判官自來欲有按問

塵滿萊蕪甑，堂横單父琴。人皆知飲水，公輩不偷金。四句剖明在前，則裴之枉可以不辨自白。梁獄書應作，秦臺鏡欲臨。上句裴南部，下句袁判官。獨醒時所嫉，一篇扼要，在此一句。羣小謗能深。即出黄沙在，應須白髮侵。使君傳舊德，已見直繩心。黄沙，獄名。使君，指袁。

傷春五首 巴閬僻遠，傷春罷，始知春前已收京。

天下兵雖滿，春光日自濃。西京疲百戰，北闕任羣兇。關塞三千里，煙花一萬重。邇可云：二句公自謂與行在隔遠，一望俱見重重煙花耳。蒙塵清路急，御宿且誰供？與末句呼應極緊。殷復前王道，周遷舊國容。蓬萊足雲氣，應合總從龍。

此吐蕃陷京師，代宗如陝，途中官吏奔散，無復供御也。『日自濃』，以比天子當陽，妙在『濃』字，與下『足雲氣』『足』字同意，俱是百鍊之精。『煙花一萬重』，亦從『濃』字生出，言外見日出而煙花繁盛，正天子當陽氣象，奈何車駕蒙塵，曾無供御哉？寫春光濃麗處，正反襯扈從衰涼處。結語極雄壯，而託諷之意，冷如風霜，亦是反形法。天子蒙塵，臣子原不可直說，只借殷周略道其意，而一還一復，俱在其中，語簡而括。末二句，温厚和平，深得立言之體。詩不可以賦陳者，必用比興，引古亦比興也。此篇賦處，不作一了語，俱以比興間之，不即不離，欲吐還吞，使人悠然會於意言之表，是能以神運氣者也。

鶯入新年語，花開滿故枝。天青風卷幔，草碧水通池。四句以鶯、花、風、水之自若，興起官軍之遠、萬事之危也。牢落官軍遠，蕭條萬事危。鬢毛元自白，淚點向來垂。不是無兄弟，其如有別離！巴山春色静，北望轉逶迤。巴山，點地。『静』字妙，即曲江詩『江亭晚色静年芳』『静』字。

日月還相鬭，星辰屢合圍。不成誅執法，焉得變危機？趙云：廣雅：熒惑，或謂之執法。指程元振熒惑人主以召亂也。齊賢云：代宗苟不信讒佞而誅執法之臣，其禍亂亦不至此。亦一見。大角纏兵氣，鈎陳出地畿。大角，帝座。鈎陳，行宫。煙塵昏御道，耆舊把天衣。行在諸軍闕，來朝大將稀。賢多隱屠釣，王肯載同歸。

此傷勤王之乏人也。代宗幸陝，六軍奔散，無復扈從。又諸鎮畏程元振讒搆，莫至。『行在』二句，蓋實録也。『耆舊把天衣』，謂戀主者惟父老耳。『賢多隱屠釣』，謂朝無人矣，不若求之於野。兩路夾出捍衛無人，使諸將聞之，不嚴而栗。結語是憤詞，舊謂公自命，何其陋也！

再有朝廷亂，禄山之後，於斯爲再。難知消息真。『難知』、『敢料』，呼應傳神。近傳王在洛，復道使歸秦。奪馬悲公主，登車泣貴嬪。蕭關迷北上，滄海欲東巡。敢料安危體，猶多老大臣。大臣，應指郭公。『安』字、『老』字，皆字法，謂安君之危體，猶賴有老大臣也，但吾不敢料耳。舊解謂安危之計，全恃大臣，則『體』字、『老』字均無著落；而『老大』、『安危』，成何對仗？豈無嵇紹血，霑灑屬車塵？

此與卒章，皆極言播遷之事。摹寫東奔西竄，傳信傳疑，一時倉皇情狀如繪，而以消息難真一句爲關鍵。

聞説初東幸，孤兒却走多。難分太倉粟，競棄魯陽戈。糧餉不足，棄戈而遁。胡騎登前殿，王公出御河。得毋中夜舞，臣。誰憶大風歌？君。春色生燧燧，幽人泣薜蘿。君臣重修德，猶足見時和。

題是『傷春』，仍以春結。『春色生燧燧』，則時不和也。煞句收挽有力，『時和』兩字，並挽到首章『春光日自濃』，此通前後爲章法者也。傷春者，傷西京陷也，傷代宗播遷，官吏奔放，君臣皆有責也。蓋召亂之道，每由信任非人，老臣不用，以致臨變無奔命者。然不敢斥言君之失也，故前四章，處處切責其臣，至卒章始合君若臣言之，而歸重於修德，蓋反言當洗心滌慮以圖興復也。惟次章略帶兄弟，然其詞曰『不是無兄弟，其如有別離』，明明已撇開家事，正深於傷播遷也。五作婉轉迴護，心愈痛，聲愈和，意愈激，詞愈緩，小雅『怨誹而不亂』，殆與『繁霜』諸什，軒前輊後矣。

王閬州筵奉酬十一舅惜别之作

萬壑樹聲滿，千崖秋氣高。起調高聳入雲。景語寫在送别之前，便自黯然傷神。杜牧詩『南山與秋色，氣勢兩相高』，較『千崖秋氣高』，孰爲簡括？可知縮字之工。『滿』貼『壑』、『高』貼『崖』，錬字極工。然樹聲滿，由於秋氣高，又是相因句。浮舟出郡郭，別酒寄江濤。紀地。白山云：『寄』字錬得工。良會不復久，此生何大勞？窮愁但有骨，羣盜尚如毛。吾舅惜分手，使君寒贈袍。沙頭暮黄鶴，失侣亦哀號。『失侣』二字，本是别筵中事，不貼『吾舅』，不貼『使君』，偏貼『黄鶴』，只錬一『亦』字，舉物見人，蕴藉多少。固知興觀羣怨，與慘澹經營，全在善用比興也。微此即枯澀。

與嚴二郎奉禮别

别君誰暖眼，起調悽愴，『暖眼』字尤翻新。將老病纏身。出涕同斜日，臨風看去塵。『出涕』句，是將别，故曰『同』。『臨風』句，是已别，故曰『看』。句中暗藏『獨』字，又屬套裝句，謂當斜日臨風而出涕，以看其去也。商歌還入夜，巴俗自爲鄰。二句一彼一己。尚愧微軀在，遥聞盛禮新。山東羣盜散，闕下受降頻。諸將應歸盡，題書報旅人。

前六送别，後六别後之情，預期之語。『盛禮新』，貼『奉禮』。『應』字聯貫三句，謂禮樂興，則干戈息，羣盜應散矣，受降應頻矣，諸將應歸矣。三句一樣文法，而以一語總結，謂及此時一報旅人，猶得覩太平於巴西客舍也。掉轉處渾身是力，而羚羊挂角，無迹可求。公客巴蜀，以兵戈也。今日諸將盡歸，而己不歸，傷如之何！思見太平，是其言中之意；思歸，是其言外之意。此水中之月，鏡中之象也，善會者自能得之。

寄司馬山人十二韻

關内昔分袂，天邊今轉蓬。『今』、『昔』二字，一篇之線。馳驅不可説，昔。談笑偶然同。今。四句雙起。道術曾留意，先生蚤擊蒙。家家迎薊子，處處識壺公。長嘯峨嵋北，潛行玉壘東。有時騎猛虎，虚室使仙童。一段山人，承『關内』句。髮少何勞白，顏衰肯更紅。望雲悲轗軻，畢景羨沖融。喪亂形仍役，淒涼信不通。懸旌要路口，倚劍短亭中。永作殊方客，殘生一老翁。一段自敘，承『天邊』句，暗與前段相照。『望雲』，亦指山人。張上若云：畢景，暮年也。羨山人神色和潤也。相哀骨可换，亦遣馭清風。二句雙收。『亦遣』字，暗應上『使』字。

總起總收，於中截分兩段，格律莊整。前段寫山人具仙風道術，後段寫己欲脱胎换骨，故著髮白、顏紅、役形、殘生，一派悲憤語。横插『懸旌要路』二句，見當道無一援手，惟望山人見哀，施其换骨之術，遣我馭風而行，蓋無聊之極思也，而用筆幻甚。髮少而曰『何勞白』，髮盡白也；顏衰而曰『肯更紅』，顏不紅也。至末忽欲並骨换去，奇思亂想，極行文變化跌宕之妙。

奉觀嚴鄭公廳事岷山沱江畫圖十韻 得『忘』字。

沱水臨中座，岷山赴此堂。江、山雙起，以下分承。白波吹粉壁，青嶂插雕梁。直訝杉松冷，兼疑菱荇香。雪雲虛點綴，沙草得微茫。嶺雁隨毫末，川霓飲練光。霏紅洲蕊亂，拂黛石蘿長。暗谷非關雨，丹楓不爲霜。秋城玄圃外，景物洞庭傍。寫畫完。繪事功殊絶，一句總。幽襟興激昂。點『觀』字。從來謝太傅，邱壑道難忘。白山云：結歸主人，律家定矩。

楊誠齋云：杜排律多矣，獨此瓊枝寸寸是玉，旃檀片片皆香。然排律僅可止此，至五十韻，或百韻，非古法矣。題是『觀畫』，詩止十韻，乃前八韻，俱以真山水參錯成章，絡繹奔赴，如噴珠綻玉，若絶無一字及圖畫。後二韻，止一句説繪事，遂聯絡無數筆墨，則又句句畫山水矣。詳處不惜數十言，簡處則五字包括，正如翠蔓牽絲，梢頭結實也。又妙在以真山水作收，使人不知何者是真，何者是畫，直是無縫天衣，滅却筆墨痕矣。直起十六句不斷，只『功殊絶』三字掉轉，是到頭結穴法。排律僅見有此。

謁先主廟

慘澹風雲會，乘時各有人。力侔分社稷，志屈偃經綸。復漢留長策，中原仗老臣。雜耕心未已，嘔血事酸辛。霸氣西南歇，雄圖曆數屯。錦江元過楚，劍閣復通秦。廟前一段。舊俗存祠廟，空山立鬼神。白山云：一『立』字，寫出像塑如生。虛檐交鳥道，枯木半龍鱗。竹送清溪月，苔移玉座春。閭閻兒女換，歌舞歲時新。正寫先主廟一段。絶域歸舟遠，荒城繫馬頻。如何對摇落，況乃久風塵。謁廟一段。入廟而對摇落，弔古已難爲懷，況乃身際風塵，撫今能無悽愴？十字是前後關鎖，下文皆借古傷今以自寓也。『如何』二字，振得有力。孰與關張並，功臨耿鄧親。十字句。應天才不小，得士契無鄰。一束。遲暮堪帷幄，飄零且釣緡。向來憂國淚，寂寞灑衣巾。再束。白山云：帷幄，用子房事。釣緡，用太公事。堪，豈堪也。且，聊且也。二語開闔頓挫，自悲自笑。

前敘蜀君臣，在廟前一層寫。後隱隱自況，在廟外一層寫。惟中一段寫廟，而又分謁廟四句，爲前後關鍵。章法極檢束，極放縱。『風雲會』本雄壯，加『慘澹』二字，便落寞，一句中具盛衰，先主一生始末盡是矣。『各有人』，故『力侔』；『力侔』，故志屈；惟『力侔』，故社稷分；惟『志屈』，故經綸偃。三句串出，見割據之勢已成。下四句，遂將先主存漢，與孔明鞠躬盡瘁心事，盡行寫出。『錦江』二句，是不了語。先主王蜀，於楚得荆州，可謀東下；於秦得漢中，可資北討。猶云其地既過楚，復通秦，宜若江左可定，中原可收，此句中意也。乃自江陵失守，繼以猇亭之敗，先主尋晏駕，而蜀遂不克過楚矣。

自丞相出師不利，身死於五丈原，諸軍退還成都，而蜀遂不復通秦矣。二事係先主與丞相所抱恨於九泉者，此句後意也。公以十字括盡蜀漢君臣興廢，却又留後一層意不說，只以『元過楚』、『復通秦』，澹澹描寫，其意自見。正所謂『霸氣西南歇，雄圖曆數屯』也。如此識見力量，一言可括全史矣，以議論爲敘事，而不紐於議論者也。題以先主爲主，而諸葛爲主中之賓；引關張以襯諸葛，引耿鄧以襯關張，則又賓中之賓矣。四句借古傷今，言外見今世即有孔明，亦無先主，所以憂國之淚，不能自已也。『應天』句，用中興二十八將，上應二十八宿語，承耿鄧言，謂關張也。『得士』句，用諸葛公『真名士』『士』字，見關張雖有將才，而不能及魚水之契，爲無鄰也，遥應『中原仗老臣』一段，又起下結意。謁廟後全是空處寫懷，如聽隆中之吟，不止夔州之淚。

諸葛廟

久遊巴子國，屢入武侯祠。竹日斜虚寢，溪風滿薄帷。寫廟中景，前後分兩層，有煙雲斷續之妙。君臣當共濟，賢聖亦同時。翊戴歸先主，並吞更出師。四句敘諸葛，不說盡，妙。蟲蛇穿畫壁，巫覡醉蛛絲。又續寫廟中景。欻憶吟梁父，躬耕起未遲。推開結。

敘諸葛，不盡寫諸葛生平，便不落紀傳氣習，妙處全在寫景以間之；寫景又不一筆寫，使人不測。其景描得十分荒凉，則諸葛生平便十分透露。弔古詩，全於吞吐間遇之，不以議論爲長。

偶　題

文章千古事，得失寸心知。作者皆殊别，名聲豈浪垂。四句冒。騷人嗟不見，漢道盛於斯。前輩飛騰入，餘波綺麗爲。後賢兼舊制，歷代各清規。法自儒家有，心從弱歲疲。永懷江左逸，多謝一作病。鄴中奇。騄驥皆良馬，騏驎帶好兒。車輪徒已斵，堂構惜仍虧。漫作潛夫論，虚傳幼婦碑。以上十韻爲一節。論『文章』、『騷人』六句，論詩學源流。『法自儒家』二句，一鎖，落到自己。『永懷』八句，是公學詩本領也。騷人、漢道、舊制、清規，法也，而妙從心悟。『心從弱歲疲』『心』字，頂上『寸心知』來。『江左逸』，謂晉代諸公。『鄴中奇』，謂曹氏父子。『車輪』四句，自謙。緣情慰漂蕩，抱疾屢遷移。二句過渡，以下歷叙漂蕩遷移情事。經濟慙長策，飛棲假一枝。塵沙傍蜂蠆，江峽繞蛟螭。蕭瑟唐虞遠，聯翩楚漢危。聖朝兼盜賊，異俗更喧卑。鬱鬱星辰劍，蒼蒼雲雨池。兩都開幕府，萬宇插軍旗。南海殘銅柱，東風避月支。音書恨烏鵲，號怒怪熊羆。稼穡分詩興，柴荆學土宜。故山迷白閣，秋水憶皇陂。一上十韻爲一節〔三〕，叙漂蕩蜀中情緒。『星辰劍』、『雲雨池』，喻沉埋也。『白閣』、『皇陂』，憶家鄉也。不敢要佳句，愁來賦别離。總結。要，求也。不敢求佳，飄蕩之故耳。線脉甚隱。

王嗣奭云：少陵一生精力，用之文章，始成一部詩集。此篇乃一部杜詩總序。而起二句，乃一部杜詩所託胎者。『文章千古事』，便須有千古識力；『得失寸心知』，則寸心具有千古。此文章家秘密藏，爲古今立言之標準也。王論得之。愚謂古今作者雖殊，而法不易。三百篇詩法，爲詩家之祖，一變而爲騷體，再變而爲漢詩。自建安諸公飛騰以入，而至於六代之餘波，皆無非法也，所貴寸心能領會耳。少陵一生得力於法，故詩中屢言之，至此篇盡洩其秘。讀者能會此篇之大旨，則余所注提要之苦心，亦可稍白矣。仇滄柱云：此詩是兩段格。前半論詩文，以『文章千古事』爲綱領。後半敘境遇，以『緣情慰漂蕩』爲關鍵。前段結云『漫作潛夫論，虛傳幼婦碑』，隱以千古事自期矣。後段結云『不敢要佳句，愁來賦别離』，仍以慰漂蕩自解矣。仇説固是。然愚謂非截然兩分格。『緣情』二字，用陸機文賦語，繳上『文章』一段。『漂蕩』二字，起下『遷移』一大段。二句實爲一篇過脉。『經濟』十韻，乃備敘平生漂蕩之苦，不克盡心於文章，故總結之曰『不敢要佳句，特愁來賦别離』而已。乃以後段疏明前段，不敢以千古事自任，正所謂『得失寸心知』也。如此收挽，力敵萬鈞。若截分兩扇，何成詩法哉？

大曆三年春白帝城放船出瞿塘峽久居夔府將適江陵漂泊有詩凡四十韻

老向巴人裏，今辭楚塞隅。入舟翻不樂，解纜獨長吁。四句總冒，久居放船。久客人臨別，反多繫戀，最是苦境，『入舟』二句寫得出。窄轉深啼狖，虛隨亂浴鳧。石苔凌几杖，空翠撲肌膚。疊壁排霜劍，奔泉濺水珠。杳冥藤上下，濃淡樹榮枯。神女峰娟妙，昭君宅有無。曲留明怨恨，夢盡失歡娛。擺闔盤渦沸，攲斜激浪輸。風雷纏地脉，冰雪曜天衢。鹿角真走險，狼頭如跋胡。公自注：鹿角、狼頭，二地名。惡灘寧變色，高臥負微軀。書史全傾撓，裝囊半壓濡。生涯臨臬兀，死地脱斯須。一段放船，是峽中險景。峽之窄處，舟轉而聽啼狖之幽深。江之虛處，舟隨而見浴鳧之歷亂。寫峽中江勢，迴轉如繪，乃倒插句，順讀之，即不得其妙。『曲留』，頂『昭君』。『夢盡』，頂『神女』。句中自爲承接，擺闔攲斜，寫舟之傾側，已極可畏，又加一『沸』字、一『輸』字，倍覺驚人。於其『沸』也，若風雷之殷地，言其聲之長也；於其『輸』也，如冰雪之曜天，狀其色之白也。『鹿角』以下八句，寫危險觥甂，生死在斯須耳，爲一束。不有平川決，焉知衆壑趨？乾坤霾漲海，雨露洗春蕪。鷗鳥牽絲颺，驪龍濯錦紆。落霞沉緑綺，殘月壞金樞。泥筍苞初荻，沙茸出小蒲。雁兒爭水馬，燕子逐檣烏。絶島容煙霧，環洲納曉晡。一段放船，是出峽平景。江水出峽，其川始平，方知是衆壑所趨注。一『決』字、一『趨』字，寫出下峽之勢，乃以束筆爲提筆也。『霾漲海』，江水渺茫也。『洗春蕪』，春江明媚也。江流平闊，煙景韶麗，途次所經，昏曉異色，與前危險之象一變矣，起下江陵漸近二段。前聞辨陶牧，轉盼拂宜都。縣郭南畿好，津亭北望孤。勞心依憩息，朗詠劃昭蘇。意遣樂還笑，衰迷賢與愚。飄蕭將素髮，汩没聽洪鑪。丘壑曾忘返，文章敢自誣？此生遭聖代，誰分哭窮途。卧疾淹爲客，蒙恩早廁儒。廷爭酬造化，樸直乞江湖。灩澦險相迫，滄浪深可逾。浮名尋已已，懶計却區區。一段敘將近江陵，而追憶昔時之漂泊也。王粲登樓賦：『北彌陶牧。』注：陶，鄉名，郊外謂之牧，地在江陵縣西。宜都，即夷陵州，東抵江陵二百五十里。時以江陵爲南都，故曰『南畿』。此將近江陵而心喜之詞，故有『勞心』、『朗詠』之句。然不覺起歎老嗟卑、無補聖朝之感，撫今追昔，空蹈浮名，而區區之計，尚不能已也。『灩澦』四句，爲此一段小結。然灩澦在峽中，並結前半。滄浪，楚地，又起末節。喜近天皇寺，先披古畫圖。公自注：此寺有晉王右軍書、張僧繇畫孔子洎十哲形象。應經帝子渚，同泣舜蒼梧。朝士兼戎服，君王按湛盧。旄頭初俶擾，鶉首麗泥塗。甲卒身雖貴，書生道固殊。出塵皆野鶴，歷塊匪轅駒。伊吕終難降，韓彭不易呼。五雲高太甲，六月曠摶扶。迴首黎元病，爭權將帥誅。山林託疲苶，未必免崎嶇。一段再敘將近江陵，而不肯安於今時之漂泊也。天皇寺，在江陵。蒼梧，在湘江。張上若云：『蒼梧』借言，思明皇也。方采山云：『喜近』四句，遥對。旄頭，指安史之亂。鶉首，秦分野。野鶴，用左傳『國人授甲者，皆曰使鶴』意，舊注非。『五雲』句，諸説無定論，闕之。『六月』句，用莊子『六月下息』意。因『帝子』、『蒼梧』而念及於君王，遂言遭時寇亂，甲卒登庸，書生置棄爲不甘耳。然身雖貴，道固殊，語分軒輊，故遞相承接而下。『野鶴』句，頂『甲卒』。『轅駒』句，頂『書生』。『伊吕』句頂『書生』。『韓彭』句，頂『甲卒』。『五雲』句，疑頂『甲卒』。『六月』句，頂『書生』。『迴首』二句，頂『甲卒』。『山林』二句，頂『書生』。蟬聯寫去，纍纍如貫珠，而爲『書生』占地步，已躍如矣。

此詩分兩大支寫。前一支敘放舟出峽，分兩段寫，一險一平，寫得異樣景色，造句奇峭。後一支敘適江陵，亦分兩段寫，一追昔，一撫今，歷述漂泊苦情，而以『甲卒』、『書生』，兩兩夾出骯髒不平之氣，如樂之卒章，繁弦急管，絡繹不絕者然。排律中最難得此後勁。句有四句承接者，有四句遥對者，有倒插者，有順敘者，有實眼居中者，有上三下二者，流水側落，諸法皆備，無一呆筆。排律至百韻、四五十韻，必有冗率之病，老杜亦所不免。惟此警鍊，無一懈筆。

過南嶽入洞庭湖

洪波忽爭道，岸轉異江湖。起勢突兀，十字足當酈注數十百言，其鍊句之工如此。鄂渚分雲樹，衡山引舳艫。二句承明，鄂在北故曰『分』，衡在南故曰『引』。翠牙穿裛蔣，碧節吐寒蒲。病渴身何去？春生力更無。四句紀時。『春生』句，張上若云：老人當春益倦，故云。壤童犂雨雪，漁屋架泥塗。攲側風帆滿，微冥水驛孤。四句入湖之景。悠悠回赤壁，浩浩略蒼梧。帝子留遺恨，曹公屈壯圖。四句途次望古也，而波瀾生矣。聖朝光御極，殘孽駐艱虞。才淑隨厮養，名賢隱鍛罏。邵平元入漢，張翰後歸吳。莫怪啼痕數，危檣逐夜烏。結句收挽起處。

前幅一路寫景，忽起赤壁、蒼梧之感，亦征途恒事耳，然詩中之波瀾，全在於此。乃借帝子、曹公而入今時寇亂，致才賢皆隱去，飄泊無依耳。排律尤惡平敘，得此一振其勢，不虞末路之易竭矣。

七言排律

題鄭十八著作丈故居單本脱『故居』二字。

台州地闊海冥冥，雲水長和島嶼青。二句先從貶所説起。亂後故人雙别淚，春深逐客一浮萍。二句紀别，『逐客』點睛。『雙』字、『一』字是眼。酒酣懶舞誰相拽，詩罷能吟不復聽。第五橋東流恨水，皇陂岸北結愁亭。一段敘昔日同游之情。鄭莊與橋、陂相近，映帶故居。賈生對鵩傷王傅，蘇武看羊陷賊庭。可念此公懷直道，也知新國用輕刑〔三〕。禰衡實恐遭江夏，方朔虚傳是歲星。六句傷其陷賊、謫居。『也知』二字，可憐輕刑即是霑恩。『歲星』句，單陽元云：傳其死也。窮巷悄然車馬絶，案頭乾死讀書螢。結出題中故居。

一起一結，遥相映帶。中間作兩段排敘，一念故人聚散，一傷謫譴飄零，委曲詳盡，而立言尤爲得體。『雙』字、『一』字練得最響，下四句，皆有『雙』字、『一』字在。言酒酣而舞，詩罷而吟，是故人相聚快事，惟雙焉故也。今則酣舞誰相拽，吟詩誰復聽乎？只緣逐客獨作浮萍故耳。二句攬作一團，方知『雙』字、『一』字之工。第五橋東水，皇陂岸北亭，本是故人遊賞之處，亦惟雙焉故也。今則水流是恨，亭結成愁，則又因一人向隅也。一字而成數句之關捩，脉隱而意深渾如此。

釋悶

四海十年不解兵，犬戎也復臨咸京。失道非關出襄野，揚鞭忽是過湖城。豺狼塞路人斷絶，烽火照夜屍縱横。六句直敘吐蕃入寇，代宗出奔景象，悶所由來。天子亦應厭奔走，羣公固合思昇平。但恐誅求不改轍，聞道嬖孽能全生。『天子』二句提筆。厭奔走，立言微妙。四句一氣説下，蓋代宗召亂，在嬖孽也，故抑揚其詞如此。嬖孽，程元振也。江邊老翁錯料事，眼暗不見風塵清。

總上四句，歸到悶不能釋。

是篇氣韻平和，音旨中律，諸本皆作七古讀，惟杜臆作七排。題是『釋悶』，詩語語不能釋。『但恐』二句，即白頭老翁料事之詞。嬖孽誅求，以天子聖明，反此何難？何爲至今不見風塵清耶？殆老眼昏暗之故耳。不説風塵難清，只嗟自己眼暗，料事錯誤，感憤時事，不忍直露，故語帶詼諧，而意深遠矣。

校記

〔一〕果　當作『吳』。
〔二〕一上　似當作『以上』。
〔三〕知　諸本皆作『霑』。

杜詩提要卷十四

五言絶句

絶句六首 選二

急雨捎溪足，斜暉轉樹腰。隔巢黄鳥並，翻藻白魚跳。

江動月移石，溪虚雲傍花。鳥棲知故道，帆過宿誰家？

二首皆四句全對，截去前後格。寫景精妙，全不出意。

絶句三首

聞道巴山裏，春船正好行。都將百年興，一望九江城。

水檻温江口，茅堂石筍西。移船先主廟，洗藥浣花溪。

漫道春來好，狂風太放顛。吹花隨水去，翻却釣魚船。

此以三首爲章法也。首章思乘船即至九江。次章東移西泊，不出成都。末章致怨春風，繫舟不能去，而以比興出之。小小結構，具有波瀾。

武侯廟

遺廟丹青落，空山草木長。猶聞辭後主，不復卧南陽。

起二句，與禹廟同法。辭後主，即兩出師表也。朱鶴齡云：此詩後二句人無解者。武侯爲昭烈馳驅，未見其忠，唯當後主昏庸，盡瘁出師，不復有歸卧南陽之意，此則雲霄萬古者耳。曰『猶聞』者，空山精爽，如或聞之。語極解頤。

八陣圖

功蓋三分國，名成八陣圖。江流石不轉，遺恨失吞吳。

『失吞吳』有四説：不能滅吳爲恨，舊説也。吳蜀，脣齒之國，蜀不當有吞吳之志，以此爲恨，東坡説也。不能制主上東行，自以爲恨，王嗣奭、朱鶴齡説也。以不能用陣法，而致吞吳失師，劉逴説也。單元陽主東坡説。黄白山主劉逴説，以先主志欲吞吳而疎於立陣，致連營七百里一敗塗地，此其所以爲遺恨也。『江流石不轉』，一篇主意，謂江水雖流，而陣圖之石至今不轉，若當時依此陣吞吳，豈有失哉？意餘言外。

七言絶句

漫興九首 選五

眼見客愁愁不醒，王嗣奭云：『客愁』二字，九首之綱。一句虛喝起『春色』。無賴春色到江亭。即遣花開深造次，便教鶯語太丁寧。愁人對春色，便覺無賴，三、四正寫其無聊也，通首若爲恨詞。

手種桃李非無主，野老墻低還是家。恰似春風相欺得，夜來吹折數枝花。手種之花，有主矣，又在墻内，有家矣。纔開便折，有似春風故故欺人，亦深自惜羈孤也。通首俱作怨詞。

二月已破三月來，破，缺也。沈佺期詩：『別離頻破月。』漸老逢春能幾回。莫思身外無窮事，且盡生前有限杯。及時行樂，是九章主腦，於此章點明，不嫌率易。王新城云：字字沉痛。

糝徑楊花鋪白氊，點溪荷葉疊青錢。筍根稚子無人見，沙上鳧雛傍母眠。一句一義，各不相蒙，而四句全對，七絶所難。惟『鋪白氈』字近俗，然意興悠然，可想見詩人胸次。單元陽云：寫景物之幽趣，亦物各付物以遂其生之意。蘇長公有竹鼦詩，『稚子』作『竹鼦』爲是。

隔户楊柳弱嫋嫋，恰似十五女兒腰。誰謂朝來不作意，狂風挽斷最長條。首二句，正作意處。風神嫣然，託興淒然，其寄慨深矣。

王嗣奭云〔一〕：興之所到，率然而成，故曰『漫興』，亦竹枝、樂府之變體也。逐章相承，惜春華之易去也。而故作恨春怨春之詞，其意深於惜春矣。『感時花濺淚』，可爲此詩注脚。

江畔獨步尋花七絶句

江上被花惱不徹，張上若云：徹，透也。能透出則不惱矣，故曰『惱不徹』。無處告訴只顛狂。走覓南鄰愛酒伴，公自注：斛斯融，吾酒伴。經旬出飲獨空牀。描寫獨步尋花如繪。

稠花亂蕊裹江濱，行步攲危實怕春。詩酒尚堪驅使在，未須料理白頭人。『裹』字，寫花之繁。攲危，老狀。實怕春，自生憐惜意。結二句又復倔强，用筆變换，而白頭人囑付春光，未須料理，有意外意，其味正長。

江深竹静兩三家，多事紅花映白花。報答春光知有處，應須美酒送生涯。『多事』二字妙，於愛花中寓惱花意，正深於愛也，是以須酒報答之。

東望小城花滿煙，百花高樓更可憐。誰能載酒開金盞，喚取佳人舞繡筵。

黄師塔前江水東，春光懶困倚微風。桃花一簇開無主，可愛深紅愛淺紅。長孺云：疊用『愛』字，有令人應接不暇意。張上若云：『可』字，貫兩『愛』字。

黄四娘家花滿蹊，千朵萬朵壓枝低。留連戲蝶時時舞，自在嬌鶯恰恰啼。即物見人。

不是愛花即欲死，只恐花盡老相催。主意。繁花容易紛紛落，嫩蕊商量細細開。欲留春也。一起惱花，一結愛花，惱即是愛，七首共成章法。而歷一境，又換一意，則每首亦自成章法也。王新城云：讀七絶，此老是何等風致！

戲爲六絶

庾信文章老更成，凌雲健筆意縱横。今人嗤點流傳賦，不覺前賢畏後生。舉一庾信，以槩六代之前賢。嗤點前賢，徒自薄耳。前賢豈真畏後生耶？反言見意。

楊王盧駱當時體，輕薄爲文哂未休。爾曹身與名俱滅，不廢江河萬古流。二首舉楊、王、盧、駱，以槩國朝之前賢。爾曹，指輕薄者。江河萬古，楊王諸公也。

縱使盧王操翰墨，劣於漢魏近風騷。龍文虎脊皆君馭，歷塊過都見爾曹。承上章而下，作一抑一揚之波，以顯出四君龍文虎脊，可馭之以過都歷塊，豈屑與爾曹相較哉！『君』指盧王。王褒頌：『過都越國，蹶若歷塊。』

才力應難跨數公，凡今誰是出羣雄？或看翡翠蘭苕上，未掣鯨魚碧海中。此承上三章而言，見今人小巧，不及前賢之大。

不薄今人愛古人，清辭麗句必爲鄰。竊攀屈宋宜方駕，恐與齊梁作後塵。張上若云：此公自言詩學之正，而譏今人過於好高也。

未及前賢更勿疑，遞相祖述復先誰？别裁僞體親風雅，轉益多師是汝師。此欲人沿流溯源，得風雅之正，而裁僞體以自取益，爲六首結穴。

錢箋：詩以論文，而題曰『戲爲六絶』，蓋寓言以自況也。韓退之詩：『李杜文章在，光焰萬丈長。不知羣愚兒，那用故謗傷。蚍蜉撼大樹，可笑不自量。』然則當公之世，羣兒謗傷不少矣。故借庾信、四子以發其意，『嗤點』『輕薄』，皆指並時之人。一則曰『爾曹』，再則曰『爾曹』，正退之所謂『羣兒』也。末又呼之曰『汝』，哀其身名俱滅，諄諄然呼而寤之。題之曰戲，亦見其通懷商確，不欲自以爲是，後人知此意者鮮矣。此六絶，是公自道其本原之學，而作詩之實也。今世研揣聲病，尋章摘句者，目杜爲『村夫子』，而踵撼樹之迹者比比矣。讀此不爽然失哉？

贈花卿

公有戲作花卿歌，此『花卿』即驚定也。舊謂歌妓，又謂梨園子弟流落蜀中，皆非。

錦城絲管日紛紛，半入江楓半入雲。此曲祗應天上有，人間能得幾回聞？錦城，紀地。江楓，音之清也。入雲，聲之高也。

焦弱侯云：花卿恃功驕恣，公譏之。含蓄不露，有風人言之無罪，聞之足戒之旨。公之絶句，此爲之冠。楊升菴云：花卿在蜀，頗用天子禮樂，子美作詩諷之，而意在言外。當時錦城妓女，獨以此入歌。有見哉！滄柱云：此詩風華流麗，頓挫抑揚，雖太白、少伯，無以過之。其首句點題，下作承轉，絶句正法也。

奉和嚴鄭公軍城蚕秋

秋風嫋嫋動高旌，玉帳分弓射虜營。已收滴博雲間戍，欲奪蓬婆雪外城。一、二軍城蚕秋。滴博嶺在維州。蓬婆，吐蕃城名。一頌戰功，一望雪恥，有已然未然之分，故曰『已收』、『欲奪』。『雲間』、『雪外』，四字硬裝，遂覺風韻。

三絕句 選一

楸樹馨香倚釣磯，斬新花蕊未應飛。不如醉裏風吹盡，可忍醒時雨打稀。『斬新花蕊』一句，花未開而惜花落也。忽變換爲風吹雨打狀，無限傷神。又故作俯仰其辭，一唱三歎，以明醒時世界，不如醉裏乾坤也。一語括盡淵明飲酒二十首，杜公可人哉！

漫成一首

江月去人只數尺，水底月也。風燈照夜欲三更。沙頭宿鷺聯拳静，船尾跳魚撥剌鳴。

解悶十二首 選六

一辭故國十經秋，每見秋瓜憶故邱。今日南湖采薇蕨，何人爲覓鄭瓜州？公自注：今鄭秘監審。

傷秘監謫居南湖也，而故國之思永矣。因瓜憶種瓜之地；又因故邱之瓜，而憶官瓜州之友；又因官瓜州之友，而並傷及無覓官瓜州之人。無限層折，昔人但謂俊逸似太白，猶皮相耳。故以疊字翻弄見趣。

復憶襄陽孟浩然，清詩句句盡堪傳。即今耆舊無新語，漫釣槎頭縮項鯿。孟句：『魚藏縮項鯿。』又：『試垂竹竿釣，果得槎頭鯿。』

此言新語之不易也。王新城云：子美與浩然不同調，此詩可謂具眼。

陶冶性靈成底物，新詩改罷自長吟。孰知二謝將能事，頗學陰何苦用心。二句套裝。

此自言詩學也。既曰『性靈』，又曰『改罷』『長吟』，又曰『孰知二謝』、『苦學陰何』，乃克盡其能事。宜坡公謂此老用心最苦也。

先帝貴妃俱寂寞，荔枝還復入長安。炎方每續朱櫻獻，玉座應悲白露團。

此傷舊貢之未除也，而園陵白露之感深矣。

憶過瀘戎摘荔枝，青楓隱映石逶迤。京華應是無顏色，紅顆酸甜只自知。荔枝一日色變，二日香變，三日味變。此見到京色變，以譏勞民遠送之非也。

側生野岸及江蒲，戎僰間方言，以畝爲『蒲』。不熟丹宮滿玉壺。雲壑布衣駘背死，勞生重馬翠眉須。生，當作『人』。重，平聲。翠眉，貴妃也。吳齊賢云：驛使奔騰，馬力不足，時副一馬，以防倒斃。張上若云：布衣抱道，老死雲壑。乃荔枝則勞民之生，重馬之負，以給翠眉之須，何爲耶？其旨隱而彰矣。

喜聞盜賊蕃寇總退口號五首 選一

勃律天西采玉河，堅昆碧碗最來多。舊隨漢使千堆寶，少答胡王萬匹羅。

來多答少，只二十八字，寫出朝廷羈縻遠人方法。截然而起，截然而收，唐人絕句中，無此體格，亦無此手眼。

江南逢李龜年

岐王宅裏尋常見，崔九堂前幾度聞。正是江南好風景，落花時節又逢君。

此盛唐絶調也，字字風韻，不覺有淒凉之色，而國家之盛衰，人世之聚散，時地之遷流，悉寓於字裏行間，一唱三歎，使人味之於意言之表，雖青蓮、摩詰亦應俯首。『好風景』三字，插入首二句，已自有神州陸沉之慨；又承之以『落花時節』四字，淒然欲絶；加以『正是』字、『又』字，虚神跌宕，何止三日繞梁！

校　記

〔一〕王嗣奭　三字原缺，據杜臆校補。

後序

註詩難矣，註杜詩尤難。註杜者不第箋釋故實，直欲鉤玄提要，則其難又倍蓰焉。今夫故實可以迹求，然約者失之缺略，博者失之踳駁。至神明於迹象之外，提綱挈領，攝魄追魂，意象昭融，法律森列，如取作者悲歌感慨、縱横跌宕之概，親授於千載以下，又如取讀者流連反覆、冥搜妙會之旨，親質於千載以前，癥結盡開，神解獨契，則求之千百註杜家而不能得一二。此吾邑艮齋吴先生杜詩提要一編所爲不可及也。先生著述甚富，於杜詩研討尤力，積久成書。大指在示學者即法以通其意，殆於浣花詩叟有微契者。夫作之者，詩成而法立焉；讀之者，按法而詩得焉。由其縱横跌宕之致，以領其悲歌感慨之情，則流連反覆，冥搜妙會，真有恨古人不見我之歎。紛紛托爲高簡與鶩爲穿鑿者，對此均應爽然失矣。先生自訂凡例，謂選其要者以爲讀本，不足爲工部全書。夫全書故在也，學古人者，務在擷其菁英。即作家生平，汪想愜心，亦自有在。昔孔子删詩，存僅三百，又多乎哉？集曰『提要』，不獨評註云爾，其所采録，亦在是矣。因乞歸以付剞氏，并揭微旨於簡末。後學羅挺識。

附録

舊唐書本傳〔一〕

杜甫字子美，本襄陽人，後徙河南鞏縣。曾祖依藝，位終鞏令。祖審言，位終膳部員外郎，自有傳。父閑，終奉天令。新唐書：甫，字子美。少貧不自振，客吳、越、齊、趙間。李邕奇其材，先往見之。天寶初，錢箋：當在開元末。應進士不第。天寶末，獻三大禮賦，明皇奇之，召試文章，授京兆府兵曹參軍。新唐書：舉進士不中第，困長安。天寶十三載，明皇朝獻太清宮、饗廟及郊。甫奏賦三篇，帝奇之，使待制集賢院，命宰相試文章。擢河西尉，不拜，改右衛率府胄曹參軍。數上賦頌，因高自稱道，且言『先臣恕預以來，承儒守官十一世，迨審言以文章顯中宗時。臣賴緒業，自七歲屬辭，且四十年。然衣不蓋體，常寄食於人，竊恐轉死溝壑，伏惟天子哀憐之。若令執先臣故事，拔泥塗之久辱，則臣之述作，雖不足鼓吹六經，至沈鬱頓挫，隨時敏給，揚雄、枚皋可企及也。有臣如此，陛下其忍棄之？』十五載，禄山陷京師，肅宗徵兵靈武。甫自京師宵遁赴河西，謁肅宗於彭原郡，拜右拾遺。新唐書：會禄山亂，天子入蜀，甫避走三川。肅宗立，自鄜州羸服欲奔行在，爲賊所得。至德二載，亡走鳳翔，上謁，拜右拾遺。房琯布衣時與甫善。時琯爲宰相，請自帥師討賊，帝許之。其年十月，琯兵敗於陳濤斜。明年春，琯罷相。甫上疏言琯有材，不宜罷免。肅宗怒，貶琯爲刺史，出甫爲華州司功參軍。新唐書：與房琯爲布衣交。琯時敗陳濤斜，又以客董廷蘭罷宰相。甫上疏言罪細不宜免大臣。帝怒，詔三司推問。宰相張鎬曰：『甫若抵罪，絶言者路。』帝乃解，甫謝且稱：『琯，宰相子，少自樹立，爲醇儒，有大臣體，時論許琯才堪公輔。陛下果委而相之。觀其深念主憂，義形於色，然性失於簡，酷嗜鼓琴。廷蘭托琯門下，貧賤昏老，依倚爲非，琯愛惜人情，一至玷污。臣歎其功名未就，志氣挫衄。陛下棄細録大，所以冒死稱述，迹近訐激，違忤聖心。陛下赦臣百死，再賜骸骨，天下之幸，非臣獨蒙。』然自是不甚省録。時所在寇奪，甫家寓鄜，彌年艱窶，孺弱至餓死，因許甫自往省視。從還京師，出爲華州司功參軍。時關畿亂離，穀食踊貴，甫寓居成州同谷縣，自負薪采梠，兒女餓殍者數人。久之，召補京兆府功曹。新唐書：關輔饑，輒棄官去，客秦州，負薪采橡栗自給。流落劍南，結廬成都西郭，召補京兆府功曹參軍，不至。上元二年冬，錢箋：當作廣德二年。黄門侍郎鄭國公嚴武鎮成都，奏爲節度參謀、檢校尚書工部員外郎，賜緋魚袋。新唐書：會嚴武節度劍南東、西川，往依焉。武再帥劍南，表爲參謀，檢校工部員外郎。武與甫世舊，待遇甚隆。甫性褊躁，無器度，恃恩放恣，嘗憑醉登武之牀，瞪視武曰：『嚴挺之乃有此兒！』武雖急暴，不以爲忤。甫於成都浣花里種竹植樹，結廬枕江，縱酒嘯詠，與田父野老相狎蕩，無拘檢。嚴武過之，有時不冠，其傲誕如此。新唐書：武以世舊，待甫甚善，親詣其家。甫見之，或時不巾。而性褊躁傲誕，嘗醉登武牀，瞪視曰：『嚴挺之乃有此兒！』武亦暴猛，外若不爲忤，中銜之。一日，欲殺甫及梓州刺史章彝，集吏於門，武將出，冠鉤於簾三。左右白其母，奔救得止，獨殺彝。〇錢虞山云：嚴杜死生交誼，見於詩篇者甚至。鉤簾欲殺，出於雲溪友議，實齊東野人之語也。宋子京好捃摭小説，故妄載之，當以舊書爲正。〇瞻泰按，李肇國史補：嚴武少以强俊知名。蜀中坐衙，杜甫袒跣登其几案，武愛其才，終不加害。考嚴公枉駕草堂，公有『自識將軍禮數寬』之語，而武寄杜二錦江野亭詩云『莫倚善題鸚鵡賦，何須不著鵕鸃冠』，公酬之云『謝安不倦登臨費，阮籍焉知禮法疎』，彼此諧謔之情，藹然可見。至八哀詩則云『小心事友生』，哭嚴僕射歸櫬則云：『一哀三峽暮，遺後見君情。』以公詩之，武必無欲殺之機，而公亦必無見殺之理。宋子京作唐書，其不足取信如此。又按，史：廣德二年正月，武以黄門侍郎拜成都尹，充劍南節度使，所謂再鎮時也，公有待嚴大夫詩。而章彝罷梓州赴闕，公寄詩云：『朝覲從容問幽仄，勿云江漢有垂綸。』豈有徵召入朝之人，而鎮帥殺之耶？況章梓州入覲時，武尚未入境，何從殺之？以公詩考之，則并彝亦似無見殺之事。而新書因之，此國史補、雲溪友議諸書之貽誤也。但觀遣悶呈鄭公一詩，有云『束縛酬知己，蹉跎效小忠。周防期稍稍，太簡遂匆匆。曉入朱扉啓，昏歸畫角終』，不免久居幕府，意不自得。若韓退之晨入夜歸之怨，則有之矣，不足爲公病也。公一生，忠君篤友，大節攸關，其人品重千古，故詩品亦重千古，不得以新唐書而惑之。是不可以無辨。永泰元年夏，武卒，甫無所依。及郭英乂代武鎮成都，英乂武人麤暴，無能刺謁，乃遊東蜀依高適。既至而適卒。瞻泰按，通鑑紀要：廣德元年十二月，吐蕃陷松、維、保三州，節度使高適不能救，二年正月，合東、西川爲一道，以嚴武爲劍南節度使。知武乃代適也。永泰初，武卒，郭英乂代之。適鎮東川，在武之前，不應云『武卒，乃依適』。舊書誤。是歲，崔寧殺英乂，楊子琳攻西川，蜀中大亂。甫以其家避亂荆楚，扁舟下峽，未維舟而江陵亂，乃泝沿湘流，遊衡山，寓居耒陽。甫嘗遊嶽廟，爲暴水所阻，旬日不得食。耒陽聶令知之，自櫂舟迎甫而還。永泰二年，錢箋：當作大曆五年。啗牛肉白酒，一夕而卒於耒陽，時年五十九。子宗武，流落湖湘而卒。元和中，宗武子嗣業，自耒陽遷甫之柩，歸葬於偃師縣西北首陽山之前。新唐書：武卒，崔旰亂，甫往來梓夔間。大曆中，出瞿塘，下江陵，泝沅湘以登衡山，因客耒陽，游嶽祠。大水遽至，涉旬不得食。縣令具舟迎之，乃得還。令嘗饋牛炙白酒，大醉，一昔卒，年五十九。唐元微之杜君墓志銘：旅殯嶽陽。夫人弘農楊氏女，父曰司農少卿怡。子曰宗武，病不克葬，没，命其子嗣業。嗣業貧，無以給喪，焦勞晝夜，去子美没後餘四十年，然後卒先人之志，亦足爲難矣。銘曰：維元和之癸巳，粤某月某日之佳辰，合窆我杜子美於首陽之山前。嗚呼！千載而下，曰此文先生之古墳。天寶末，詩人甫與李白齊名，而白自負文格放達，譏甫齷齪，而有『飯顆山頭』之嘲誚。元和中，詞人元稹論李杜之優劣，曰『余讀詩至杜子美』云云。自後屬文者，以稹論爲是。甫有集六十卷。新唐書：甫放曠不自檢，好論天下大事，高而不切。少與李白齊名，時號『李杜』。嘗從白及高適過汴州，酒酣登吹臺，慷慨懷古，人莫測也。數嘗寇亂，挺節無所污。爲歌詩，傷時橈弱，情不忘君。人憐其忠云。贊曰：唐興，詩人承陳隋風流，浮靡相矜。至宋之問、沈佺期等，研揣聲音，浮切不差，而號『律詩』，競相襲沿。逮開元間，稍裁以雅正。然恃華者質反，好麗者壯違，人得一槩，皆自名所長。至甫渾涵汪茫，千彙萬狀，兼古今而有之，他人不足，甫乃厭餘，殘膏剩馥，沾丐後人多矣。故元稹謂：詩人以來，未有如子美者。甫又善陳時事，律切精深，至千言不少衰，世號『詩史』。昌黎韓愈於文章慎許可，至歌詩，獨推曰：『李杜文章在，光焰萬丈長。』誠可信云。

校記

〔一〕本文原在卷首自序後，評杜詩略例前。

附　安徽古籍叢書已版書目

舊聞隨筆
定本莊子故
張籍集注
文學研究法
桐城文學淵源考·撰述考
包拯集編年校補
康輶紀行·東槎紀略
北山樓集
桐城耆舊傳
疑庵詩
三餘札記
方望溪遺集
爾雅翼

識小録·寸陰叢録
東萊詩詞集
明太祖集
王侍郎奏議
程氏家塾讀書分年日程
朱楓林集
敬孚類稿
施愚山集（四册）
吴敬梓吴烺詩文合集
張孝祥詞箋校
竇山公家議校注
翠微南征録·北征録合集
阮大鋮戲曲四種

老子注三種
杜詩説
朱書集
論語解注合編
郭祥正集
皖人詩話八種
唐詩評三種
左傳微
續學堂詩文鈔
鈍齋詩選
老子注譯
莊子詮詁
説文假借義證

劉銘傳文集
包世臣全集（三冊）
戴震全書（七冊）
田間易學
莊屈合詁
田間詩集
田間文集
古事比（二冊）
安徽出土金文訂補
秋崖詩詞校注
道聽途説
蘭苕館外史
青泥蓮花記
舌華録
明語林

夜雨秋燈録・續録（二冊）
包拯集校注
毛詩後箋（二冊）
劉文典全集（四冊，列入特輯）
壹齋集（二冊）
孟子講義
楊仁山全集
弢翁藏書年譜（列入附輯）
不得已附二種
歙事閑譚（二冊）
惜抱軒詩集訓纂
張孝祥詩文集
吴汝綸全集（四冊）
朱子全書（二十七冊）
姚瑩年譜（列入附輯）

明實録安徽經濟史料類編（列入附輯）
青溪集
藏山閣集
田間詩學
俞正燮全集（三冊）
皖人戲曲選刊・鄭之珍卷
詠懷堂詩集
所知録附四種
文選箋證（二冊）
歙紀
方孝標文集
七頌堂集
劉文典全集補編（列入特輯）
程瑶田全集（四冊）

皖人戲曲選刊·方成培卷
皖人戲曲選刊·龍燮卷
凌廷堪全集（四册）
黄生全集（四册）
東輶紀程
蕭雲從詩文輯注

程文炳文集
程恩培集
方盦山詩集（二册）
趙紹祖金石學三種
小爾雅義證

勉行堂詩文集
貴池唐人集
龍眠風雅全編（十册）
無爲集
杜詩提要